魔王都市
MAOU TOSHI
―血塗られた聖剣と致命の亡霊―
02
ロケット商会
イラスト・Ryota-H

魔王都市
勢力図
人類居住区
中央駅
《混沌秘宮》
栄光橋
［修復中］
雷鳴通り
月紅會
白星會
紫電會
棺桶通り
(旧)
常磐會
玄永會
蒼穹會
居竜区

前巻までのあらすじ

ニルガ・タイドで僭主七王の一柱が殺害され、魔族の抗争が激化。
人魔大戦の再発を防ぐべく、不滅工房は勇者の娘・アルサリサを
魔王都市ニルガ・タイドへと派遣する。
アルサリサは派出騎士局の不良騎士・キードとコンビを組んで事件の解決に乗り出し、
偽造聖剣を使って暗躍していた《ギルド》と万魔會《パンデモニウム》との繋がり、
そして黒幕が白星會の長・ハドラインであることを突き止める。
アルサリサとキードは、互いの能力と、秘匿戦力である派出騎士局四課の
武力を投入してハドラインを撃破。人魔大戦は回避される。
そして、これまで水面下で動いてきたキードは
魔王の後継者として、ついに行動を開始する。

用語解説

魔王都市ニルガ・タイド
大魔王ニルガラが設立した人類魔族共存特区。

大魔王ニルガラ
魔族を統一した絶対にして唯一の魔王。キードの育ての親。

勇者ヴィンクリフ
その身に精霊を移植し、聖剣を武器に魔族と戦った人類の大英雄。アルサリサの実父。

僭主七王（せんじゅしちおう）
ニルガラに次ぐ実力を持った七柱の魔族の総称。

七つの徳目
ニルガラが提唱し、僭主七王が各會の理念として掲げる美徳。
「謙虚」「克己心」
「誠実」「慈愛」
「公平」「正義」
「勇気」

万魔會（パンデモニウム）
ニルガラが設立した、人類と魔族から成る魔王都市の行政組織。現在は壊滅状態。

聖櫃条約（せいひつじょうやく）

人類と魔族の均衡を保つために施行された魔王都市の法。

地下迷宮

魔王都市地下全域に迷路状に広がるニルガラの地下宮殿。潜る者に富、あるいは死をもたらす。

混沌秘宮

地上に突き出した地下宮殿の一部。現在は中央駅舎として利用されている。

不滅工房

大戦時に聖剣を製造した人類の組織。現在は法の下に取り締まる権限を与えられた司法機関。

派出騎士局

ニルガタイドに設置された不滅工房の支局。一課から四課まで存在する。

魔導騎士

不滅工房に属する法の執行官。

全知の王冠（フロナッジ）

大魔王が所持していた、銀色の円盤状の精霊兵装。キードが継承している。

精霊兵装

精霊加工技術を運用した人類の兵器。性能は基本的に魔族の魔術には劣る。

偽造聖剣

聖剣の設計図を元に作られた量産型聖剣。性能はオリジナルに劣るが、一時的に魔術を無力化できる。

クェンジン

聖剣を元に不滅工房が開発した、防御と拘束能力に特化した精霊兵装。アルサリサの武器。

地船（スキーズ）

人類が発明した、地上を走る帆がない小型船。

角

魔族のみが持つ、魔力操作のための器官。

序

路地の暗がりで、何かが光った。

何が起きたかは、目を凝らすまでもない。まばゆい閃光と同時、乾いた音が響く。稲妻か。

そう判断するのは少し遅れた。

(信じられねえな、この速度……!)

魔術の演算が速すぎる。

キード・マーロゥがそれを回避できたのは、ほとんど幸運によるものだっただろう。地面を転がるようにして伏せると、頭のすぐそばで何かが砕ける音がした。

ごく単純な攻性呪詛《こうせいじゅそ》ボットだが、直撃すれば頭が吹き飛んでいたかもしれない。

(いまのはヤバかった。けど、こんなところで死んでられるかよ)

背筋を震わせる暇も惜しい。キードはほとんど四つん這いになって、獣が跳ねるように走り出す。再び放たれてくる稲妻は、唯一の武器を放って防ぐ。

銀色の光を湛《たた》えた円盤。精霊兵装《せいれいへいそう》――フロナッジという。魔王ニルガラの、全知の王冠。

「フロナッジ」

滑らかな感触。指先から滑り出させる。

「稲妻を撃ち落とせ」

銀色の円盤は、その命令を速やかに達成する。

放たれてくる稲妻が立て続けに六つ。いや、七つだったたか。そのすべてをフロナッジは完全に迎撃した。稲妻と銀の円盤が衝突し、連続して激しい音を響かせる。

キードはさらに足を速めた。全力で走る形になる。路地裏の角を曲がり、片手を地面についてさらに加速する。追わねばならない相手がいた。空中に浮かぶ白い影だ。翼を羽ばたかせ、夜の空を飛翔する逃走者。

対して、こちらは無様なものだった。赤錆《あかさび》色のマフラーを翻《ひるがえ》しながら、ほとんど地を転げ回るように追わねばならない。だからこそ勝機があるし、相手を油断させることもできる。

「逃がすかよ！」

と、間抜けな台詞《せりふ》も吐いてみる。いかにも二流の追跡者だ。それでいい。

「地下迷宮だろうが、最下層まで追いかけてやるからな！」

「しつこいんだな、キード・マーロゥ……噂と大違いだ……」

頭上から、どこか気だるいような声が聞こえる。だから大丈夫だ。距離は離されていない。

問題は、攻撃を回避し続けなければいけないということ。

「でも、そうでなけりゃ困る」

魔術が演算され、現実がその絶対性を失い、再定義される。

虚空に光が見えた。何が飛来したかを考える暇はない。キードが速度を保ったまま前方へ転がったとき、後方の地面が燃え上がった。背後に熱を感じながら駆ける。より狭い路地へと突っ込む。路上に散乱した吐瀉物《としゃぶつ》を踏み越えて、得体のしれないゴミの山を蹴散らす。

キードはそうして顔を上げた。

「タリドゥ！」

キードは頭上の白い翼に向かって、ありったけの声で叫ぶ。

「お前の方こそ、しつこすぎるんじゃないか？　いい加減にもう諦めろ！」

宙に浮かぶのは、白い翼の魔族だった。額に細長い角が一本。タリドゥ、と呼ばれる男だ。《壊叫《かいきょう》》のタリドゥ。つい数日前まで、《白星會《アルブム》》の長のハドラインの弟分として、組織を切り回していた男。

長であるハドラインの逮捕によって、彼の立場は急激に悪化した。具体的には、追われる側に成り下がってしまった。まっとうな手段で金を稼ぐ手段がないものだから、ケチな強盗を引き起こし、こうして人間の騎士団にさえ追い詰められている。

「タリドゥ――マジで、これ以上逃げられると思ってるか？　無駄な抵抗はやめとけよ」

それは、紛れもない事実だ。タリドゥは意味のないことをしている。キードならばそれを止めて、何か価値のある方向に向けることができる――相手が降伏を選びさえすれば。

そのかすかな可能性を信じて怒鳴った。

だが、答えは無味乾燥な響きだけだった。

「黙ってな、角なしのクソ猿」

タリドゥは白い翼を羽ばたかせ、地上のキードを睥睨《へいげい》した。その表情には、かつてあった退廃的な微笑はない。ただ、荒涼とした仮面のような無表情だけがある。

「お前たち猿どもは、ハドラインの兄貴を捕らえた。兄貴はいま、《圧縮封炉《あつしゆくふうろ》》の中か？　ぼくにとっちゃ、それがどうしても許せない話でね……」

何かが来る。タリドゥの角が輝いたことで、キードはそれを察した。今度は、稲妻ではないだろう。風が揺れている。何かが放たれて来る——魔術だ。それも精密なものではない、範囲一帯をまとめて吹き飛ばすような、衝撃波に近いもの。

翼唱属《ハーピー》が得意とするのは、実のところ、無差別なこの手の攻撃だった。

「爆《は》ぜろ！」

その言葉の通り、大気が炸裂《さくれつ》したように感じた。風が唸る。タリドゥが演算したのは、自分の身の安全を考えない、広域に作用する展性呪詛バッチだった。瞬時にそれが解放される。

（無茶なことをしやがる）

たしかに、これはフロナッジでは防げない。場所もよくなかった。こんな狭い路地では退避も不可能だ。

（……でもな、タリドゥ。こっちにも無茶をするやつはいるんだよ）

キードは腕で顔をかばった。それだけで十分だとわかっていた。

「先行しすぎだ、キード」

背後から声。ぱきっ、と乾いた破裂音が響く。

輝く鎖の群れが、渦を巻いていた。それはタリドゥの放った魔術の衝撃を防ぐ、障壁のように展開していた。防御された魔術の余波が、路地の壁や路面を砕く——が、キードが感じたのはそよ風のようなものだった。

鎖は小気味のいい金属音を立ててうねり、そして引き戻される。

「まったくもって不用意すぎる……！　敵が逃げるときは、その先には相手にとって有利な状況があるものと仮定するべきだ」

振り返らなくてもわかる。アルサリサだ。しかも、ひどく怒っている。

「それに、いいか！　お前は、飛び出していくときは行先をちゃんと言え！」

銀色の髪が、路地を吹き抜ける風に流れた。キードの隣に並び、クェンジンを一振りする。展開されていた鎖が収縮し、再び剣に吸い込まれるようにして消える。

「おかげで追いつくのに苦労した。ついでにキード、お前が散々蹴とばしたゴミ箱や、破壊した地船《スキーズ》の処理も必要だった。始末書に必要な事項を記録しなければならなかった」

「え。始末書って……アレですか、現場の記録とってたんですか？　マジですか？」

「合計、十七か所。さらには市民への謝罪に時間をとられた、後で始末書を書け」

「すげえな、この人」

キードは唸った。

思わず本音が漏れたが、これが彼女の美徳だ。法の執行者というのはこうでなければ困る。すべてを正確に、規則に従って処理しなければ。

「――二人、揃ったね」

上空で、タリドゥが翼を羽ばたかせた。まるで、この状況を待っていたように。

「交渉しよう……ウチの兄貴を返してくれないかな。ハドライン・シルファートは、ぼくらに必要なんだ」

「さあ。そいつは条件次第かな。司法取引ってやつだ。もしもお前らが――」

「勝手な約束をするな、キード。違法な取引だ。それでは正義を証明できない」

キードは交渉しようとしたが、アルサリサはその言葉を断ち切った。

「彼の身柄は、我々騎士団が預かっている。数々の罪状を清算するため、裁きを待っているところだ。それが法だ。決して釈放などできない。キード、貴様も勝手なことを言うな！」

「……わかってますよ。それに釈放したところで、本人はいま何もできない」

キードは頭を掻きむしった。

「魔王陛下のことで、死ぬほど落ち込んでたみたいでね。あの御方がもうこの街に戻ってこないってわかったから、しばらく呆然自失状態でしょう」

本当のことだ。ハドラインは、少なくともキードの目から見て、再起不能のように見えた。

騎士団の特別な監獄――《圧縮封炉》と通称されるそれに閉じ込められているという物理的な制約だけではなく、たとえ自由になっても何もできないだろう。

本人に、その意志がないからだ。

「ああ……それは、どっちでもいいんだ。魔王陛下のことなんて、ぼくには関係ない」

タリドゥの声には、温度が感じられない。冷たさすらなかった。

「答えはわかっていたよ。きみたちが捕らえたハドラインの兄貴を解放するはずがない。でも……そういうことなら、戦争だね」

「戦争？　聞き逃せない発言だな」

アルサリサはさらに一歩、踏み出す。剣を体の後方に引いた、そういう構えだ。キードよりも前に出る形になった。

「《白星會》《アルブム》は内乱によって、いまは幻影属《デーモン》の者が長となったと聞く。お前たちのようなハドライン直属の幹部は、居場所を失っているんじゃないのか」

たしかに――アルサリサの認識は正確だ。キードもその報告は聞いている。さらに言えば、アルサリサにあえて教えるつもりもないが、もう少し詳しい情報も彼は摑んでいた。

ハドラインの逮捕で、《白星會》《アルブム》は大打撃を受けた。混乱した會《かい》をまとめあげ、さらに旧ハドライン派の幹部を襲撃、または追放する形で長に成り上がったのが、幻影属《デーモン》のザルフゴール・トトという魔族だ。彼はそれまで翼唱属《ハーピー》によって支配されていた組織を、あっという間に掌握してしまった。

それに比べてタリドゥを中心とする派閥はあまりにも規模が小さい。もはやタリドゥの一派は《白星會《アルブム》》でさえないのだろう。

「タリドゥ。お前たちには勝ち目があると思うのか？」

「ああ。勝ち目の話をしてるわけかい……？　だったら、そんなものは関係ない」

アルサリサの問いに、タリドゥはそこで初めて笑みのようなものを浮かべた。

「勝てるから戦う、なんて話じゃない。ハドラインの兄貴がどう思うかすら関係ない。これは『慈愛』だよ。ぼくたちから、ハドライン兄貴への……」

タリドゥが片手を掲げる。それが、合図だったようだ。周囲で羽ばたきの音が響いた。白や黒や灰色、褐色、青みがかった翼の影が、宙に舞う。キードはその数を数えた。およそ二十は下らないだろう。

「なるほど。旧ハドライン派閥の、翼唱属《ハーピー》たちか。ここに集めていたんだな」

剣の柄を握り直し、アルサリサが呟《つぶや》いた。

「タリドゥ！　もう一度だけ警告する！」

いい台詞《せりふ》だ、とキードは笑ってしまいそうになる。

もう一度だけ警告する。タリドゥのような相手に喧嘩《けんか》を売るなら、これ以上ないという響きがある。アルサリサは、たぶんそのことに気づいていない。

「無駄なあがきはやめろ。こんなことをしても、ハドラインは解放されない」

「それでも構わない。そういう連中が、ここに集まってる」

タリドゥの言葉はどこまでも平静だった。

「徹底的な戦いだ。名誉もいらない。そこを死に場所にしてもいいくらいの……」

角が輝く。魔術を演算する前兆。キードにそれがわかったのだから、当然、アルサリサもわかっているはずだ。

「地獄みたいな殺し合いこそが、ぼくらの望みだよ」

「そのようだな。キード、援護《えんご》しろ──クェンジン！」

アルサリサの叫び。クェンジンの切っ先が壁面を擦《こす》る。いくつもの鎖がそこから放たれて、頭上に伸び、蜘蛛《くも》の巣のように空を閉ざす。キードが動くのも同時だった。

「フロナッジ。タリドゥの角を折れ！」

キードの放った精霊兵装《せいれいへいそう》──フロナッジも、即座に命令を実行した。狙いはタリドゥの角。フロナッジがその狙いを外すことはない。魔王ニルガラによって生み出された、絶対的な探知性能を持つ攻性呪詛《こうせいじゅそ》トラッカーだ。完全な追尾性能を持つ──それは確かだ。

ただ一つ、相手に防御されない限りは。

「若頭《わかがしら》。高度を上げてください、射程距離です」

白い翼の女の翼唱属《ハーピー》だ。彼女が口にした言葉、それ自体が防性結界フィルタになっている。

輝く盾が、銀の円盤を弾《はじ》いている。

(ちっ)

キードは舌打ちをした。

(普通に撃ったんじゃ、威力が足りない。親父のようにはいかねえな……!)

まともに防御を固めた魔族相手では、フロナッジは防御されてしまう。先手を打つか、油断させるか、それとも別の方法で対応する余地を奪う。それがいままでのキードの戦術だった。

奥の手が、ないこともないが――。

(敵の数が多すぎる。こいつはアルサリサどのの苦手分野だ。準備してやがったな……!)

手数が違う。翼唱属《ハーピー》たちは上空を飛翔しながら、多角的な魔術を仕掛けてくる。アルサリサの鎖は、ほとんど防戦一方だ。追い込まれる。

「キード。対策を」

アルサリサは、背中をキードに預けた。

「形勢不利だ。なにか手は? 考えろ」

「そうですねえ」

たしかに。いつも解決策を用意するのはキードの役目だ。上空を見上げる。鎖が舞う光景の向こう側で、タリドゥが少しだけ笑みを深めた――その瞬間だった。

「燃え尽きろ」

と、言う女の声とともに、炎が視界を埋め尽くしたのは。

キードは余熱を感じた。それしか感じられるものはなかった。

瞬時に炎が大輪の花のように咲き、そして収束すると、翼唱属《ハーピー》たちの何羽かが燃え上がっていた。悲鳴をあげながら落ちていく。あまりに唐突で、警戒の外からの攻撃だった。防御も間に合わなかっただろう。

焼却型のワーム。単純な魔術だが、炎が自ら動いて次々に標的を焼く。集団戦闘ではこの上ないほど有効だ。そしてキードにも――アルサリサにも、その魔術には見覚えがあった。

「これは意外だね……」

地上を見下ろすタリドゥの声から、高揚が失せている。彼はさすがに魔術で防いだようだ。翼を羽ばたかせると火の粉が散った。

「《月紅會《スカーレット》》が、人間の騎士の味方をするのか……ラズィカ？」

キードとアルサリサも、その影を見た。路地の奥だ。メイド服を纏《まと》った長身の女。眼鏡《めがね》の奥の怜悧《れいり》な瞳がタリドゥを睨《にら》んでいる。

キードは彼女のことを知っていた。ラズィカ・クルディエラ。《月紅會《スカーレット》》の序列四位。《夜の君》イオフィッテに仕える、會《かい》の幹部――最先鋭の武闘派だった。

「そこまでにしなさい。耳障りな鳥ども」

ラズィカ・クルディエラは、朗々と宣言した。

「我が姫君の名代《みょうだい》として参りました。恭《うやうや》しく頭を垂れ、自ら進んで灰となりなさい」

彼女はすでに、左手首に巻かれた包帯を解いている。そこから滴《したた》る血が、軽く腕を一振りすると空中に舞い、怒りに燃えた蛇のように蠢《うごめ》く。そして翼唱属《ハーピー》たちを襲って燃え上がる。

（マジかよ。いきなりだな）

キードは地面に伏せた。アルサリサには警告するまでもないだろう。

（攻性呪詛《こうせいじゅそ》！　焼却型ワーム！　こんなところで無茶苦茶しやがる……！）

そういう相手だとはわかっていたが、あまりにも乱暴すぎる。

浄血属《ヴァンパイア》が魔術の媒介とするのは、血液だ。液体ならではの自在性と、精密な攻撃性能を併せ持つ。何よりも魔術媒介としての濃度、密度は、翼唱属《ハーピー》たちが媒介に使う『声』よりも強い出力を発揮する。よほどの実力者でもない限り、翼唱属《ハーピー》は接近戦において勝ち目がない。

「駄目だな。相手が悪い、撤退だ」

タリドゥの低い声。さすがに手練《てだ》れだ。至近距離での結界フィルタが作用している。炎は彼には触れることもできない——羽ばたきながら高度を上げている。

「みんな、散らばって逃げろ。命の捨て所はここじゃない……」

一瞬、タリドゥの虚無的な瞳が、キードとアルサリサを睥睨《へいげい》した。奇妙な視線だった。そこにあるのは殺意でも敵意でもない。何かを期待している。希望に似ている気さえした。

あの男とは、決して相容《あいい》れない敵になる。キードはそんな予感を持っていた。この手の不吉な予感は、よく当たる。その点でいえば、いま目の前に自分たちを助けるように現れたメイド服の女もまた、その典型のようなものだろう。

ラズィカ・クルディエラは、嫌な予感の塊《かたまり》だ。

「アルサリサ様。キード・マーロゥ。御無沙汰しております」

ラズィカはスカートの裾をつまんで一礼した。その態度を慇懃《いんぎん》無礼というのだろうか。特にキードに対する視線には、嫌悪さえ交じっている気がする。

「愚かなクソ鳥どもには逃げられてしまいましたが、もとより、逃げ足だけは速いのが翼唱属《ハーピー》の特徴です。やむを得ないでしょう。ええ。私も全力だったのですが」

よく言う。キードは苦笑したくなった。あえて逃がしたのだ。ああいう連中を野放しにしておくことで、よその縄張りで騒動が起きることを期待している。特にタリドゥは、ハドラインの縄張りを乗っ取った、新たな《白星會《アルブム》》の構成員を殺傷する可能性が非常に高い。だとすれば、放置するに限る。そういう計算が成り立つ。

「お二人が無事で何よりです」

ラズィカはキードと目を合わせずに言った。その台詞《せりふ》も白々しい。

「お元気でしたでしょうか？　イオフィッテ様もご心配しておりました。お時間があるのならばお茶でもいかがですか？　――と、お誘いするように命じられております」

「命じられなければ、断固として誘いたくないと言わんばかりだな。安心していい。せっかくだが、私たちは忙しい」

アルサリサは彼女のわざとらしい言動に付き合わない。剣の柄を握りしめる。

「《月紅會》《スカーレット》の序列四位が、なんのつもりだ?」

「なんのつもり、もございません。イオフィッテ様の純粋な親切心です。ともに街の秩序を守ろうとする者同士、これこそが『誠実』というものでしょう」

「いまさらだな……イオフィッテが口にする『誠実』は信用できない」

「無礼ですね」

アルサリサの返答には、ラズィカが目つきを険しくした。左手首から滴《したた》る血液が、ぶくぶくと沸騰して泡立つ。

「発言を撤回しなさい。姫君からのご温情、伏して感謝するべきです」

「何も裏がなければな。私は以前の騙《だま》し討ちを忘れたわけじゃない。信用しろという方が無理だろう。私とお前たちでは『誠実』の意味が違いすぎる。何を考えている?」

「……姫君からのお言葉を、伝えます」

甚だ不服そうではあったが、ラズィカは辛抱強く続けた。伝言の役割を果たすように厳しく命じられているのだろう。

「人間の騎士を敵に回すのは得策ではない、と、姫君は仰《おお》せです。少なくとも、ハドラインの残党の鳥どもよりは協力に値する、と」

ハドライン、と口にするとき、激しい憎悪が滲《にじ》んだ。

「イオフィッテ様は、人間の騎士たちと良好な協力関係を築くことをお望みです。特に、勇者ヴィンクリフの娘——アルサリサ・タイディウス。それに」

アルサリサは横目にキードを見た。冷たい目だった。

「キード・マーロゥ。魔王の冠を継ぐ者」

何もかも把握されている。

(魔王の冠。フロナッジを持つことを、もう僭主七王《せんじゆしちおう》のやつらには知られていると思った方がいいだろうな。ハドラインとの一件で手札を見せすぎた)

ハドラインとの戦いがどのようなものだったか、知る方法はいくらでもある。アルサリサが報告書を上げているし、あの現場を魔術的な手段で見ていたとしても不思議ではない。

仕方のないことだろう。キードは無言で頭を掻きむしった。こういうとき、慌てた態度を取るのは小者の印だ。悠然とした態度を貫く必要がある。鋼よりも強靭《きようじん》な自制心が必要だ。

なぜなら、自分は魔王になるのだから。

「……お前たちが何を考えているのかはわからないが、互いに争っている場合じゃないという意見にだけは賛成する」

アルサリサは明らかに納得していないようだったが、それでもクェンジンを正面に構えるのはやめた。鞘に納めはしない。

「お前の魔術で負傷した翼唱属《ハーピー》たちを逮捕する。火傷が深刻と思われるため、病院にも連絡だ。キード！　呆けてないで働け！」

「はいはい、そりゃもう！」

そうしてキードが動き出そうとしたとき、ラズィカが小声で囁《ささや》いた。

「キード・マーロゥ。姫君からのお返事です。提案を受け入れます——夜に例の場所で」

「わかってる」

キードも唸るように答えた。そう——わかっている。ラズィカは偶然ここを通りすがったわけではない。教えたのは自分だ。

そして何より、彼女とは話すべきことがある。

一 魔導騎士轢殺事件 1

アルサリサが後始末を終えて帰路につくころには、もう日が暮れかかっていた。

ハドラインと《万魔會《バンデモニウム》》の反逆からおよそひと月が経つ。この春先の時期になると、魔王都市の昼もだいぶ長くなっている。とはいえ夜は冷え込むし、キードのようなマフラーが欲しいくらいだった。

（こんな日は、熱い北方茶にたっぷり蜂蜜を入れて飲みたい。それに、お菓子も……）

手をこすり合わせて、そんなことを思う。

だいたい、これから帰る場所はろくに暖房も備えられていないのだ。隙間風も吹くし、寒すぎる。給湯設備くらい欲しいものだ。

（おそらく、その性質上、表立って活動させることができないのだろうが）

つまり、派出騎士局四課。魔王都市におけるアルサリサの勤務場所は、暫定《ざんてい》的にそこになってしまっている。物置小屋のような粗末な『事務所』で報告書を書き、資料をまとめ、証拠を集める。それが規則なのだから仕方がない。

それもこれも、すべては一つの目的が原因だった。

（キード・マーロウ）

魔王ニルガラの『王冠』を受け継いだ、魔族とのハーフでもある男。この男と派出騎士四課の力は、アルサリサにしてみれば喉から手が出るほど欲しい。これからやろうとしていることを思えば、寒さに耐えるくらいのことは些末なことだ。

この素行不良な騎士を、どうにかして自分の助手に据えたい。

(そのためにはもっと功績が必要だ。誰もが納得する、グリーシュ動乱を終わらせた騎士たちのような、決定的な功績が)

アルサリサは隣で歩くキードの顔を睨《にら》むように見る。

「――しかし、あの連中、マジで懲りてないですね」

当のキードは覇気に欠けるぼんやりした顔で、独り言のように呟《つぶや》いた。

「《ギルド》の残党に、ハドラインの手下ども。状況的に、自首してくるやつがいてもいいと思うんですが……意外に口が固いなあ。おかげで必要なネタがぜんぜん集まらない」

必要なネタ。それはつまり、いま二人が追いかけている問題だ。《万魔會《パンデモニウム》》の反逆。ハドラインの陰謀。《常磐會《ヴエール》》の主であるソロモンの殺害。

それらの事件の背景には《偽造聖剣》が存在していた。

ならば、それを作る工場があったに違いない。

「ハドラインのやつ、本当に何も知らないんですか？　何か隠してるとか、嘘ついてるとかじゃなくて？」

「そう断定していいだろう。魔術を用いた尋問も無意味だった」

アルサリサは、抜け殻のようになったハドラインの尋問に立ち会った。記憶や思考を強制的に読みだす魔術──精神潜行デコーダーを用いても、ハドラインの言葉に嘘はなかった。

「《致命者《ちめいしゃ》》」

それだけが、ハドラインから引き出せた唯一の手掛かりだった。

「そう呼ばれる連中が《偽造聖剣》の複製を請け負っていたらしい。兵器密造を専門とする営利団体と思われるが、肝心の正体がわからない」

《不滅工房《ふめつこうぼう》》本部に問い合わせても、該当する団体は見つからなかった。それならば、まったく未知の組織と見ていいだろう。

「《致命者》たちの使者は、常に顔を隠して灰色のローブを纏《まと》っていたという。ハドラインの逮捕がこれだけ大々的に報じられた以上、もはや決して姿を現さないだろう」

「面倒だなあ」

キードは盛大に白い息を吐きだした。

「武器商人ってのが一番厄介なんですよね。テロ屋よりも金持ってるし、人脈も豊富だし」

「《偽造聖剣》を確保するための工房は、必ず存在していた。それさえ確保できればいい」

「それなら、ここはひとつ他の人に任せるってのはどうですか？　エリートの一課も動いてるんでしょ？　仲間を信頼して、明日は休みにしましょうよ」

「サボるな！　いいか。私たちは一課よりも先に、決定的な手がかりを掴むぞ」

それが、アルサリサの計画だった。魔王都市での最精鋭である派出騎士局一課を上回る実績を上げることで、《不滅工房》での発言力を増強する。そのためには、《偽造聖剣》の工房の確保は格好の手柄になるだろう。

それに、より実際的な治安上の問題もある。

「こうしている間にも、《偽造聖剣》は製造されているかもしれない。人類と魔族の平和をゆるがしかねない脅威だ。これを許しては、正義が証明できない」

「そりゃ結構な決意ですがね、たまには休まないと倒れちゃいますよ。明日は魔王都市グルメツアーにしましょうよ。俺、美味しいケーキ屋見つけたんですよね！」

「……そ、れ、は」

アルサリサは喉を鳴らした。魔王都市では嗜好品《しこう》の類が発展している。特にアルサリサが注目するのは菓子の類だ。帝都にはあり得ないような新奇な味に何度も出会っている。

ただ、それはやるべきことを終えてからの話だ。アルサリサは首を横に振った。強く。

「後で参考にする。とにかくいまは休めない。何か手がかりを見つけるまでは！」

「そんな……」

キードはいかにも哀れみを誘うような声をあげたが、アルサリサは意に介さず足を速めた。大股に歩けば、騎士局四課の事務所まではすぐに辿り着く。相変わらず粗末な建物だ。

ただ、今日はその建物の傍らに一艘の地船《スキーズ》が停められていた。

「む」

かなり大きな地船《スキーズ》だった。後部座席に荷物が満載されているのも見て取れる。傷だらけの船体は、全面を蔦《つた》が絡むような黒い奇妙な文様が覆っていた。

「なんだ、荷物の配達か?」

「あ! そうそう、これはダウローの地船《スキーズ》ですよ! そうか、今日は出勤日かあ」

「ダウロー……?」

「まだ紹介してませんでしたね。ダウロー・ナズロ・パゼス・パエス。四課で働いてるアルバイトです。普段は探偵をやってるんですけど」

「アルバイトだって? アルバイトの騎士など許可されていないぞ!」

「ですよね。だから俺も正規の職員になってくれってずーっと言ってるんですけど、本人にまったくその気がないらしくて……あ、それにダウローは真竜属《ドラゴン》からも指名手配されてまして。ちょっと色々と問題が……」

「論点がズレている。つまり、部外者を出入りさせているということじゃないか!」

「はい。ちょっと尋常じゃないほど使えるやつなんで、俺も世話になってます」

「また論点がズレた! お前たちはいったいどういう倫理観で……」

アルサリサはさらに説教を続けようとしたが、ドアが開いたので中断せざるを得なかった。

「――うるさいな、きみたちは」

と、しかめ面を覗《のぞ》かせたのは、浅黒い顔の男だった。長い金髪を背中で一つにまとめ、垂らしている。着ているものは着古したスーツだった。全体的にどこかくたびれて見える。

ただ、一点。その手袋だけが妙に真新しく、純白だった。

「騒ぐならよそでやってくれないか？　ぼくは二日酔いで頭が砕けそうなんだ」

「やあ、ダウローくん！」

キードが片手をあげて挨拶《あいさつ》したところを見ると、この男がダウローなのだろう。

しかし──と、アルサリサは思う。なんというか、キードの態度が妙に快活だ。愛想よくさえ見える。

「邪魔して悪いね。きみが珍しく二日酔いってことは、仕事がうまくいったんだ？」

「当然」

ダウローはしかめ面のまま答え、胸ポケットから煙草《たばこ》を摘《つま》んで口にくわえた。その先端で指を鳴らすと火が点り、煙が立ち上った。あの手袋がなんらかの精霊兵装《せいれいへいそう》なのだろう。

「例の件。必要な情報は引き出した。ぼくの仕事は完璧だ」

ダウローは煙草の煙を深く吸い、また吐き出す。

「死ぬほど飲まされて不愉快だったが、その迷惑料も込みで請求させてもらう……ほら」

「どうも、悪いね」

分厚い資料が突き出され、キードはそれを手に取る。いかにも大雑把《おおざつぱ》な手つきでそれをめくっていく――あえてアルサリサにも見えるように、そうしたに違いない。アルサリサは資料の速読を得手としている。一度目にしたものは忘れない。

だから、瞬時にわかった。

「《紫電會《パルス》》?」

その文言《もんごん》が、あちこちに繰り返し使われている。

「キード、待て。これは、《紫電會《パルス》》の調査記録なのか?」

「そうですよ。アルサリサどの、言ってたでしょ。《偽造聖剣》の工房があるとするなら、どこにあるかって」

「……《紫電會《パルス》》の縄張りだ。《鋼帝《こうてい》》ミゼが独占的に支配する、工業地区。そこに工房があると仮定するのがもっとも妥当だ」

「ですよね? だから、ウチの課が誇る名探偵に調べてもらいました。ダウローくん、かいつまんで説明してくれない?」

「では、簡潔に。ぼくはそこのキードからの依頼で、《偽造聖剣》の成分と、製造に必要な物資の流れを調査していた。どちらも確定したから、報告に来た」

ダウローはキードの手にある資料をつついた。

「《偽造聖剣》の刃を構成する主要な成分は、ヒスプール合金と液状アスリロ、だ。その二種類の材料については、ここ最近でこの街が輸入した量の実に八割が、《紫電會《パルス》》の支配域に集積されているね。これは異常といってもいいだろう」

「さすが名探偵ダウローくん！　これならほぼ確実かな？　《偽造聖剣》は《紫電會《パルス》》で製造された。そうじゃないか？」

「その判断は、ぼくの仕事じゃない」

首を振る。その否定には、揺るがすことのできない何かがあるようだった。

「探偵の仕事を誤解するなよ。ぼくは、推理はしない。あくまでも事実を調査するだけ。調べた事実をどう解釈するかは、クライアント次第だよ」

「それで十分だ、ありがとう」

キードはアルサリサを振り返った。

「こいつはやっぱり、何がなんでも《鋼帝》と面会しないといけませんね？」

「……そうだな。事情聴取の約束はどうだ？　《鋼帝》ミゼは承諾したのか？　彼女の居城を訪問するのは、少々面倒という話だったが」

「もちろん。準備は整ってますよ。……あ、そうだ。アルサリサどのも、ダウローくんの調査資料読みます？」

「参考にしよう」

アルサリサは、キードの手から資料を奪った。素早くめくる。驚くほど精緻《せいち》な調査報告だ。主観を交えず、事実と根拠のみを連ねてある。特に物資の流れを摑むため、妖蜘属《アラクネ》が運営する運び屋に潜り込み、管理主任として勤務した部分などは驚嘆に値する。

このダウローという男は、なるほど、たしかに卓抜した調査能力を有しているらしい。

「よく調べてある。ダウローといったな。見事な調査だ」

「この程度で？　見くびってもらっては困るな」

鼻で笑い、ダウローはアルサリサを一瞥《いちべつ》した。

「調べた事実を数字にしただけで、これくらいできないやつは無能というものだ」

「そんなことないって。それができないやつは世の中にいっぱいいるよ。俺とか。だからどうかなあ、ダウローくん！　本当にうちの正式な課員にならない？」

「何度も言うが、断る。ぼくは優れた探偵であって、騎士ではない。だいたいぼくは指名手配されている。真竜属《ドラゴン》を殺した男がいると迷惑だろう。キードにならともかく、あの課長どのには迷惑をかけたくない」

「真竜属《ドラゴン》殺しなんて、あれは冤罪《えんざい》だろ？　きみが悪いとは思えない」

「冤罪であろうと、《絶嘯者《ぜつしょうしゃ》》ギダンがぼくを許すことはない。それに、いまのきみたちにはいつも以上に関わりたくない。《不滅工房《ふめつこうぼう》》の本部から、面倒な調整官がやって来ているという話だからね」

「え。調整官？　なにそれ？」

「……ずいぶんと耳が早いようだな」

キードはぽかんと口を半開きにしたが、アルサリサは知っていた。同時に、このダウローという男を少し警戒する気にもなる。

「まだ秘匿《ひとく》されている情報だったはずだ」

「そういうのを調べるのが、ぼくの仕事だ。それが事実でさえあれば、ぼくに調べられないことはない」

ダウローは顔色も変えず、にこりとも笑わない。

調整官。それは、《不滅工房》における役職の名前だ。アルサリサのような魔導騎士を軍人に近い働きをする者と位置づけるなら、調整官は事務官だ。武力を有する騎士が暴走しないよう、監督し、現場の捜査を指揮する役割を持つ。

権限も、アルサリサより上位にある。

「キード。お前には予《あらかじ》め言っておこう。フォレーク・イズニエル調整官という人物が派遣されて来ている。彼は、私を監督する立場だ」

「え。そんな御方が出張ってくるんですか？　いまさら？」

「まさに、いまさらではある。ハドラインの件を解決したことで、私は注目されているんだ。善くも悪くも。正しい捜査が行われているか、監督されるのは当然のことだ」

アルサリサはキードを見上げた。釘を刺しておく必要があると思った。

「今後はさらに厳しく、規則に則った捜査を行ってもらう。わかっているな？」

「はあ。そりゃまあ、できるだけがんばりますが……」

「おいっ。まったく信用できない返事じゃないか！　もっとしっかりしろ！」

「え、あ、はい。しっかりします」

ぼんやりした顔でうなずかれる。アルサリサは軽い頭痛を覚えた。これ以上、この男を締め上げたところで無意味だろう。

「捜査力が増強されるんだから、いいことじゃないですか。それより寒いんで、早く事務所に入りましょうよ。ここよりマシですよ」

「それはそうだが……」

「ダウローくん、事務所の中、今日は誰がいるの？」

「いつも通りだ。モップ、いや、いまはバケツか。彼と課長と、それから――」

「遅いッ！」

事務所の内側から、鋭い声が響いた。

「いつまで無駄話をしている！　鍛錬《たんれん》の時間が遅れるぞ、キード！」

同時に、小さな生き物が飛び出してくる。ハムスターによく似た、隻眼《せきがん》の獣牙属《ワーウルフ》。『センセイ』、とキードたちは呼んでいる。派出騎士局四課に出入りする魔族で――そして、この街における最強の一角。僭主七王《せんじゆしちおう》、本来の名を《さまよえる》クルルヴォという。

ドアの隙間から飛び跳ねるように出てきた彼は、そのままキードの頭部に跳び蹴りを放つ。

尋常ではない跳躍力《ちょうやく》だった。

「うお、わ！　ちょっと待ったセンセイ！」

キードはかろうじて反応した。のけぞるようにしてかわし、続いて撃ち込まれるセンセイの小さな拳も腕で受けた。バチッ、と痛烈な音が響く。が、そこから二度。三度。立て続けに放たれるセンセイの打撃を受けるたびに体勢が崩れ、四度目で腕ごと防御が弾《はじ》かれている。

「ぐえ……！」

かすかなうめき声。

最後にはセンセイの後ろ回し蹴りを食らって、その場に倒れ込むことになる。

（相変わらず、見た目だけでは信じられないが）

アルサリサはその光景を眺めて思う。

（センセイの打撃は、とてつもなく重たいのだろう……！　原理はまったくわからないが）

キードを地面に叩きのめすだけの威力はある。そしてセンセイは、倒れたキードの背中に飛び乗った。

「脆《もろ》い！　牽制だけで倒れるな。すべて防げとは言わんが、有効打を受けても踏みとどまれ！　打撃を受ける瞬間、勇気をもって前進すれば威力を減らせたはずだ！」

「……ご教示ありがとうございます……」

冷たい地面に突っ伏した、キードの声はか細い。このまま倒れたままでは困るので、アルサリサは横から口を挟むことにした。

「すまないが、センセイ。その男はこれから始末書を書かなければならない。それが終わってからでお願いしたい」

「そうか。いつもの自業自得だな」

センセイは小さな後ろ足で、キードの頭をぐりぐりと踏みつけた。

「ダウロー、お前も稽古をしていくか。人間にしては見込みがある」

「結構だ。ぼくは探偵であって、暴力は二流、三流の手段と考えている」

「ふん。つまらん。ならばキード、さっさと起きろ。始末書の前に、もう一手――」

『……あ。騒がしいと思ったら、帰ってきたんですね……』

四課の事務所の、ひび割れた窓が開いていた。夕日の残照を浴びておぼろげな、半透明の人影がそこにある。眼鏡《めがね》をかけた、気弱そうな顔。『課長』だ。

『そこで暴れていると、また一課の人たちから文句をつけられますよ。早く中にどうぞ。たぶんキードくんは始末書を作らなきゃいけないでしょう?』

「うっ。それは……まあ。そうです。よく御存じですね、さすが課長」

「え！　先輩、また始末書ですか！」

半透明の課長の身体《からだ》を文字通りに突き抜けて、派手な赤髪の男が顔を出す。ひどく傷だらけの制服を羽織った男だった。バケツ、と呼ばれている。

「奇遇ですね！　実はオレもいま始末書作ってるんですよ。分担しましょうよ、分担！」

『あの。一応……始末書は分担して作るようなものじゃありませんからね……』

課長のか細い声は、もしかするとバケツには聞こえなかったかもしれない。幽体型の不死属《アンデッド》の声がどれくらい明瞭に聞こえるかについては個人差が大きいためだ。

「……《偽造聖剣》の工房が、どこにあるのか」

キードはどこか眠そうに呟《つぶや》いた。

「それさえわかれば、どうにかなるんですけどねえ。どれだけ戦力があろうが、ウチの四課は正直言って、この街では最強の一角なもんで」

そうかもしれない、と、アルサリサも思う。どれだけ強大な相手でも、四課には――そしてキード・マーロゥには、解決のための手段を見つけ、あるいは作り出す能力がある。

問題はそこに辿り着くまでの道筋だ。

（それを見つけるのは――）

自分の役目だ。そうでなければ、キード・マーロゥとバディを組む意味がない。彼を従えるなど不可能だ。アルサリサは唇を引き結んだ。

一　魔導騎士轢殺事件　2

その夜、会見の場所として選ばれたのは、棺桶通りの小さな教会だった。

かつて魔族がいまのような一大勢力を築くよりも前、大いなる始原精霊《しげんせいれい》への信仰が存在していた頃に作られた建物。その名残だ。見た目だけは大きく、目の前に聳《そび》えている。

キードはそれを見上げて白い息を吐いた。夜はとりわけ冷える。

（ずいぶん古ぼけちまったな）

記憶の中にあるもので、残っているのは屋根の上に突き出ている鐘楼くらいのものだ。あとは朽ち果てるか、あるいは盗まれるか。どちらかの末路を辿っている。

ほとんど廃墟のようなこの場所が選ばれた理由は、ただ一つ。

《月紅會《スカーレット》》の縄張りでもなく、《白星會《アルブム》》の縄張りでもないからだ。いまでは支配する価値のない場所に存在しているからこそ、このような会見の場としての意味が生まれる。

（そう。いまでは、誰の縄張りでもない）

キード・マーロゥは知っている。

（あの頃は俺たちの縄張りだった。人類でも魔族でもない、俺たちの……）

かつて、魔王ニルガラと暮らしていた区画だった。当時は、この棺桶通りの一帯にもまだ住民がいた。ずいぶん遠い昔の話のように思える。この魔王都市は、人類と魔族の大戦争時代以前から存在していた都市だ。はるか太古、始原精霊を崇《あが》める使徒たちが築いた信仰の都。いま、その栄華の面影を残すものは、もうどこにもない。

「我が王。どうされましたか」

気づけば足を止めていたらしい。囁《ささや》くような声が、キードの思考を現在に引き戻した。

「何か、気になることでも？　あの両名は先に到着しているようですが、フロナッジで罠の類を感知されているのですか？」

ぴったりと背後に付き従うように歩いていた、短い赤毛の女だ。黒いコートを喪服のように着込み、左腕の手首を右手で摑むような、奇妙な構えをしていた。キードはその構えの意味を知っている。彼女の左手首にあるのは、腕時計の形状をした精霊兵装《せいれいへいそう》だ。迎撃能力に長けた魔術を演算する。

彼女の名をジリカ・ロッカーラという。魔王都市の派出騎士局一課の課長であり、また同時にキードの側近でもあった。その理由は、言ってしまえば簡単なものだ。

「いや」

キードは首を振って、少し笑った。

「昔を思い出してた。ガキの頃とは、ずいぶん変わったな」

「ええ。主に《紫電會《パルス》》と《常磐會《ヴエール》》による都市開発抗争によるものですね。この一帯の利権を争って衝突があり、かえって荒廃が進行しました」

「覚えてるか？　あの路地を抜けると、『学校』があった。崩れかけの廃墟で、ニルガラの親父が教師代わりだ。教え方はヘタクソだったな。俺もぜんぜん勉強なんてできなくてよ……」

「我が王は、当時から算数が苦手でしたね」

「正確に言うと、ぜんぶ苦手だった。いや、本当に懐かしい。あっちの路地の奥、地下空間に即席のプールを作ってさ――」

「我が王」

ジリカの声に、咎めるような響きが混じった。キードにはその理由もわかっている。

「過去を懐かしむのは、そのくらいにしておいてください」

「……そうかな」

「そうです。魔王にはふさわしくない」

「だったらそっちがやってもいいんだぜ。魔王なんて誰がやっても同じだ。ジリカ姉。あんたの方がふさわしいんじゃないのか？」

「その呼び方はやめてください。あなたが降りるなら、私も降ります」

ほんの悪ふざけのつもりだったが、ジリカは真剣な目で見ていた。

「決めたことでしょ？　私たちの中で、あなたが一番向いている。あなたが一番子供だから」

「いまだに俺にはその意味がよくわからないんだよな。俺はそんなに子供かよ？　もう、いい大人だぜ」

「いいえ、子供です。だから魔王になれると思った。それが私の結論」

納得がいかない、とキードは思った。幼馴染であり、姉のような存在であったジリカ・ロッカーラの考えることは、いまでもよくわからない。

「だから、もう二度と私をそんな風に呼ばないで。私はもうあなたの姉じゃない——よろしいですか、我が王？」

「わかった」

ため息もつけない。たぶんそういうのは魔王にふさわしくない。だからキードは赤錆《あかさび》色のマフラーを首元に巻き直して吐息を隠し、歩みを再開した。

もう目の前には、教会の扉がある。砕けた窓からかすかな明かりが漏れている。すでに到着しているようだ——キードはそれを横目に、ポケットの中のフロナッジに触れる。

「俺に対して害意ある魔術を演算するやつ。即座に角を砕け」

その呟《つぶや》きが保険になる。わずかな円盤の振動。そうして、扉を押し開けた。

「ああ、やっと来た！」

明るい声がキードを出迎え、まばゆいばかりの光が天井に灯った。

「定刻通りの到着とは、恐れ入るね。《なまくら》キード・マーロゥ。それとも、もう少し良い呼び名はあるのかな？　ん？」

《夜の君》イオフィッテ。不敵にも祭壇の上に腰かけ、キードに薄く笑いかける。その背後にはラズィカがいた。影のように付き従い、鋭い目でキードを睨《にら》んでいる。

連れてくる従者は一人だけ。その約束は守ったようだ。それともどこかに隠れているのか。この交渉が決裂し、一戦交えることになれば、まずやるべきはフロナッジで隠れている者に対処することだろう。

ただ、その心配はなさそうだ。この場にはもう一組、招待している者たちがいた。

イオフィッテとは利害が衝突している者。彼がいる限り、イオフィッテもそう簡単に実力行使には出られないだろう。キードと彼の両方を敵に回すことになるからだ。

「よお！　今日の幹事の登場だ、お招きしてもらってありがとうよ！」

祭壇の片隅に、誰かがいる。教会の照明ではとても照らしきれない影の中。山羊のような一対の角を持った、大柄な男がそこにいた。はち切れそうなほどに筋肉質な体を上等そうなスーツで包んだ、まだ若く見える男。

魔族だ。その曲がった角と白目のない漆黒の瞳は、幻影属《デーモン》の特徴である。光の中に進み出ようとしないのは幻影属《デーモン》という種族が『影』を媒介に魔術を使うからだ。闇の中にいる状態がもっとも強い。それは彼らにとって鎧であり、剣でもある。

「いや、マジな話――おたくら二人とは、個人的に顔を繋《つな》いでおきたかったんだ。最高の機会を提供してもらったぜ！　さすがは全知の王冠を継ぐ男、《なまくら》キード！」

快活に笑って拍手をする。すでに知った顔だ――彼の名をザルフゴール・トトという。《虚《こ》空貪婪《くうどんらん》》ザルフゴール。ハドラインの縄張りと組織を乗っ取り、《白星會《アルブム》》を牛耳る僭主七王《ぎゅうじ せんじゅしちおう》の一角に名乗り出た者。

それはつまり、現在進行形でイオフィッテの《月紅會《スカーレット》》とは、抗争状態に発展しつつあるということでもある。

キードは彼を観察し、奇妙なことに気づく。だが、口にはしない。この手の疑問は、ジリカが尋ねる取り決めになっている。こういうことを主に尋ねさせるのは、格の上下に影響するとわかっているからだ。

「ザルフゴール殿。御身《おんみ》の従者は？」

ジリカは右手で左手首を摑むようにして、尋ねた。左手首の腕時計が、かすかな輝きを放っている。いつでも抜き打てる、という状態だ。

「まさか、単独でいらしたわけではないでしょう？」

「オレが単独に見えるか？　ま、そりゃそうか！　でも、気にすんなよ。単独だったとしても従者なんてオレには必要ねえからさ」

ザルフゴールは笑って片手を振った。

「そもそも、ここには交渉に来たんだぜ。荒事は禁止の約束だったよな？　おたくらがそれを守る限り、従者の有無は問題にもならねえ。それに……オレって正直、めちゃ強いし！」

彼の口調には、底抜けの明るさがあるように感じた。その気になれば、二人まとめて敵に回してもいいという自信が覗《のぞ》いている。わざとらしすぎるくらいだ。

「うん、いいねえ。それじゃあ、みんな問題なしってことで！」

一瞬の沈黙を破り、イオフィッテが両手を叩き合わせた。この辺りの呼吸は、さすがに年季の入った僭主七王《せんじゆしちおう》といえた。主導権の握り合いに慣れている。

「さっさと本題に入ろうじゃないか、キード？　きみからの提案だったね。たしか――」

「ああ。同盟だ」

キードは勝手に話を進められる前に割り込むことにした。

「あんたらとの三者同盟ってことになる。お互いに縄張りを侵さない、構成員を攻撃しない。そして三者に共通する厄介事に対しては、できる範囲で協力する。この前の一件以来、《月紅會《スカーレット》》と《白星會《アルブム》》の関係が険悪なのは知ってる。それでも、いまは争ってる場合じゃない――わかってるだろ？」

努めて平静に。つまらない冗談でも口にするように。そう喋《しゃべ》ることを心がけ、キードは祭壇に向かってゆっくりと歩くと、最前列の椅子に腰を下ろした。

「《万魔會《バンデモニウム》》とハドラインのふざけた計画は頓挫《とんざ》したが、肝心のやつらがまだ生き延びている。裏で動いてた武器商人どもだ。やつらは《万魔會《バンデモニウム》》の動きを黙認していた。この街がどうなろうと構わないし、僭主七王の体制の崩壊だってなんとも思っちゃいない」

自分がどう思っているのか、キードはあえて口にしない。無意味だからだ。

「そいつらを排除するまで、一時停戦を申し出る」

「《致命者《ちめいしゃ》》、だね」

イオフィッテは事もなげにその集団の名を口にした。

知っていたのか。警戒はしたが、驚きは抑え込む。彼女の支配下にある人間が、派出騎士に潜り込んでいるだろうとは思っていた。そこからの情報か。

「ま、迷惑な連中ではあるね。《偽造聖剣》は実に厄介な武器だよ」

「ああ。だから、足の引っ張り合いはしばらく中止だ。つまらん喧嘩《けんか》をしてる間に、《紫電會《パルス》》あたりに根こそぎやつらの身柄を押さえられたら面倒だろう」

「うん。そうだね。ぼくは賛成だ」

拍子抜けするほど簡単に、イオフィッテはうなずいた。

「ザルフゴール。そっちも同じだろう？」

「はは！　そりゃそうだ。オレも賛成しとくよ、なんならこっちから言いだそうかと思ってたくらいだからな！」

ザルフゴールが声をあげて笑うと、窮屈《きゅうくつ》そうな黒いスーツがはちきれそうになる。

「……なんだ、意外か？　《なまくら》キード。オレを《さまよえる》クルルヴォと一緒にするなよ。オレは戦いが好きなわけじゃねえ。むしろ嫌いだ。戦争に明け暮れる脳みそ空っぽの連中を導くのが『慈愛』ってもんだからな！」

自信の溢《あふ》れる顔で、自分を指差す。

「強くて賢くて性格のいいやつが、弱くてアホなカスどもを支配してやる。これ以上の『慈愛』はないよな？　ハドラインもいい線いってたが、あいつは負けた。負けたってことは弱いってことだ。ただのクズだ！」

これだ――と、キードは思った。ハドラインとは違うが、このザルフゴールもまた、歪んだ方向性の『慈愛』を持っていそうだ。しかし、ハドラインよりはまだ理解はしやすい。それが有利になるかどうかは、まだわからない。

「けどな、同盟を組む条件が一つある。オレが《致命者《ちめいしや》》に関する情報を手に入れても、おたくらに教える必要はねえよな？　喧嘩《けんか》はしないが、出し抜くのはアリ。だろ？」

「当然だ。俺もそうする。それじゃ、これで話は決まりだな」

キードは大きな欠伸《あくび》をしてみせた。そのくらいの間抜けさを見せつけておきたかった。

「俺は帰って寝る。明日も捜査があるし、もう少しでアロミス・ラジオの時間だ。毎週欠かさず聴いてるんだよ」

「お。いいねえ、アロミス！　オレも聴いてる！」

ザルフゴールは手を叩いて、キードを指差した。どうも仕草が軽薄な男だ。

「なあ、『影の大物』ってペンネームを知らないか？　オレのことだよ！　常連だ！　あと三通採用されたら、アロミスのサイン入りジャケットが貰《もら》えるんだぜ。すげえだろ」

「じゃあ、あんたとは敵同士だな。あのジャケットは俺も狙ってる」

「くだらない話はいいから、ちょっと待ってよ——キード。少しは予想外、って感じの反応をしてくれてもいいんじゃない？」

ザルフゴールとの軽口の叩き合いを制止し、イオフィッテがおもむろに近づいてくる。キードは眠そうな目を動かさなかった。ここは勝負どころだ。

「もっと驚いてほしいな。なんでそんなに簡単に同盟を受け入れることにしたか、ってさ」

「そんなに驚くことか？　ちょっと考えれば、それが賢明だってガキでもわかるだろ」

「でも、それだけじゃない。ぼくは、キード・マーロゥに興味があるんだよ」

イオフィッテが、キードの顔を覗《のぞ》き込んでくる。かなり近い。赤い瞳がよく見えた。

ラズィカと、ジリカの緊張が伝わってきた。キードは微動だにしない。ポケットの中のフロナッジを握りしめようとする指の動きを抑える。

「ぼくは魔王ニルガラの、唯一の娘だ」

「それ。マジなのか？」

キードは知らない。魔王ニルガラに、本当に子供がいたのかどうか。正妻と呼ぶべき存在はなかったはずだ。ニルガラの娘を自称するイオフィッテの出自は謎が多い。

「あの親父に娘がいるなんて、俺は聞いたことないな。遺言状も遺してない」

「そこだ。キード・マーロゥ。ぼくは当然、きみについて調べている。魔王ニルガラの全知の王冠を手に入れた男。独自の勢力を築いている、はぐれ者たちの王。失踪した魔王ニルガラの行方を知る人物——魔族とのハーフ」

どうやら自分のことは、かなり本格的に調べられているようだ。全知の王冠を受け継いだことまで、ほぼ完璧に。この街のどこに、どういう形で浄血族《ヴァンパイア》が潜り込んでいるか、いつか炙《あぶ》り出す必要があるだろう。

「おそらく、《絶嘯者《ぜつしょうしゃ》》ギダン以外は、きみのことに気づいただろう。この前のハドラインの一件はみんな注目していたよ」

「そりゃどうも」

どうせいつかは晒《さら》す必要のある手札だった。そろそろ、完全に隠れた勢力として動くには無理が出てきたところだ。タイミング的にもちょうどいい。

「何かと大変だろう？　だからぼくからも、お返しに提案しよう。キード・マーロゥ」

「一応、聞いとくよ。なんだ？」

「ぼくと結婚したくない？」

イオフィッテの顔がさらに近づき、キードは沈黙した。

表情は少しも動かなかったはずだ。おそらく。代わりに、ジリカが背後で動いていた。左手首を摑んだまま、左の人差し指と中指を立ててイオフィッテに向ける。その指先に、青白い光が灯っていた。キードはこれが敵を射貫く弓矢の能力を持つことを知っていた。射撃型の壊性

構造パケット——《不滅工房《ふめつこうぼう》》による最新鋭の精霊兵装《せいれいへいそう》。

ジリカがそれを構えると同時に、ラズィカもまた左手首の包帯を解いている。そこから床に血を滴《したた》り落とさせた。同じように、手首を掴んで構える両者が対峙した。

「ジリカ、止まれ」

緊張した空気を壊さないように、あくまでも抑制した声で告げる。

「こいつは一応、友好的な申し出だ」

「そうそう。ラズィカもやめなよ。大事な婿《むこ》候補に失礼だ」

キードが片手をあげ、イオフィッテが命じると、両者とも動きを止めた。視線だけが強い害意とともに交錯している。その状態のまま、イオフィッテはさらに言葉を続けた。

「……で、どうだい？　キード・マーロゥ。悪い話じゃないと思うな」

彼女の囁《ささや》く声は、甘い血の匂いがした。

「血を受け継いだ魔王の娘と、全知の王冠を受け継いだ魔王の義理の息子。両者の婚姻は強大な連合になると思わない？　きみはこの『棺桶通り』の支配権を確立し、新たな王の一柱として名乗りをあげることもできる」

血の匂いがしているということは、体の自由がいつ奪われてもおかしくないということだ。それでも問題ないように備えてきた。ポケットの中のフロナッジは、まだ動かない。敵対する意志は本当にないのかもしれない。いまはまだ。

キードは強引に口の端を吊り上げ、歪《いびつ》に微笑んだ。

「だからって、結婚か？　アホなのか？　もっと別の連合の仕方もあるだろ」

「それはぼくの趣味だ。ぼくはきみを気に入っている。必要であれば、この好意が『誠実』であることを証明してもいい。何かしてほしいことは？　たとえば──今夜、これから」

「何もない」

キードは短く答えた。

「同盟の締結が、唯一の望みだ」

「は、はははははは！」

黙り込んでいたザルフゴールが、大声で笑いだしていた。

「いいね。キード、オレはおたくのことは嫌いじゃない。むしろ好きだ。ハドラインを猿箱にぶち込んでくれたんだからな」

猿箱、というのは魔族どもが呼称する、人間の牢のことだ。そこに入れられるというのは魔族にとって最大級の不名誉の一つだろう。

「なんなら、婚約の立会人になってやってもいいんだが。どうする？　二人とも、誓いの杯でも交わすか？」

「婚約は断る」

キードは短く告げた。イオフィッテは表情をまるで変えない。少しだけ目を細めたか。

「残念だね。それは、ぼくに魅力がないってことかな？」

「実力不足だ。お互いにな。あんたが他の僭主七王《せんじゆしちおう》に対して、頭二つ三つ抜け出してる大物ならもう少し駆け引きしてもいい。だが、そうじゃない。あんたにとっても、俺の利用価値は低すぎるだろう」

この会話で、危ない橋を渡っていることは自覚している。どれかの言葉がイオフィッテの逆鱗《げきりん》に触れたときは全面戦争だろう。だが、ここは退《ひ》けない場面だった。

「この婚約は、お互いの格を低くするだけだ。まるで少しでも有利になりたくて必死みたいじゃないか——魔王ってのは、そういうものじゃねえだろう」

「ふ。言うね、キード・マーロゥ」

「それに何より、仁義が通らない」

それこそが、もっとも重要なことだった。

「あんたが本当にニルガラの親父の娘なら、なおさらだ。俺はあの男に約束したことがある。そいつを果たさずに娘を娶《めと》るのは、仁義に反する」

「約束っていうのは、なにかな？」

「魔王になること」

沈黙があった。

イオフィッテも、ザルフゴールも黙り込んで、そのまま数秒。あるいは数十秒が過ぎただろうか――イオフィッテの愉快そうな笑い声が沈黙を破った。キードから顔を遠ざける。

「いいだろう。見事だよ、キード・マーロゥ。余計に欲しくなった」

「ちっ。オレは残念だな。立会人の役をやってみたかったんだが」

ザルフゴールの舌打ち。この男は悪ふざけがすぎる、とキードは思う。ともあれ、やるべきことは終えた。ゆっくりと立ち上がる。

「話はここまでだ。俺は帰る。明日も仕事があるからな」

「そうだね。きっと、きみは明日からさらに忙しくなるだろう」

「――何か知ってるな？」

「悪いね。きみが私の婿《むこ》なら、すべて教えてあげたんだけど。まあ、勇者の娘にでも聞けばいいんじゃない？」

拗《す》ねるような口調。彼女もまた、悪ふざけをしているようだった。キードはジリカに視線を送りたくなったが、堪《こら》えた。彼女もたぶん知らないことだろう。知っていれば、すでにキードに告げている。

「この場所を用意したのは俺だ。ヒントくらい出せよ」

「仕方ないな。それじゃあ、一つだけ」

イオフィッテは微笑んだ。

「派出騎士が一人、殺されたそうだ。明日からちょっと荒れるかもね」

◆

派出騎士局本部、四階。大会議室。

アルサリサがその部屋を訪れたとき、すでに彼女以外の全員が揃っていた。つまりこれは、ずいぶんと待たせてしまったことになる。

(だが、やむを得ないことだ)

左右に居並ぶのは、派出騎士たちではない。いずれもこの魔王都市の騎士とは異なり、白を基調とした制服に身を包んでいる。それは胸元の『鉄の瞳』の紋章と合わせて、《不滅工房《ふめつこうぼう》》の本部から派遣された人員であることを意味していた。魔導従騎士《まどうじゆうきし》、と呼ばれている。『銀の瞳』の紋章を持つ正規魔導騎士からは、役職的にはいくらか低い地位にある。

その数、百といったところだろうか。彼ら魔導従騎士を視界の隅に捉えて、アルサリサは歩みを進める。その最奥のテーブルにたった一人で腰かける、一人の男に向かって。

「アルサリサ・タイディウス。出頭しました」

型通りの敬礼。デスクの男は大きな笑みを浮かべ、立ち上がった。

「ご苦労様。楽にしていいよ、形式だけの礼は不要だ」

喋《しゃべ》りながら、己の髪を指でねじる。そういう癖があるのかもしれない。調整官としては異例なほど若く、三十歳になるかどうか、というところだろう。その笑顔は明るいが、どこか過剰な気配がある――なぜだか不自然に思えてならない。

それが、フォレーク・イズニェル調整官という人物だった。

「イズニェル調整官。まずはご報告を――」

「ああ、フォレークと呼んでくれないか？　私もきみたちのことを名前で呼ばせてもらう！」

「承知しました、フォレーク調整官」

「よろしい！　そして報告なら必要ない。すべて頭に入れてある。この都市に到着してからもう八時間にもなるんだよ、そのくらいのことができなければ無能というものだ。そうじゃないかな？　まあ、ぜんぶ読むのは少々目が疲れたけどね！」

フォレークは冗談のように言って、机の上に載せられた書類の束を叩く。どうやら、それはソロモン殺害にまつわる一連の事件の捜査資料のようだ。

「きみの活躍は特筆すべきだね。《天輪《てんりん》》ハドラインの逮捕に、《万魔會《パンデモニウム》》の解体――」

喋りながら、アルサリサに片手を差し出す。応ぜざるを得ない。アルサリサが差し出し返した右手を、フォレークは両手で摑んだ。

「実に素晴らしい！　さすがは勇者ヴィンクリフのご令嬢だね！」

そうして強く握り、上下に大きく振った。

「父上の類まれな魔族狩りの資質！　それがきみにも備わっていることは疑いない。調整官として、共に仕事ができることを光栄に思うよ！　いや、実に素晴らしいことだ」

満面の笑みに加えて、少し興奮したような口調。早口にまくしたてる。

「その若さで、驚異的な活躍だ。若い世代が育っているのは頼もしい！　噂に聞けば、特別な法的措置で未成年ながら正規魔導騎士に抜擢《ばってき》されているんだって？　すごいじゃないか！」

（厳密には、未成年ではない）

アルサリサに適用されている特例措置は、成人した人間と見做《みな》すというものだ。とはいえ、そのことを主張しても意味がないことはわかりきっている。だから自制できる。

「……評価いただけることには感謝します。ですが、父は父、私は私です」

アルサリサはやや強引に、フォレークに摑まれた右手を戻した。両手は体側に、指先まで伸ばす。騎士が見習いのころから基礎として叩き込まれる、『気をつけ』の姿勢だ。

「正規魔導騎士アルサリサ・タイディウスとして、この街の治安維持に全力を尽くします」

「おっと、それは申し訳ない！」

フォレークはいまにも泣きそうな顔をした。表情の変化がやたらと大きな男だ、とアルサリサは思う。

「お父上とつい重ねてしまったな、私の未熟なところだね。こういうのは、以後も指摘してもらえると助かるよ！　ただ、目覚ましい成果を上げたのは事実。だから――」

フォレークが嬉《うれ》しそうに指を鳴らす。数秒。それから、もう一度。今度は少し苦笑し、左右に居並ぶ従騎士の一人に目をやる。

「きみ！　白の小楯を授与する予定だったよね。偉大なる勇者の令嬢、アルサリサくんに早く報いてあげないかい？　ねえ？」

「あ、は、はい！　すぐに！」

「あれ、別の部屋だった？　それは申し訳ない、取ってきてくれる？」

「承知しました！」

従騎士は足早に部屋を出ていく。フォレークは苦笑いしながら彼の背を見送り、やはり大げさに首を振った。悲しそうに眉が下がる。

「減点、三。準備不足に対応の遅さ。それから、退出するときにも作法があると思わないか？　仕方ない、彼は降格だな……」

心から残念そうな響きが、そこにあった。ため息のような囁《ささや》きとともに、再びデスクに座る。

アルサリサはいっそう背筋を伸ばした。

噂通りだ。この男に対するときは、一片の隙《すき》も見せることはできない。

（経歴は、《クチナシ》の諜報員からの叩き上げだというが――）

《クチナシ》、とは、《不滅工房《ふめつこうぼう》》の中でも特殊諜報員を意味する役職だ。彼らがどれほど厳しい選別を経ているか、アルサリサはその片鱗だけなら知っていた。いまはいない、彼女の先輩がそうだったからだ。

「アルサリサくんの表彰は後にするとしよう。申し訳ない、段取りが悪いね」

「いえ」

アルサリサは短く答えた。

「それより、私をお呼びになったからには、何か御用があるのでは？」

「ああ！　そうそう。忘れるところだった！　いやあ、実はちょっとした事件が発生しているんだけどね。可能であればきみから助言してほしいんだ！」

フォレークの口からは、言葉が次々と滑らかに出てくる。

「ほら、アルサリサくんは魔王都市の先任だ！　私よりも知識は多い。だろう？」

「問題、と、いいますと？」

「本日の夕刻、派出騎士局三課の人員が一人、殺害された。まあ、おそらくは魔族による犯行だろうね」

「……魔族に、ですか」

アルサリサも、この魔王都市の組織については多少詳しくなっている。

派出騎士局の三課といえば、通常は巡回や、人間を巻き込んだ突発的なトラブルの対応を職務とする部隊だ。事件が起きてから出動する一課や二課とは役割が違う。事件が起きる前に民間人を守る、という役目から、一般に騎士といえば三課がイメージされる場合も多い。

それが、殺された。

よくあること、ではない。人間を下等生物としか認識していない魔族だが、それでも騎士に危害を加えることが何を意味するかわかっている。

これは人間の軍隊に手を出した、ということだ。騎士が被害者となるような傷害事件は滅多に起きていない。殺害される事件は――それこそ、三年前のグリーシュ動乱以来のことになるはずだ。少なくとも、公的な記録においては。

「きみ」

フォレークはまた傍らの従騎士に顔を向けた。明らかな緊張が走る。

「お名前、なんだっけ?」

「はい！　シレガー・フラントンです、調整官どの」

「そうそう、ありがとう！　フラントンくん、詳細をよろしく」

フォレークは、フラントンに対して指を鳴らした。明らかな緊張が、その顔に浮かぶ。

「はい！　事件は夕刻。五時十二分に発生しました。旧・栄光橋南側の繁華街にて、一人の派出騎士が倒れているのを住民が発見して通報。被害者はアレクス・モラード。全身に打撲と骨折があり、何かに押しつぶされたような状況だったとのことです」

一息に告げてから、フラントンは最後に付け足す。

「なお、スーディ・ウラビス鑑識官の分析では、地船《スキーズ》のような大型の物体に『轢殺《れきさつ》』されたものと推定されるとのことで、凶器はおそらく――」

「きみ。余計なことを付け加えないように」

フォレークの言葉は、どこまでも穏やかに響く。

「スーディくんの意見は、推測を先に進めすぎているように思う。他の鑑識官の分析は違ったんだろう？　死因も凶器も特定するには早すぎる、と。彼女の意見だけを特別に取り上げて解説しないように」

フォレークの指先が髪をねじった。

「調べはついている。スーディ・ウラビスは《不滅工房《ふめつこうぼう》》の研究部門から左遷された落ちこぼれだ。その意見の信憑性《しんぴょうせい》は低いと言わざるを得ないね」

「——はい」

従騎士フラントンは沈黙した。顔が明らかに強張っている。それと正反対に、フォレークは頬を緩めて明るく笑った。

「まあ、そういうわけだ。たいした事件ではないんだけどね」

その言葉に、アルサリサは啞然とした。

（たいした事件ではない？　馬鹿な。派出騎士が殺されているんだぞ……！）

仲間が殺されたということだ。派出騎士は互いに特別な連帯感を持っている。それが殺されたとあれば、黙っていられる事態ではない——本来ならば。

だが、アルサリサにはわかっている。フォレークの言葉の意味を。

「たった一人の派出騎士の命だ。これをきっかけに、魔族との戦争に発展するなんてことはあってはならない」

フォレークは、独り言のように言った。

それはたしかに事実かもしれない。魔族が何かの間違いで派出騎士を殺傷してしまうことはあり得る。その魔族がいずれかの會《かい》の構成員であれば、間違いなく面倒な事態になる。

その場合に、行きつく先は種族間抗争だ。

あるいは本格的な大戦の火種にも発展する可能性はあった。

「この件の捜査については、くれぐれも軽率な行動に走るべきではない。と、私は考えているのだけれど」

アルサリサの顔を、下から覗《のぞ》き込むようにして笑いかけてくる。そのときはじめてアルサリサは、この男の笑顔を不快だと思った。

「どうだろうか、アルサリサくん。正規魔導騎士としてのきみの意見を聞きたい」

要するに、これは――自分に対して釘を刺し、どれだけの忠誠心があるか確かめようとしているのだ。表彰するとか意見を聞くとかいうのは建前にすぎない。フォレークの望まない意見をアルサリサが持っていないかどうか。それを調べるために呼び出されたのだ。

周囲の従騎士たちも、アルサリサに視線を注いでいる。この《不滅工房》本部から、フォレークが連れて来たと思われる人員は、間違いなく彼と同じ意見を持っているだろう。

「――私は」

アルサリサは慎重に言葉を選んだ。自分を抑える。こういうときこそ自制心が必要だ。いまここでフォレークと敵対するのは、絶対に得策ではなかった。

「調整官どのと同じ考え方です。軽率に魔族を摘発するべきではありません」

「ああ、よかった！」

あまりにもわざとらしく、フォレークは実際に胸をなでおろす仕草をした。

「かの勇者のご令嬢も同意見とは心強い。私の判断もそう間違いではないのかな。それでは、この事件については、私のチームと派出騎士一課の連携で捜査を進めていこう。アルサリサくんにおいては、自分の任務に専念してもらって構わない」

結局、それが目的なのだろう。アルサリサには余計なことを気にせず《偽造聖剣》の工房を突き止めろ、ということだ。

（たしかに、そちらの方が《不滅工房《ふめつこうぼう》》上層部への印象も強い）

魔王都市という、いわば人類にとっては辺境の地で起きた、派出騎士殺しなどは些細な事件なのだろう――《不滅工房》にとっては。むしろ、大事になってしまっては困る。内密に処理したい案件に違いない。

「私からは以上かな。アルサリサくんの表彰は改めて後日に」

フォレークは片手を振った。終わり、という意味だろう。

「明日は《鋼帝《こうてい》》ミゼに事情聴取を行う予定だったね？　くれぐれも丁重に、穏便にお願いするよ。かの勇者のご令嬢ならば、改めて忠告するまでもないことだろうけど」

今度は、どこか卑屈な笑みさえ浮かべてみせる。

（この調整官は噂以上、だ。《不滅工房》の意志を忠実に汲んでいる）

アルサリサは沈黙した。何も言うことはできなかった。調整官であるフォレークの指示は正当なものだ。捜査の方針を示す権限があり、組織の秩序と法に則している。

「――承知しました」

だから、アルサリサは型通りの敬礼で応じた。

「《偽造聖剣》の工房検挙に全力を尽くします」

フォレーク・イズニェル

《不滅工房》調整官

人間

MAOU TOSHI CHARACTER

二　魔導騎士連続殺人事件　1

鋼核属《ゴーレム》たちの王、《鋼帝《こうてい》》ミゼの縄張りは、魔王都市のほぼ中央に位置する。

街を分断するサザリス川の南。どの勢力にも属さない緩衝《かんしょう》地帯を抜けた先——その領地を見た者は、まず圧倒されるだろう。他の僭主七王《せんじゅしちおう》の支配域とは、あまりにも景観が異なっているからだ。

それはアルサリサも例外ではないらしい。

キードは彼女の横顔を見て、少し笑ってしまった。

（俺も最初は驚いた）

「アルサリサどの、口が半開きになってます」

「……気のせいだ」

アルサリサは不愉快そうに呻《うめ》いて、口を閉じた。

実際、その光景はいつ見ても驚異的だ。金属質な外壁を持つ高層建造物——鋼核属《ゴーレム》たちがビルディングと呼ぶ特異な建物群が立ち並び、工場らしき施設からは煙が延々と排出されている。黒い煙、白い煙、銀色に輝く煙、青や緑や紫の煙。それらの影響で、移動店舗である大型の鋼核属《ゴーレム》が街中を闊歩《かっぽ》する影は、得体のしれない巨大な怪獣のように見える。

だが、何より驚くべきは、街の中央に浮かぶ『球体』だろう。

黒い鋼の球体が、やや高い場所を浮いている。立ち並ぶ高層ビルディングに隠れて、遠目には大きなドームのようにしか見えなかったものだ。

「あれが械船《かいせん》ハドゥラ」

そう。船だ。あの黒い球体は『乗り物』であり、『移動手段』でもある。事実、キードはあの黒い球体が高く浮かび、街を飛行するところを見たことがある。あれは《玄永會《オブシダン》》──《冥《めい》府《ふ》の貌《かお》》のロフノースとの大規模抗争のときだった。

「《鋼帝《こうてい》》ミゼのやつが、魔王ニルガラから受け継いだって主張してる代物ですよ。ミゼいわく、魔王の頭脳そのものが船に内蔵されてるんだとか」

「頭脳を？」

おそらく無意識だろう。アルサリサは自分の頭を手で押さえた。

「いくらなんでも、それは不可能だろう。すぐに露見《ろけん》する嘘だ。魔王の頭部は見つかっていないし、だからこそ死を隠匿できていた。キード、お前も自分が葬ったと言っていたはずだ」

「いえ。そうじゃなくて──魔術的な記録媒体で保存できるそうなんです。俺もよく原理はわからないんですが」

「なるほど」

どうせアルサリサにもわからないだろうと思って言ったことだが、彼女は意外なほどあっさりとうなずいてしまった。

「人工精霊のようなものか。あれらは疑似的な知能を持ち、記憶能力もある。そうでなければ魔術の演算ができない。さらに複雑な仕組みならば、人格のようなものも再現できるだろう」

「ええと……」

少し唸ったが、キードは即座に諦めた。

「それはつまり？」

「また自分で考える気がないな。もういい。行こう。あの球体……械船ハドゥラが、つまりはミゼの居城なんだろう？」

「そういうことです」

《鋼帝》ミゼ。思ったよりも簡単に面会の予約を取りつけることができたのはいいが、キードにも何を考えているのかわからない。ハドラインを逮捕した勇者の娘と、魔王ニルガラの王冠を継ぐ者。それを知っていて興味を示しているのだろうか。

いずれにせよ、僭主七王《せんじゆしちおう》を相手にする場合、最大の警戒が必要だ。

（それに——）

キードにも気づいていることがある。ここに来るまで、やけに派出騎士の捜査員を多く見かけた。何かが起きている。その『何か』は明白だ。

「アルサリサどの。例の件、ご存じですか？」

「……どの件だ」

露骨な警戒。おそらくこの少女は、嘘があまり得意ではないのだろう。

「派出騎士が殺された件ですよ。三課の巡回中の騎士が、轢殺《れきさつ》――されてたそうですね？」

「知っているのか。それは局内の噂話か？」

「そんなところです。で、我々は《偽造聖剣》を追いかけてていいんですかね？　身内が殺されたとなると、黙っていられねえってやつも多いでしょ」

「……お前も同じか？」

「そりゃそうですよ」

事実、この件をキードはあらゆる意味で深刻に受け止めていた。

「派出騎士の三課は、一課や二課とは少し違う。現場を這いずり回って働いてる。マジで一番危険な仕事をやってるんです」

実力的には、三課の騎士は一課や二課から少し劣るといわれている。それは新任の騎士が、基本的に最初に割り当てられる部署だからだ。業務は街の巡回。事件を未然に防ぐこと。だからこそ、もっとも危険に晒《さら》される部署であるといえた。

――その分、キードに限らず、派出騎士たちはこの三課の仕事を重要視している。ある意味では、三課は特別な敬意を払われている。派出騎士の一課や二課を将校とするならば、三課は兵隊だ。兵隊なしにはどんな作戦も成り立たない。

それに、思い入れもある。派出騎士の新人はまず三課に配属されて経験を積む。キードも例外ではなく、新人時代、三課ではずいぶんと世話になった。

「騎士殺し。わざとやったのか、それとも偶然の事故なのか。どちらにしても、こんな事件を許したら、仁義ってやつが通らねえ」

「一課が捜査を開始している。《不滅工房《ふめつこうぼう》》から派遣されてきた従騎士たちもフォレーク調整官の指示の下、投入された」

アルサリサはキードの顔を見ずに言った。

（何か隠してるな）

という気はしたが、追及はできない。アルサリサも何か鬱屈《うっくつ》したものを抱えているように思えたからだ。

「我々が捜査に加わるまでもなく、すぐに手がかりは摑めるだろう」

「だといいんですがね」

キードは生返事で答えたが、一課の派出騎士が投入されているというのは本当だ。昨夜はイオフィッテと面会した後、ジリカ・ロッカーラもすぐに厳戒態勢に入った。彼女もまた、三課の派出騎士たちの殺害を重大に受け止めている。

だとすれば、たしかに、アルサリサの言う通りだろう。容疑者の手がかりはすぐに見つかるはずだった。キードは一課の派出騎士たちの捜査と分析の能力を疑っていない。自分は、自分の捜査に集中するべきだ。アルサリサの反応が微妙なのは気になるが。

「それより、《鋼帝《こうてい》》ミゼとの面会についてだ」

アルサリサは空に浮かぶ黒い球体を指差す。

「あの城には、どこからどうやって入城するんだ?」

「飛翔型の鋼核属《ゴーレム》便です。頼めば運んでくれますよ」

鋼核属《ゴーレム》便は、この魔王都市では地船《スキーズ》に次ぐ移動手段だった。鋼核属《ゴーレム》たちが己の体を使って客を運ぶもの。一般的な地船《スキーズ》よりも小回りが利くし、空を飛ぶこともできる。

ただ、事故率が多少高いことだけが問題だ。死亡事故が起きても文句は言えない。このことを利用して、《冥府の貌《めいふかお》》のロフノースなどは『生命保険』などという商売を始めている。死んだらその遺体を回収して確実に不死属《アンデッド》になるよう保証する、というものだ。

この商売は当然のごとく《鋼帝》ミゼの不興を買っており、『生命保険』の店舗を見つけ次第、《紫電會《パルス》》が襲撃することになっている。《紫電會《パルス》》の連中は死者を不死属《アンデッド》などにされては困るのだ。鋼核属《ゴーレム》に改造して『有効活用』するのが正しいと信じている。

「鋼核属《ゴーレム》便か。それは、人間も問題なく乗れるのか?」

たしかに、いくつもの飛翔する鋼核属《ゴーレム》が、ひっきりなしに械船《かいせん》に出入りしている。そのいくつかは人間を乗せているのだろうか?

「魔族が人間を簡単に乗せるのは意外だ」

「鋼核属《ゴーレム》の考え方はちょっと独特ですからね。金さえ払えば飛んでくれる。利益になるなら人間でも使う……そう。人間を利用して資金を徴収してるって意識なんですよね。あいつらは金儲《もう》けに真面目なんですよ」

「――おおっ、そうそう！　そういうことなんです！」

不意に、背後から大きな声が響いた。少しひび割れたような声で、アルサリサは少し肩をびくりとさせたほどだ。

「ちゃんと金さえ払ってくれれば、どこまでだって飛んでやりますよ。なにしろいっつもオレらは金欠ですからね！」

振り返ってみれば、大きな鋼の人形――のようなものがそこにいた。背丈はキードの倍ほどもありそうで、その外見からして間違いなく鋼核属《ゴーレム》だった。頭部に大きな鋼の角と、アンテナのようなものが伸びている。顔の中心には、緑に輝く瞳のような光が灯っていた。

キードはそちらに向かって片手を上げる。

「お。来たな、ガフレップ」

「そりゃあ、オレらの大将の頼みならいつだって！」

おい、と、思わず声をあげそうになった。それでもどうにか踏みとどまる。

「……その大将ってのは勘弁してくれ。普通に呼んでくれよ」

「え、なんで？　大将は大将でしょ？」

「……まあいいや」

訝しげな顔をしたアルサリサとは目を合わせず、頭を掻きむしる。ガフレップの困ったところは、正直すぎるところだ。口止めに苦労する。

「とにかく、運んでくれる？　また故障してないよな？」

「そりゃもう、おかげさまで万事快調！　行先は、ミゼ様の居城でよろしいですかい？」

「うん。頼むよ。割引は？」

「はっはっ。オレが割引に応じると思いますか？　絶対イヤです！　そんな克己心に欠けた振る舞い、仁義が廃《すた》るってもんでさあ！」

ガフレップはばりばりと何かが放電するような、奇妙な音を響かせた。それが彼の笑い声なのだ。鋼核属《ゴーレム》は笑い方も千差万別で、個体差が激しい。おまけにガフレップの頭は、笑い声に合わせてそれ自体がくるくると旋回した。さらに額は七色に点滅する。

「すごいなあ。きみの頭、また交換したの？」

「あ、わかっちゃいました？」

待っていた、とばかりにガフレップは自らの頭を叩いてみせた。

「最新型の並列四基式演算コア搭載！　メモリは二千ドーツを確保して、消費魔力も従来の四割カット！　さらに頭が良くなっちまいましたよ！　まあ、おかげで今月も金欠なんですが」

凄まじい勢いでまくしたてる。鋼核属《ゴーレム》というのは己の体の改造を好むものだが、ガフレップはその説明も好きらしい。特に彼の場合は、自分の頭脳を拡張することに対して、多大な関心を傾けている。

「少しでも稼がなきゃあならないんです。もう少し性能いいやつにアップデートして、もっと賢くなって、大将の役に立ってみせますよ！　なんで、料金は少しも負かりませんね！」

「じゃ、仕方ないな……アルサリサどの、これって経費で落ちますよね？」

「交通費だ。問題ない、とは思うが」

アルサリサはガフレップを見上げた。わずかに不審そうな目だった。

「あなたが、どうやって私たちを運ぶんだ？」

「お！　気になりますかい、ちっこいお嬢さん！」

「……私は、決して小さくないぞ」

やはりこの言葉は彼女の逆鱗《げきりん》に触れるらしい。ぐっ、とアルサリサは背伸びをして胸を張ってみせたが、ガフレップはまた放電するような笑い声をあげた。

「オレからすりゃあ人間なんて大差ねえですよ！　ちっこい二人を運ぶくらい、楽勝です！　ほら、こんな風に！」

ガフレップが地面に手をつき、うずくまったかと思うと、その体から連続した金属音が響き渡った。ガチン、とか、バン、とかいう派手な音をあげて、ガフレップの体が変形していく。両手足が折りたたまれて格納され、翼が背中から展開されて、輝く銀の煙が排出される。

およそ十秒。その間に、ガフレップは翼の生えた馬のような形状に変化していた。

キードはその様子を見るたびに感心させられる。アルサリサはもっと明白に、ぽかんと口を開けていた。

「どうです！　びっくりしました？」

ガフレップの声は、明らかに反応を期待していた。

「いかがっすか、お嬢さんも。翼、生やしてみたくありません？　モモンガみたいに滑空するだけの手術なら割と簡単だし、安いとこ知ってるんで、紹介しますよ！」

「いや……」

アルサリサがひどく困惑しているのがわかった。ガフレップが紛れもない善意で提案しているのがわかるのだろう。

「私は必要ない」

「嘆かわしいなあ！　これだから人間の方々は……『克己心』ってものが足りてない。そんなんじゃあ世の中の変化に置いていかれちゃいますぜ！　もっと自分を超えていかなきゃ」

これが、鋼核属《ゴーレム》たちをはじめとする《紫電會《パルス》》の活動原理。『克己心』というものだ。

彼らは、自己の改造によって過去の自分を超えていくことを、そう呼んでいる。

◆

械船《かいせん》ハドゥラの内部構造は、外観からは想像できないほど複雑だった。

少なくともアルサリサにとっては、あまりにも斬新に感じられる。滑らかな白色の床と壁が続き、その内側を紫色に輝く配線——あるいは血管のようなものが縦横に走っている。

このような建築様式は見たことがない。どうやって実現しているのかもわからない。ただ、壁を走る紫の光は、人工精霊であるようだった。魔族でありながら、人工精霊も使う。それどころか研究して発展させようとしている。

それが《紫電會《パルス》》という組織だと、事前資料には記されていた。

「それで——キード。面会の場所はどこだ？」

アルサリサにとっては、何もかも見慣れない様式の建築だ。というより、乗り物というべきなのだろうか。ついあちこちを見回してしまう。

「謁見《えっけん》の間でもあるのか？」

「ううん、どうなんでしょうね……俺にしても来るのはまだ二回目だからな。やっぱり、いるとすれば謁見の間か操舵室か……」

「ん。待て。いま、嫌な予感がしたぞ……猛烈に！」

「ぐぇ」

アルサリサはキードの赤錆《あかさび》色のマフラーを掴んだ。

「もう一度聞く。キード。面会の場所はどこだ？」

「ど、どこでしょうね……その前に、まず、マフラーを離して……」

「約束を入れているんだろう？　その通りだと答えろっ！」

「いやあ、それがその。……はは」

キードの頼りない笑い。それが単なる見た目だけにすぎないことを、もうアルサリサは気づいている。これは確信的な犯行の印象を、気弱な笑顔で緩和しようとしているだけだ。

「一応、約束は申し込みました。三回も」

「返答！　返答が大事だろう！　答えがなかったのか？」

「実はそうなんです。さすがですね、名推理——ぐえっ」

キードはまたうめき声をあげた。アルサリサがマフラーを思い切り引っ張ったからだ。

「馬鹿め！　それでは不法侵入ではないか！」

「いやあ……ガフレップ、あいつはなかなかの腕利きでしょ。よくもまあこっそりと侵入できたと思いません？　すごくないですか？」

「すごいが、そういう問題ではない！　またか？　イオフィッテのときもハドラインのときもそれだったではないか！」

「しーっ！　大きな声を出さないで！　警備兵が押し寄せてきたらどうするんですか」

「そんなものが必要になるような状況にしたのは、お前だろうが……！」

「あ……でも、こうなったら警備兵に尋ねた方がよさそうだ。誰かいませんかね？」

「尋ねる？　本当にその表現が正解か？　暴力行為を伴った質問であれば許さんぞ」

「もちろんですよ！　信用ないなあ」

当たり前だ、と怒鳴りそうになる声を、アルサリサはどうにか飲み込んだ。忘れかけていたがキード・マーロゥはこういう男だ。怠け者を装っていながら、違法捜査を行うことをなんとも思っていない。

（やはり、信用しすぎるのは危険だ）

その懸念は、もはや確信に近い。一方のキードはふらりとした足取りで歩き出す。曲がり角を覗《のぞ》き込み、大声をあげる。

「すみませーん！　誰か！　派出騎士局から来た者なんですが、ミゼどのと面会する約束がありまし……てっ」

声の最後が裏返った。飛び退く。一瞬の閃光と同時に、ばちっ、と、鋭く硬質な音が響いている——足元。何かが通過し、床が抉《えぐ》れたような痕ができる。

それを視認すると同時、アルサリサは自らの精霊兵装《せいれいへいそう》を抜剣している。クェンジン。キードの肩を摑み、引きずり倒す。

「下がれ、キード！」

「ぐぇ」

何かが宙に浮いていた。小さな角の生えた白い球体、とでもいうべきか。あるいは眼球だ。

中央に紫の光が灯っている。それが何かを射出し、キードの足元の床を傷つけた。

咄嗟《とっさ》に見えたのはそこまでだったが、その攻撃の正体はすぐにわかった。

(――鉄だ。鉄の欠片《かけら》!)

球体から生えた角が輝く。次の魔術が演算される。鋼核属《ゴーレム》が魔術媒介とするのは、彼らの体内を流れる電流だ。それを外部に放電させて魔術とする。遠距離に干渉することは難しいが、その分、発生の素早さから近距離戦闘では強い。

(来る)

常人をはるかに超えた、アルサリサの視力ならば見える。

稲妻が虚空に閃き、鉄片が形作られる。単純な錬金錬成《れんきんれんせい》ジェネレータ。小さな鉄の欠片を生成して打ち出しているのか。

そこまでわかれば、やることは速い。

「クェンジン!」

防げ、とまで命じなくても、緊急起動ならば通じる。

じゃっ! と、クェンジンの刃から放たれた鎖が、飛来する鉄片を弾《はじ》き飛ばす。弾いた鉄片が壁に突き刺さる。キードは少し遅れて床と壁の傷を目で追う。

「うおっ。なんなんです、いまの? なんか撃ってきました?」

「警告。威嚇《いかく》射撃を行いました」

空中に浮かぶ、眼球のような鋼核属《ゴーレム》が声を発した。

「訪問規定外区域に侵入しています。ただちに投降し、武装を解除してください」

無機質な音声を発しながら、また小さな角が輝く。何をしてくるのか、アルサリサには見当がついた。錬金錬成ジェネレータによる小型の鉄片の大量生成——一斉射撃。クェンジンの鎖では防ぎきれない。

(大歓迎だな。やはり面会の約束などなかった)

いまさらそれを確認したところで、後の祭りだ。

「キード！　小さな鉄の欠片だ。加速させて撃ち込んでくる。迎撃しろ！」

「はいはい」

今度は、キードが対処した。すでに投擲《とうてき》体勢に入っている。

「鉄片、それと鋼核属《ゴーレム》！　ぜんぶ叩き落とせ！」

放たれたフロナッジが、射出されてくる鉄片を弾きながら眼球状の鋼核属《ゴーレム》を捉える。一撃で砕く。紫色の火花を散らして、鋼核属《ゴーレム》が地面に落下する。

「警告——警告」

雑音の混じった音声は、まだ響いている。

「侵入者からの敵対行動を確認。警備システム全活性——アドミニストレーター・ミゼの安全を確保するため——」

「アルサリサどの」

まだ音声を発し続けていた眼球状の鋼核属《ゴーレム》を、キードは踵《かかと》で踏み砕いた。

「なんか、俺ら、歓迎されてない気がしません？」

「当たり前だ。これでは警備兵に質問するどころではないだろう。お前も暴力的な行為に及んでしまった」

「いまのは仕方なかったんじゃないですか？　反撃しないと死んでましたよ」

「その発端はすべてお前だろうが……！」

通路の奥から、巨大な影が向かってくるのが見える。金属音とともに蒸気を吐き出す、獣のような四つ足の鋼核属《ゴーレム》。ずいぶんと剣呑《けんのん》で大きな四つの角が、頭部や背中から突き出ていた。

「撤退するべきだな。ミゼに謝罪して、正式な面会を取りつける。お前には然るべき処罰を下すとして」

「そんなあ」

「そんなあ、じゃない！　なんで『それは横暴』みたいな顔ができるんだ」

アルサリサはクェンジンを振るう。虚空に生じた鎖が、獣のような鋼核属《ゴーレム》に向けて走った。

相手は、けたたましい金属音とともに放電する。強力な防性結界フィルタ。光り輝く盾がクェンジンの鎖を防ぐ。

（なるほど。防御に徹するタイプか）

その頃にはもう、アルサリサは敵の特性を見切っている。

獣のような鋼核属《ゴーレム》が後ろ足で立ち上がり、分厚い装甲の前脚を盾のように構える。こうして防御に徹されると、封印保護プロトコルであるクェンジンの鎖はあまり意味をなさない。時間稼ぎをされるだけだ。その間に、さらなる増援がやってくるのは目に見えている。

「――突撃形態に移行――増援を確認次第、侵入者を平和的に制圧します」

またしても、錬金錬成《れんきんれんせい》ジェネレータ。それが鋼核属《ゴーレム》の得意な魔術だとは知っている。獣のような鋼核属《ゴーレム》の全身から、鋭い棘《とげ》が無数に生えてくる。そのまま突っ込んでくるつもりか。

（何が平和的な制圧だ……！）

アルサリサは呆れた。この状況、打開策があるとすれば――。

「キード！」

即座の対処が必要だった。クェンジンで床を擦《こす》り、鎖を生成する。

「援護《えんご》しろ。お前の言う通り、明らかに歓迎されていない」

「みたいですね。なんでだろ。勝手に押し込んだからかな？」

「誰のせいだ。お前はいつもなんでそうふざけるんだ！　不愉快だ！」

「ヤバいときほど、ふざけて緊張を抜かないと。戦いのコツですよ」

アルサリサは黙った。思い出すことがある。ヴェルネ・カルサリエ。彼女もまた、そんなことを言っていた――どこか陰険に笑いながら。頭を振って意識を切り替える。

「……もういい！　相手の目的は時間稼ぎだ、速やかな解決の手はあるか！」

「そりゃもう。まずは相手を縛りつけて、動きを——」

そうしてキードがフロナッジを手にしたときだった。

『——そこまで』

妙に周囲に響くような声だった。どこから聞こえてくるのかもわからない。左右を見回したが声の主の姿はどこにも見えない。

『エフアール・一〇八。平和的制圧を中止しなさい。それは侵入者ではありません』

その言葉で、獣のような鋼核属《ゴーレム》の動きが止まった。全身に生えた棘《とげ》の回転も停止する。

『アルサリサ・タイディウス。キード・マーロゥ。お待たせしてしまい、すみません。優先度の高い別案件を処理しており、遅れました。謝罪します』

魔族が人間に謝罪という言葉を使うのは珍しい。それに、一切の感情を排除したような響きの声だった。

『どうしたのですか？』

呆然としているアルサリサに、声は続けた。

『面会を申し入れたのは、あなたたちでしょう？』

「届いていたのか。しかし……返事はなかったと、この男が」

『返事？　必要ですか？』

どこまでも無機質ながらも、声には少し驚いたような響きがあった。

『拒否しても同意しても、そちらの方が不法侵入してくる可能性は高いと判断しました。およそ九割強の確率です。そうであれば返事は時間の無駄です』

「さすが《鋼帝《こうてい》》ミゼ。賢いですね！　……そう思いませんか、アルサリサどの？」

キードが拍手をする。アルサリサは何も言う気にはなれなかった。魔族の思考はまったく理解できないと思う時がある。これが《鋼帝》ミゼか。

「で、面会してくれるっていうことなら……」

キードは大きく息を吐いて、フロナッジをポケットに突っ込んだ。

「姿くらい見せてくれてもいいんじゃないですかね？　どこにいるんです？」

『難しいことを言いますね。座標のことを質問しているのであれば。あなたたちのそれとは尺度が違う。この械船《かいせん》のすべてが私とも言えるでしょう』

「……ええと？」

キードはアルサリサを振り返った。自分で分析する気がほとんどないに違いない。ただこの時点は、アルサリサにも理解はできなかった。いくつかの可能性があったからだ。

『では、あなたたちの常識的感覚でもわかりやすくします』

がこっ、と、頭上で金属音が響いた。穴が開く。何かが降ってくる——アルサリサは反射的にクェンジンを構えたが、その必要はなかった。

『訪問を歓迎します』

なめらかな銀色の、人型の鋼核属《ゴーレム》だった。それも、体の曲線は女性に近い。頭部には二つ、人間の瞳のような紫色の光が灯っていた。

『私が《鋼帝《こうてい》》ミゼです。会話しやすいよう、小型の端末で失礼します。お二人には質問事項がありますので、速やかに面談を行いましょう』

「こんなところで?」

キードは少し皮肉っぽく口を歪めた。

「お茶とお菓子くらい出てこないもんですかね?　イオフィッテのところとは違うな」

「キード!　せっかく話がまとまりかけているのに、余計なことを」

「先制攻撃ですよ。最初にこのくらいカマしておかなきゃ」

『――なるほど。あの吸血蟲《むし》は、お茶を出したのですか』

イオフィッテの名前を出すと、音声にわずかな雑音が交じったような気がする。瞳の光も明滅した。よほど嫌いなのかもしれない。

『それでは、私は』

周囲で騒々しい金属音が響き始める。壁と床が振動し、その姿を変形させていく。強力な魔術が演算され、物質の構造を改変していくのがわかった。うぉ、と、キードは短い声をあげてよろめいた。そのまま転倒する――アルサリサはそこまでの無様はさらさずに済んだ。

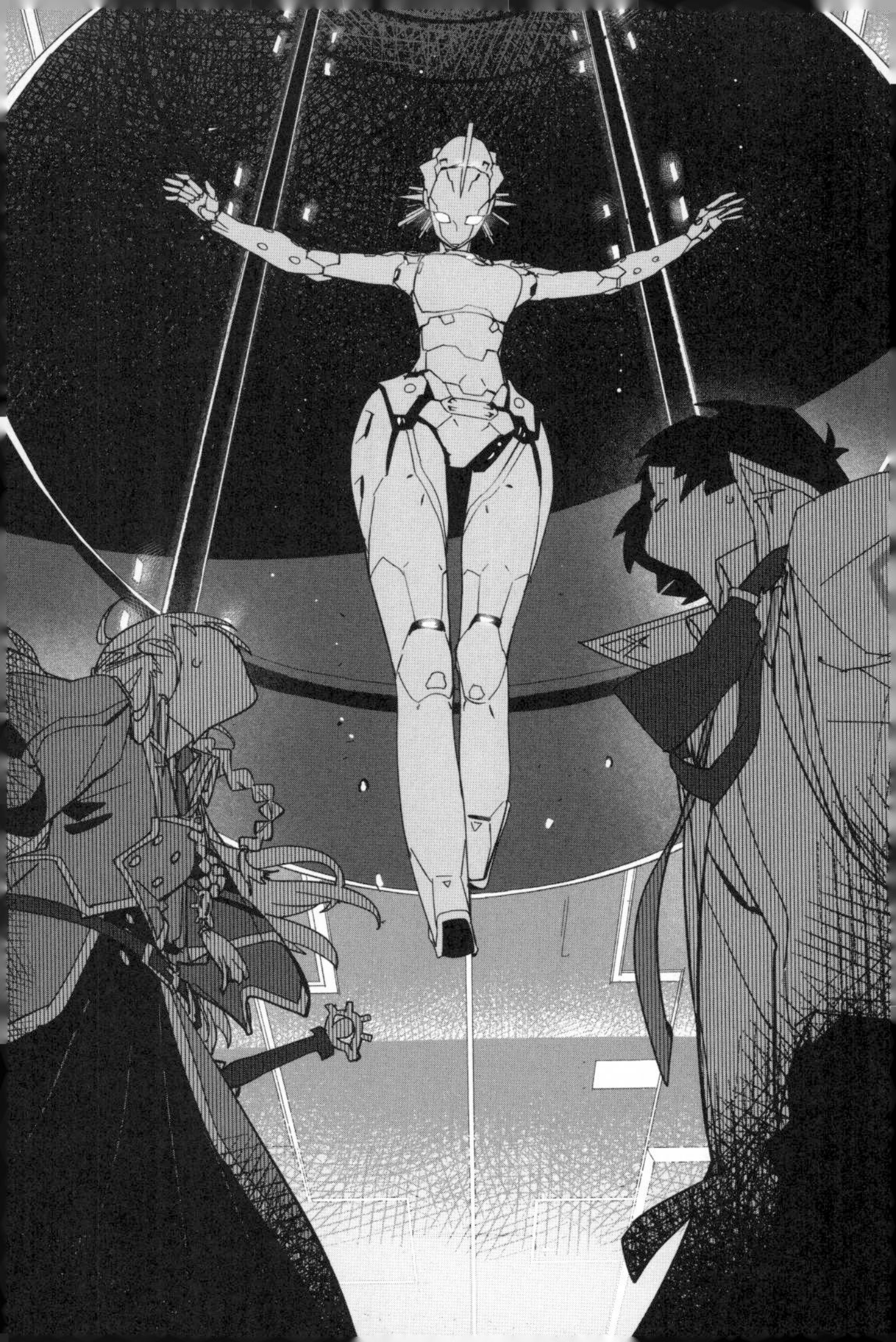

『最上の空間でもてなしましょう。あらゆる状況に対応して自分を改変していくことこそ我々が目指す美徳ですから』

気づけば、そこは広い応接室だった。倒れたキードはソファに寝転がっていて、アルサリサの背後には銀色の椅子が出現している。そしてテーブルの上には、湯気をたてる茶と菓子が並んでいた。

「すげ。本物ですよ、これが《鋼帝《こうてい》》ミゼかあ」

キードはソファに寝転がったまま、間抜けなことを口にした。

◆

『アルサリサ。キード。あなたたちに質問したいことは二点ほどあります』

そんな風に、ミゼは切り出した。

『第一に、《偽造聖剣》を製造する工房の所在。第二に、ニルガラ陛下が保有していた全知の王冠を私に譲渡する条件』

ほとんど抑揚のない、どこまでも平坦な声。

あまりにも自然に喋《しゃべ》り出したので、アルサリサは口を挟むのが遅れた。本当だ。テーブルの上にあったお菓子を口に運んでいたせいではない。ニルガ・タイド名菓『魔王の肋骨』と呼ばれるお菓子だ。店舗によって微妙に製法が違い、これはバターの風味が強かった。

個人的にはイチゴのような果実のフレーバーがきいているものが好みだったが——とにかくいまはそれどころではない。

『ただいま述べた二点についてご回答いただくことが、この面談の終了条件になります。宜しいですか？　それではご回答をお願いいたします』

「ま、待ってほしい」

アルサリサは急いでお茶で『魔王の肋骨』を流し込み、片手をあげた。横で少し笑ったキードのことは睨《にら》むだけに留めておく。

「質問したいのは我々の方だ。《鋼帝》ミゼ。特に第一の質問については、こちらが知りたいぐらいだ——《偽造聖剣》の工房を、あなたも探しているのか？」

『当然です』

ミゼの声は淡々としており、そこに感情の類を感じることはできない。

『《偽造聖剣》を製造する工房が、私の管理する領域に存在することは明白です』

「その証拠を、あんたも摑んでたのか？」

キードが横から口を挟んだ。どうやら挑発的な態度で行くと決めたようだ。

（良い警官、悪い警官のメソッドか）

アルサリサもそういう取り調べの手口を知っている。相手に自白を促すための方法だ。効果的な場合もあるが、しかし――この相手は僭主七王《せんじゅしちおう》の一角。《鋼帝《こうてい》》ミゼだ。果たしてどれほどの意味があるだろうか？

とはいえ、この無機質な受け答えをする鋼核属《ゴーレム》を揺さぶる方法の一つとして、試してみる価値はあるかもしれない。アルサリサの思考をよそに、キードはさらに重ねて問いかけている。

「自分の縄張りで《偽造聖剣》を密造させてたなんて、どうやって気づいたんだ？　証拠は上がってんのか？　俺らが独自の捜査で辿り着いた、極秘情報なんだけどな」

『物資の流れ。技術力。そうしたものを総合して検討すれば、誰でも到達する推論です。この《紫電會《パルス》》の領域に製造工房があると考えるのが妥当であり、それ以外の可能性は低すぎる。そのことを理解していない者が存在するのですか？』

「……そうかよ」

キードは引きつった笑顔でアルサリサを振り返ってきた。罵倒された気分にでもなったのかもしれない。彼にとってはいい薬だ。もう少しハッタリと暴力以外の捜査も覚えた方がいい。

『だから、必要なのです。《偽造聖剣》を製造する工房の所在についての情報が』

「あなたがそれを我々に質問するということは」

アルサリサはいくぶん慎重に切り出した。

「この《紫電會《パルス》》の領域に、あなたでも把握しきれない部分があると？」

『いいえ。それは違います』

あっさりと否定された。よほどの自信がありそうだった。

『私はこの領域のインフラを完全に管理し、認識していますし、それが及ばない場所は存在しません。唯一の例外は地下迷宮ですが、ここに物資が運び込まれていることはないと断言できます。定期的なスキャンと、私自らが徹底した検閲、およびクリアリングを行っています』

「つまりこの領域において、あなたの目が届かない場所はない。そういうことか」

『はい。この《紫電會《パルス》》の領域内部の施設であれば、用途および現在居住者について、すべて完全に把握できています』

「……なるほど」

ミゼの応答で、見えてくるものもあった。アルサリサは沈黙する。ここからはもっと慎重になる必要がありそうだ。

『あなたたち派出騎士が、その工場の所在を特定したから、私に面談の依頼をしたものと推測していましたが。違うのですね。残念です』

「その通り。しかし、これでかなり絞り込めた。協力に感謝する。あなたの証言が確かなら、可能性はほぼ一択しかないようだ」

「え？」

『そうですね。私も独自に追跡します。人間の騎士による捜査にも期待します。発見まではそう長くはかからないでしょう』

「え？」

「少なくとも、我々の捜査を阻害しないということだな。それで問題ないのか？」

『私には許容できないことが二つありますから。克己心の欠如と、裏切りです』

「わかった。それなら、互いに有益な捜査ができるだろう」

「え？　あの……え？」

ミゼとアルサリサの顔を、キードは交互に見回した。

「あの、アルサリサどの。ちょっと話の展開がよくわからないんですが。もしかして、工房がある場所、もう特定できたんですか？」

「それはできていない。だが、ある程度の予測はついたということだ。《鋼帝《こうてい》》ミゼとも意見が一致していると思う」

『はい。理由は省略しますが、ほぼ確証が取れました』

「あの……俺だけ仲間外れになってるみたいなんだけど」

『残念ながら、キード・マーロゥ。あなたに理解できるようにそれの説明を実行すると、非常に時間がかかる見込みです。よって行いません』

「……アルサリサどの」

顔をしかめて、キードはミゼを指差した。

「失礼すぎません？」

「ある意味では事実だろう。少しは自分で考える癖をつけるべきだ」

「そんな、アルサリサどのまで！　俺は自分の得意分野ってものをちゃんと理解してるんですからね。つまり、無駄なことには労力を使わないという冷静な判断の結果ですよ！」

『時間を無駄にしたくないため、話を先に進めます。よろしいですね？』

「ああ。頼む」

『アルサリサ・タイディウス。あなたとは良好な関係が築けそうです』

キードはまだ何か喋《しゃべ》りたそうにしていたが、時間は惜しい。少なくともミゼにとってはそのようだ。

『第二の質問。キード・マーロゥ。ニルガラ様が保有していた全知の王冠を、私に譲渡する条件を述べてください。可能な限り応じましょう』

「はは！　今度はまた、めちゃくちゃなことを言いやがるな」

頭を掻きむしって、キードは笑った。どこか獰猛《どうもう》な笑み。この笑い方を、アルサリサは一度だけ見たことがある。ハドラインと対峙したときのことだ。

「俺がニルガラの親父の王冠を持ってるって、ずいぶん広まっちまったみたいだな。誰から聞いたんだ？」

『推測。推理。この都市の広範囲に遍在《へんざい》する私の感覚器官が、あなたが保持する王冠の使用と効果を確認しました。よって、その王冠は私に譲渡されるべきと考えます』

「もし、嫌だって言ったら？」

『説得します。あなたが所有するより、私が所有した方がいい。必要であれば、あなたごと管理して差し上げる用意があります。それどころか、数々の特典があなたを祝福するでしょう』

「特典？」

『まず、その性能の低い頭脳をバージョンアップすることができます』

「おい」

『思考速度と記憶力が著しく増大するでしょう。さらに、あなたの脆弱《ぜいじゃく》な内臓を金属製に置換することも可能です。腕と足は取り外しできるようになりますし、いまなら私が開発したばかりの高出力光子結界マトリクスをおつけします。料理にも使える便利な切断ツールです』

アルサリサは、ミゼとの間に深い断絶を感じた。やはりこの僭主七王《せんじゆしちおう》の一柱は、他人の体を改造することを基本的に善行だと考えているのだろう。

『いかがですか？　決して損はさせません』

どこまでも友好的に、ミゼは握手を求めるように片手を差し出す。それに対するキードの回答は決まっていた。

「嫌だね。……これが答えかな」

キードは試すようにアルサリサに一瞥《いちべつ》をくれた。嫌だね、というキードの言葉を、アルサリサは否定しない。というより、できない。全知の王冠、フロナッジはキードの所有物だ。それを力ずくで奪うことを許せば、正義が証明できない。

（たとえ、《鋼帝《こうてい》》ミゼを敵に回すとしても。許せないことだ）

だから、アルサリサは無言でうなずいた。

「俺は嫌だって言ったぜ。さあ、どうする、ミゼ？」

キードはすでにポケットからフロナッジを引っ張り出し、指先で回転させている。戦闘の準備が整っていた。アルサリサも、クェンジンの柄に手をかけている。

（《鋼帝》ミゼ。僭主七王。強力な兵器の数々を使う）

彼女の能力は、ある程度は知っている。大戦中の記録によれば、人間の軍隊を万単位で打ち砕くほどの能力を有していた。滅ぼされた都市は数知れない。魔王都市において、こと単純な戦闘能力という点では、《絶嘯者《ぜつしょうしゃ》》ギダンに次ぐだろうと言われている。

おそるべきは、その対応能力。超高速かつ精密な錬金錬成《れんきんれんせい》ジェネレータにより、自分自身を自在に変化させ、あらゆる敵を撃破する。――よって、彼女を無力化する可能性があるとすれば、ただ一つ。

初手の一撃。アルサリサは柄を握る右手が汗ばむのを感じた。キードはいっそう猫背になり、極端な前傾姿勢を取る。

だが、ミゼの返答はそれらすべてに肩透かしを食らわせるようなものだった。

『では、結構です』

「え？」

『キード・マーロゥ。アルサリサ・タイディウス。私はあなたたちの戦力を過小評価していませんし、その全知の王冠の能力を過大評価もしていません』

目を瞬《またた》かせたキードに対して、ミゼはもう視線さえ向けない。

『リスクとリターンを考慮して、あなたたち相手に戦闘のリソースと時間を割くことに妥当な価値を見出せない。以上です。これで面談を終了します』

ミゼは紫色に輝く瞳を、アルサリサに向けていた。

『あなたの捜査の進展に期待します。勇者タイディウスの娘。非常に興味深い。一刻も早い《偽造聖剣》の工房の摘発を、私も望んでいます』

「と、いうことは」

アルサリサはもっとも重要な質問をすることにした。

「捜査への協力をお願いできると考えていいんだな？」

『ええ。ぜひとも。この私の領域で勝手な振る舞いをされるのは甚だ非効率で、敵対的な行動であると考えています……ただ、問題は』

ミゼの瞳が、少し暗く、彩度を落とした気がする。

『あなたたちにとっては、非常に不利な状況が発生したようです。おそらく、工房の摘発は私たちが遂行した方が速いでしょう。残念です』

「……どういう意味だ？」

『二十七秒前。人間の派出騎士が死亡しました。おそらくは殺害されたものと推測されます』

ミゼの声には、相変わらず何の感情もこもっていない。

『昨日に続き、これで二人目の殺人になりますね。死因は内臓破裂。速やかに確認することを推奨します――では、私はこれで。失礼します』

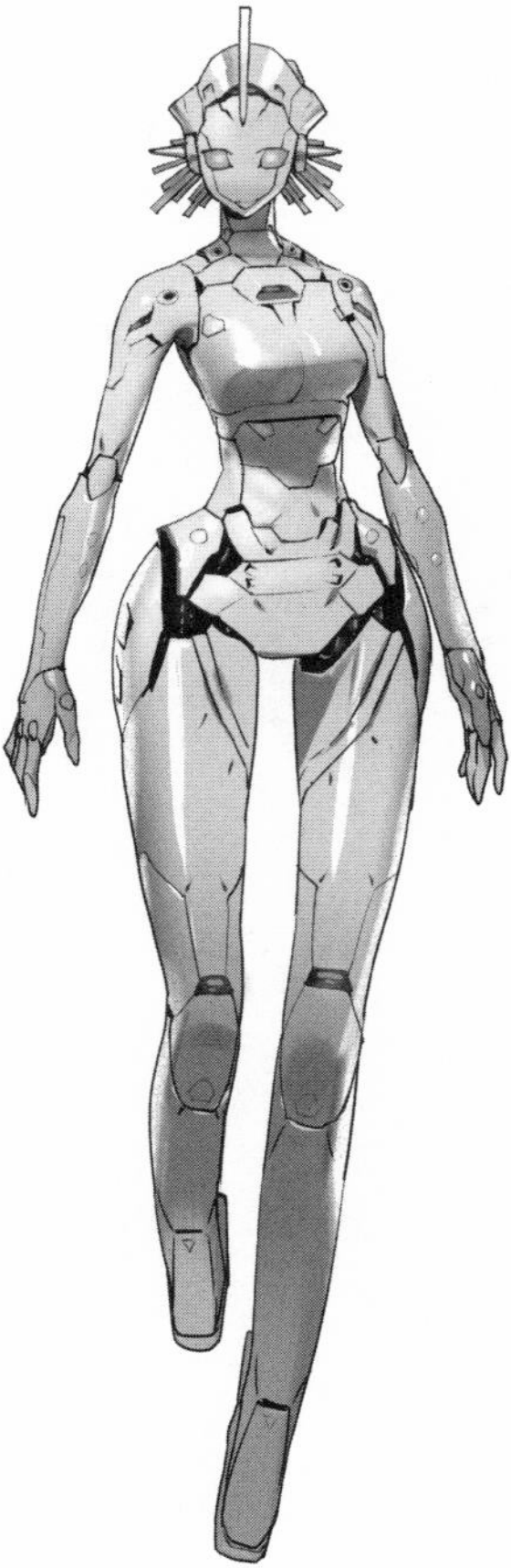

鋼帝ミゼ

紫電會
僭主七王

鋼核属《ゴーレム》

MAOU TOSHI CHARACTER

二　魔導騎士連続殺人事件　2

死亡したのは、また三課の派出騎士だった。

名は、ダーヴィオ・ロニアック。勤続二十年を超える、ベテランの捜査官といっていい人物だった。死亡しているのが見つかったのは《紫電會《パルス》》の路地裏で、壁に叩きつけられ、全身の骨を砕かれた上に内臓が破裂していたという。

――そういう情報を、キードとアルサリサは街の大衆食堂で知った。

店の名前を『マガラ・ムプル』という。幸運の華、を意味する西方の言葉らしいが、キードも詳しくは知らない。ただ、厨房にこもって滅多に出てこない店長の料理の腕は確かで、人間向けの食事も多いのが特徴だった。

「なるほど。……これで二人目。二日連続で、派出騎士が殺されている」

アルサリサは分厚い書類の束を読みながら、料理を掻きこむ手も止めていない。この器用さにはキードも驚嘆するしかなかった。

（すげえな、この人）

片手で捜査資料をめくり、もう片手では得体の知れない軟体動物の触手のようなものに噛みつく。彼女もすっかり魔王都市の料理に慣れてきたようだ。火が通っていれば大抵のものは食べることができる。人類が魔族に対抗できる点の一つは、毒に対する耐性の高さかもしれない

――という見解を、どこかの博士が述べていたのを聞いた気がする。

キードはアルサリサの食欲を前にすると、どこか気おくれしてしまう。結局、片手で食べられる小さなパンをくわえて、こちらも資料をめくって眺めることにする。

（この短時間で、詳細な報告だ。とてもアルサリサどのみたいには素早く読めないな）

資料を作ったのは派出騎士三課だろう。

つまり彼らの分析能力が遺憾なく発揮されているということだ。その分だけ、怒りのようなものが窺《うかが》えた。決して犯人を許さない。同胞を殺した者に対する、決定的な態度が込められているようだった。

「うん」

キードが四分の一ほどを眺めたところで、アルサリサは資料を読み切ったようだった。

「資料、たしかに受け取った。ご苦労」

「ご苦労、じゃないですよ……」

キードの傍らで、テーブルに突っ伏しているのは、赤毛の若者。四課の『バケツ』だ。ひどく疲れているように見える。おまけに制服はあちこちが破れたり、焦げたりしている。

「大至急っていうもんだから、全力疾走してきましたよ」

捜査資料を届けに来たのは彼だった。それもなぜかぼろぼろの格好で。キードにはなんとなく想像がついたが、念のために聞いてみる。

「バケツくん、地船《スキーズ》で来たんじゃないの？　そんなに街中混んでた？」

「混んでたっていうか、《玄永會《オブシダン》》のやつらに因縁つけられちゃって」

バケツはわずかに顔をあげた。憔悴した目をしている。

「あいつらなんか妙に殺気立ってるっていうか。《紫電會《パルス》》の縄張りに近づこうとするやつを警戒してません？」

あり得る、とキードは思った。《紫電會《パルス》》の縄張りで《偽造聖剣》が作られているのは確実だ。とすれば、もっとも《紫電會《パルス》》に敵対的で、死体の奪い合いによって慢性的に抗争を繰り広げる《玄永會《オブシダン》》が警戒するのもわかる。

ここ最近の《紫電會《パルス》》の動きの活発さ。不穏さ。可能ならば、《紫電會《パルス》》から《偽造聖剣》に関する利権を奪いとる――くらいのことは考えているかもしれない。少なくとも戦力や縄張りを削り取ろうとしているはずだ。それが、警戒態勢に表れているのか。

「で、オレも妨害されちゃって。仕方ねえから地船《スキーズ》で轢《ひ》き潰《つぶ》そうと思って……そしたら思ったより派手に喧嘩《けんか》になって……」

「……まさか、また地船《スキーズ》壊した？」

「これ、減給ですかね？　降格の可能性あります？」

「報告書を書くことになる。それだけは確実だね……」

それ以上、キードからは何も言えなかった。減給も降格も十分にあり得ることだろう。

「最悪！　もう限界っす！」

「――甘い！　何を軟弱なことを言っている」

バケツの肩に、小さな影が素早く飛び乗った。眼帯をしたハムスターのような生き物。つまりセンセイだ。ふわふわとした全身の毛が膨らみ、ひどく憤慨していることがわかる。

「鍛え方が足りんからそうなる。バケツ。お前も悪くはない素養を持っている。せっかくニルガラが与えた魔術をもっと生かせ！　足が疲労で動かんというのなら、足を切断しろ。治癒《ちゆ》が完了すれば疲労はなくなる」

「勘弁してくださいよ。たしかにすぐ治りますけど、痛くないわけじゃないんですよ！」

「ならば、疲労などするな」

「それも無理です！」

どうやらここに来る道中、センセイと一緒だったらしい。キードは心中ひそかに同情した。《玄永會《オブシダン》》との小競り合いでは、センセイが大いに彼らを挑発し、バケツをさらなる騒乱に巻き込んだに違いない。

「あれも無理、これも無理。呆れた男だ」

そんな風に嘆息するセンセイから、バケツは顔を逸らした。

「とりあえず、もう一杯、水……それかビールお願いします……」

「捜査中に飲酒をするな」

今度は、アルサリサが呆れ顔になった。

「それでも騎士か？　いや、備品だったか……重大な規則違反だぞ」

「え。酒はダメ？　キード先輩だって、たまに――」

「そんなことより」

バケツに余計なことを言われる前に、先手を打つ。アルサリサに対してどれほど誤魔化す効果があるか不明だったが、キードは大きな咳ばらいをした。

「これって、どういう意味ですかね？」

キードは資料を叩いた。

「連続殺人ですか？　派出騎士だけを狙ってる？」

「それはまだわからない」

アルサリサは憮然とした顔で首を振った。

「情報が足りない。だが、偶然と考えることも難しい」

「だったらやっぱり派出騎士狙いの殺人じゃないでしょうか？　あ、それともこの二人に何か共通点があるとか？」

「情報が足りていない状態で、過剰な予断を持つことはやめた方がいい。確実なことだけ検討するべきだ。この二人の死因が気になる」

「打撲、骨折。内臓破裂……ひでえな」

キードは一見すると無味乾燥な報告に滲《にじ》む、三課の怒りを感じずにはいられない。

「ふん」

と、今度はキードの肩に飛び乗ったセンセイが鼻を鳴らす。

「たいした攻撃ではないな。防げなかったとは、鍛え方が足りん」

「そりゃセンセイにとってはそうでしょうけど」

「このくらいの人体破壊は、魔術を使わずとも獣牙属《ワーウルフ》なら子供でもできる。鋼核属《ゴーレム》でも鬼腕属《オーガー》でも同様だ。人間がやろうとすれば、それなりに鍛える必要はあるだろうが」

「だったら、魔族の犯行かなあ。でも、こんな殺し方して放置するのは……何か変ですよ」

人間の死体は、魔族にとっては資源の一つだ。不死属《アンデッド》や鋼核属《ゴーレム》に売り飛ばすことができる。それをしなかったというのは、よほど切羽詰まっていたのか。

「あるいは、人間による犯行という可能性もある」

アルサリサは大きな肉の塊《かたまり》を頬張り、あっという間に飲み込みながら言った。

「そうでなければ、死体を残すというのは不自然だ。以前のソロモン殺しのように、なんらかのメッセージの意味がない限り」

「でも、ここまで負傷するのは、人間がやるには一人じゃ相当な大仕事だ。大勢で寄ってたかって鉄の棒で殴ったとか、そういう派手なやり口ですよ」

「あるいは、精霊兵装《せいれいへいそう》を使う手もある」

「そうだとしたら、なんか……物凄い大砲みたいな精霊兵装じゃないですか？　路地裏で襲いかかるような殺人鬼が、そんな代物持ち歩きますかね」

「そういう技術的な話ならば、この人物に尋ねるのが良さそうだ」

アルサリサは、報告書の最後の一枚を差し出してみせた。

「スーディ・ウラビス。鑑識官……技術分析官か？　興味深い報告を書いている。二人とも彼女が最初に現場検証を担当し、検死まで行ったようだ」

「ああ」

キードは報告書の末尾に目を落とし、うなずいた。

二人目の被害者、ダーヴィオ・ロニアックの死因に対する分析。状況から見て、轢殺《れきさつ》であったと断定してもいい。そんな記述がある。そして、轢殺は人間でも魔族でも可能である――と。

『詳しい分析が聞きたい方は、私の研究室まで。夜間来訪推奨』

という走り書きまでついている。

たしかに、地船《スキーズ》の類を使えば、誰にでもこの殺し方は可能だろう。その見立てはそれなりに理屈が合っているように思う。ただ、問題が一つ。キードもスーディ・ウラビスという鑑識官を知っていた。

「ウラビスかあ。腕はいいんですが、ちょっと独特なやつですよ」

「はっきり言って、オレは苦手ですね！」

水を飲みほしたらしいバケツが、椅子にもたれかかって笑った。

「めちゃくちゃ不気味だし、なんか《不滅工房《ふめつこうぼう》》の研究部門から追放？　されたらしいじゃないですか。左遷だっけ？　まあいいや。とにかくヤバい人なんですよ。だってオレのことを隙《すき》あらば解剖しようとしてくるんだもん！　オレの体を！　冗談じゃないですよ！」

「バケツくんの体はだいぶ不思議だからね……。正直、俺もよくわかんないもん。なんでその状態で生きてるの？　なんで死なないの？」

「そんな俺も知らないんですから！　本当にこの人に聞きに行くなら、オレ、もう帰りますからね。一緒に行くの嫌なんで！」

「俺も付き合うのはここまでだ」

センセイも、腕を組んで厳かに呟《つぶや》いた。

「ただの殺人事件などに興味はない。このくらいの芸当は誰でもできる。キード、それに勇者の娘。この事件に関わっても得るものはないぞ」

「……事件を捜査するのは、興味の有無じゃない」

アルサリサの眉間に皺《しわ》が寄っている。

「いずれにせよ、遺体を確認する必要はある。が……」

「お？」

キードは意外なものを見た気がする。アルサリサの口調がわずかに重たい。捜査方針に関して語るとき、彼女の言葉はいつも歯切れがよかった気がする。

「なんか気になることがあるんです？」

「……新しい調整官からは、この殺人事件には関与せず、《偽造聖剣》の工房摘発に全力を尽くすように指示されている」

「それどころじゃないでしょう。優先順位ってもんがありますし、ほら、これ」

捜査資料の一枚目。そこには、最優先案件を意味する、三つの星が押印されている。

派出騎士であれば、この事件に最大限の協力をする義務がある。そういう意味だ。この前のソロモンが殺された事件でも、この三つ星が押印された捜査資料が回ってきた。

「アルサリサどのもわかってるでしょ。俺たちにとっても、仲間が殺されたってだけじゃない……この街で、人間を守るべき派出騎士が殺されたんです」

それはつまり、魔王都市がか細くも維持してきた秩序への攻撃行為に外《ほか》ならない。ただの市民を巻き添えにするのは、《偽造聖剣》以上に、野放しにしておけない。

「《偽造聖剣》は後回しですよ。そうじゃなきゃ仁義が通らない」

「……そうだな。派出騎士の殺害は深刻な問題だ。市民が危険に晒《さら》される」

アルサリサはうなずいた。

「殺人鬼を狩るぞ、キード。その存在を許すことはできない」

その言葉は、やはり彼女にしてはどこか重たい。キードにはそれが妙に気になった。

◆

厳密にいえば、派出騎士局に鑑識官という制度はない。

魔王都市においては、死者とそうでない者の区別をつけにくいからだ。ただ、技術部という部署の者が、それに類似した役目を負う。便宜上、彼らが『鑑識官』と呼称されることになっていた。

スーディ・ウラビスとは、その部署の中でも特別に個人研究室が与えられている人物だ。キードが知る限り、課長や部長でもない立場の者で、そうした部屋が与えられているのはウラビスしかいない。それだけ優秀ということだ。しかし、ウラビスの研究室を訪ねる者は滅多にいるものではない。

その理由は、スーディ・ウラビスの人間的な特性によるものだ。

派出騎士局の地下二階。死体の安置所も兼ねているフロアに、彼女の研究室はある。薬品棚と本棚が詰め込まれた、ひどく手狭に感じる部屋だ。おまけに物が散乱しており、足の踏み場はほとんどない。

「これは……」

アルサリサが顔をしかめながら、部屋に踏み込む。

「ひどいな。なんだか異臭がするぞ。なんの臭いだ？」

「あ。待った！　アルサリサどの」

「ん？」

と、アルサリサが振り返ろうとしたときには、もうキードは迎撃態勢に入っている。ポケットの中からフロナッジを滑らせるようにして抜き打つ。

アルサリサの頭上から、銀色の何かが落ちてくる。

「俺の敵」

ばちっ、と、何かが弾《はじ》けるような音。天井近くに、大きな虫のような何か。針金を強引に虫の形に成形した鉄細工とでもいうべきか。あるいは蜘蛛《くも》か。

それが、フロナッジに迎撃されて床に転がった。足の何本かが折れている。

「……なんだ、これは！」

アルサリサもクェンジンの柄に手を添えていた。

足元に転がる虫型の針金細工が、八本の足のような部位をもがかせる。まだ動く。折れた足が復元していく——もとより、それはただの針金細工にすぎない。折れたところで無意味だ。ぱきぱきと異様な音を響かせ、体勢を立て直そうとする。

キードは思わず呻《うめ》いた。

「うげっ、しぶとい。まだ動くのかよ……！」

「避けろ、キード！」

「やべ」

まずい、と思ったときには、アルサリサがクェンジンを抜いていた。キードがのけぞる鼻先をかすめて刃が閃く。再び跳躍《ちょうやく》した針金細工を捉え、切っ先を頭部に突き刺す。

そのまま床に縫い留められると、針金細工の蜘蛛《くも》は物理的に停止した。足をもがかせても動けない。アルサリサがため息をつく。

「……もう一度聞く。なんだ、これは？」

「精霊兵装《せいれいへいそう》。自動防衛装置です」

壁にぶつかり、足元に転がってきた鉄細工を、キードは念入りに踏みつぶした。

「ウラビスが勝手に作ってるんですよね、こういうの。部屋に入ると襲いかかってくる」

「防性結界トラッカーか？　しかも自立型の？　いったい何を考えているんだ。問答無用で攻撃されたじゃないか！」

「そういうやつなんですよ……おい、ウラビス！　いるんだろ？　どこだ？　返事しろ！寝てるんじゃねえぞ！」

「そんなに大きな声出さなくても……もう起きたよ。久しぶり」

陰鬱《いんうつ》な声が聞こえてくる。発した言葉が床に沈みこむような声。

「キード・マーロウ。珍しいね……なんか変な事件あった……？」

実際に、それを発した人間のいる場所も低かった。床だ。声の主を探して部屋の奥に目をやってみれば、一人の女が床に寝転がっていた。欠伸《あくび》をしながら、起き上がろうとしている。

キードはこの女のことを知っていた。面倒な事件の調査をするときに、何度か分析を頼んだこともある。年齢は意外なほど若く、キードよりもいくつか年下だったはずだ。長く伸びた黒髪に、同じく黒い手袋。衣服のあちこちには、おそらく薬品と血による汚れが見られる。

それが、スーディ・ウラビスという女だ。

「……なんで床に寝ている？」

アルサリサが当然とも思える疑問を発した。

「仮眠室があるだろう」

「面倒くさくなっちゃってね。新作の護衛くんに警戒してもらいながら、昼寝だよ」

「……報告書にあった夜間推奨とは、そういうことか？　勤務態度に大きな疑問がある。いつもその調子で寝ているのか」

「いつもじゃないって。たぶん。三日に一回くらい……っていうか護衛くん、串刺しにされちゃってる！　なんで？」

「いきなり攻撃されたので、やむを得なかった」

アルサリサは不服そうに呟《つぶや》き、剣を引き抜く。

「どういうつもりだ。危険すぎるだろう」

「危険ね。はは。そういう説もあるねえ。さて、まだ動けるかな……？」

アルサリサの指摘を、スーディはほとんど無視した。そうして彼女が黒い手袋に覆われた左手を振ると、足元の針金細工の蜘蛛《くも》は、なにかを主張するようにぱきぱきと足を動かした。

「よし。反応あり、繋《つな》がってるねえ。みんな無事でよかったよかった」

やけに間延びしたような話し方。黒い手袋をはめたまま髪を掻き上げ、スーディ・ウラビスは立ち上がる。傍らの棚を開いて、なにかを探し始める。

「適当に座ってよ。何か……何か飲む？　お茶があったかな……」

キードは苦笑し、部屋を見回す。すべてのものが出鱈目《でたらめ》に配置され、あちこちから色とりどりの紐が飛び出しているのも、散らかった印象に拍車をかけているように思える。

「ひでえ部屋だな、相変わらず」

「いいや、そうでもない」

意外なところから、否定があった。アルサリサだ。

「整理されている。一見、散らかっているように見えるが、すべて分類されて秩序立てられたものだ。多色の紐は三次元的なインデックスだ」

「ええ……本当ですかあ？」

「私の先輩がそのタイプだった。部屋を見れば主を推測できる。腕のいい鑑識官、というのは事実かもしれない」

「それじゃあ、その腕のいい鑑識官に質問するか……悪いね、忙しいとこ」

キードは可能な限り愛想よく話を切り出すことにした。アルサリサの聞き方は、どこか詰問しているような響きがあるからだ。

「聞きたいことがあってさ」

「いいよ別に。ちょうど一段落して暇だったし」

「暇じゃあないでしょ。いまはどこの部署も忙しそうだぜ」

「うん。現場の人たちはね……あたしは皆さんが拾ってくる証拠待ち。それで？　どんな話が聞きたいの？　やっぱり二連続の轢殺《れきさつ》死体？」

「そうか。やはり、あなたの見立ては轢殺なのか」

アルサリサはその点に着目したようだ。身を乗り出す。スーディ・ウラビスは少し笑って、さっきからずっと探していた棚を閉じた。お茶を出すのは諦めたらしい。

「ああ、勇者のお嬢さん。会えて光栄……本物？　お父さんの写真を見たことがあるよ。よく似てるねえ。ちょっと小さいけど」

「父は関係ない。身長はもっと関係ない」

やはりその話題で気分を害したらしい。アルサリサは胸を張り、少しだけ背伸びをした。

「いいから、教えてくれ。二人の遺体の損傷について、あなたの見解を。全身の打撲と骨折。内臓破裂。二つの遺体の状況を見ると、非常に似た負傷だ。具体的にはどのような損傷を受けたのか知りたい。また、直接の死因も」

「直接の死因ね。一人目は頸椎《けいつい》の骨折。二人目は脳挫傷《のうざしょう》……」

死因を口にしながら、ウラビスの口元に笑みらしきものが浮かぶ。ひどく暗い笑い方だ。

「轢殺《れきさつ》って判断したのは、どっちも押しつぶされたみたいな負傷をしてること。ただ、巨大な物体が降ってきて、その下敷きになっただけじゃない……ある程度の速度で移動する物体が、体を通過したみたいだってこと……」

ウラビスはゆっくりと、足元の紙の束からいくつかの紙片を拾い上げる。写真だ。犠牲となった二人の派出騎士の、遺体の状態が写し出されている。

凄惨な遺体の状況とは裏腹に、綺麗《きれい》な現場だ、とキードは思う。資料を見れば、現場から得られた物証は何もないに等しいようだ。争った様子はあるのに、加害者の血痕や遺留品はなにもない。よほど丁寧に片づけられたものと思われた。

ここから推測される加害者像は——手口とは真逆の性格。冷静で計画的、周到。徹底して自分の痕跡を消すことに長けている。キードの推理では、そんなところが限界だ。

「大型の魔族に踏みつぶされただけじゃあ、こうはならないんだよ……私の見立てだと、こいつは地船《スキーズ》みたいに頑丈な構造体。それに轢《ひ》かれたんじゃないかな」

何かが引っかかっているのかもしれない。アルサリサは数秒だけ目を閉じた。

「つまり、人間がこれをやったということか？」

「さあ。それはなんとも。魔族だって地船《スキーズ》に乗るしね……」

「だとしたら、わからないことがある」

アルサリサの手が、まだ足元に散らばっている写真の中から一枚を摘《つま》み上げた。

どうやらそれは、二人目の派出騎士が殺された現場の写真らしい。暗い路地裏で倒れている、片手に剣を握った男——その腕と足が、あり得ない方向に曲がっていた。片手の剣は半ばのところで折れている。

「特に二人目の被害者だ。こんな狭い路地裏で遺体が発見されている。地船《スキーズ》が通るにはぎりぎりの通路だろう。それに片手には、派出騎士に支給される自衛用の精霊兵装《せいれいへいそう》がある」

キードもよく知っている。この派出騎士が片手に握った剣は、タルバーフ一九型と呼ばれる製品だった。指先から肘ほどの長さの刀身に刃はなく、弾性結界マトリクスの力場を発生させて攻撃を行う。射程距離はおよそ十歩分まで延長できたはずだ。

派出騎士に支給される武装としては、標準的なものだ。魔族の扱う魔術には強度の点でとても及ばないとしても、威嚇《いかく》の意味はある。負傷させることもできる。

「なぜ精霊兵装を握っているのか？　おそらく加害者が何者であれ、被害者はこのタルバーフで対処、または足止めができる相手だと判断したのだろう。しかし、折れている。いや。折れているというより——」

アルサリサはその傷痕を凝視《ぎょうし》していた。何かを思い出すように。

「切断されているようだ」

「うん。しかも、一撃でね……何度も衝撃を受けた感じじゃない」

「一撃か」

その言葉を繰り返す。アルサリサは写真から目を離さない。今度は一人目の写真を見る。

「……一人目の被害者と、二人目の被害者の違いは……致命傷となった損傷以外に、これはなんだ……着衣の乱れ……。ボタンが千切《ちぎ》れている」

一人目。たしかにそのように見える。派出騎士の制服のボタンが千切れていた。よくそんなところまで見る、とキードは思う。なにかと争った形跡ということだろうか？

（だが、なにと争ったっていうんだ？）

スーディの見立てでは、巨大ななにかに轢《ひ》かれたのだという。そんなものとボタンが千切れるような争いは発生するのか。なんだか要素が噛み合わない、という気がする。

アルサリサはうつむいて、なにかを考え込んでいるようだった。沈黙。その空気が苦手なキードは、横から口を挟もうとした。

そのときだった。

『――臨時招集』

かすかなノイズの音とともに、声が響いた。局内放送。人工精霊によって拡張された声が、部屋に届けられる。最新の設備だ。

『アルサリサ・タイディウス。キード・マーロゥ。両名の、大会議室への出頭を命ずる』

「え」

キードは自分を指差した。

「俺たちですか？」

「……予想はしていた」

憂鬱《ゆううつ》な顔で、アルサリサは頭上を仰ぐ。睨《にら》むような目つきだった。

「面倒なことになるかもしれない」

スーディ・ウラビス

《ニルガ・タイド派出騎士局》鑑識官

人間

MAOU TOSHI CHARACTER

二　魔導騎士連続殺人事件　3

大会議室は、いくらか殺気立っているように感じた。

アルサリサとキードが足を踏み入れると、一斉に視線が集まる。注目されているのは間違いない。アルサリサの感覚では、その視線の半分は警戒。もう半分は敵意に近い。

大会議室の奥には、フォレーク調整官。右側には従騎士が並び、左側には派出騎士たちが並んでいる。それも一課と三課の混合だ。一課の課長であるジリカ・ロッカーラの顔もある。

（なるほど）

と、アルサリサはその状況で理解した。

（これは昨夜のような警告じゃない。命令だろう。釘を刺すだけに留まらず――フォレーク調整官は、我々の動きを制御下に置きたいんだ）

そういう意思を感じる。アルサリサは背筋を伸ばして敬礼した。

「アルサリサ・タイディウス。出頭しました」

「……あ。えっと、こちらも」

キードは少し遅れて敬礼した。それは明らかに慣れていない、形だけを真似たような敬礼の仕草だった。

「出頭しました。まあ、俺はアルサリサどののオマケですがね」

「キード。しっかり敬礼と挨拶《あいさつ》をしろ」

それは忠告のつもりだった。

相手が調整官である以上、礼儀というのは必要だ。《不滅工房《ふめつこうぼう》》のような組織では特に、そうした態度が身を守る。規則や法を徹底しすぎるアルサリサの捜査が許されていたのも、礼儀と作法が完璧で、瑕疵《かし》につけいるような隙《すき》が存在しなかったからだ。

ただ、そうした細かい事情はキードに伝わらない。彼は相変わらず眠そうな顔だ。

「とはいってもですね、俺が単なるオマケなのは事実でしょう」

「そういうことではない。礼節は重要だ、このような場では――」

「いやいや、十分。それで結構だよ」

フォレークは声に笑いを含ませて、アルサリサの発言を遮《さえぎ》った。

「細かい作法にはこだわらない、いかにも魔王都市の派出騎士だね。現場の柔軟性を重要視するその姿勢、かえって頼もしいじゃないか！」

「……恐縮です」

「そいつはどうも」

やはり、キードに緊張感はない。フォレークの皮肉めいた物言いを理解しているのか、いないのか。いずれにしても、フォレークは自らの髪の毛先を弄《もてあそ》びながら続けている。

「きみたちを呼んだのは、捜査方針に関する重要な提言があるためだ」

そうだろう、とアルサリサは思う。彼がいま気にすることは、一つしかない。

「お二人には《偽造聖剣》の工房の捜索をお願いしている。しかし、ここへきて厄介な事件が発生してしまった」

「承知しています」

アルサリサは背を伸ばしたまま応じた。

「三課の騎士が殺害されました。昨日から続けて二人です。もはや関連性のある殺人と見ていいでしょう」

「うん。私も把握しているよ」

フォレークは座ったまま、微笑みを崩さない。そういう男だ。自分の感情を表に出すことはほとんどない。

「小さな事件だけど、一刻も早く解決しなければ。《偽造聖剣》の工房摘発に支障が出る」

小さな事件。その言葉で、左手側に並ぶ派出騎士たちの表情が変わった。中には露骨な敵意を向ける者もいる。それと対照的に、右手側の従騎士たちの視線は冷たい。

「よって、《偽造聖剣》の工房探索は一時中断し、きみたちにも連続殺人の捜査に加わってもらいたい。前言を撤回するようで申し訳ないけどね。すでに派出騎士局一課の人員も、大半が捜査に投入されている。ただ――」

少しだけ、フォレークは身を乗り出した。

「早期解決のため、捜査の焦点を絞りたいと思うんだ」

「容疑者を推定できているのですか？」

「ある意味では、そうだね」

フォレークは目を細め、キードではなくアルサリサを見ている。その意図もわかる。彼は派出騎士など問題にしていない。勇者の娘であり、《不滅工房《ふめつこうぼう》》に対する一定の影響力を持ち得るアルサリサこそが警戒の対象なのだろう。

「はぐれ魔族だ。彼らに狙いを定めるとしよう」

無言だったが、キードの表情が微妙に変化するのがアルサリサにはわかった。いつもの眠そうな顔つきが強張る。ただ、それも一瞬だ。

「疑わしい者は拘束する。ただし、はぐれ魔族に限る。僭主七王《せんじゅしちおう》に所属する魔族には決して手は出さないようにすること。この方針を徹底してほしいんだ」

「あのー……しかしですね、調整官どの」

そうやって手をあげたキードは、いつもの眠そうな顔に戻っている。

「はぐれ魔族がやったとは限らないんじゃないですかね？」

「それでも可能性はずっと高い。僭主七王があえて我々に闘争を仕掛けてくる理由は、現在のところはないからね。まったく無意味だし、無謀だ」

「そうですかね。あいつらの手下の暴走ってのもあるでしょう」

「だったらむしろ好都合だ。こちらで隠滅し、彼らに恩を売る。はぐれ魔族にすべての罪を被ってもらってね」

キードが沈黙する。アルサリサには、フォレークの言葉の意味もわかっていた。

（要するに、これは推理ではない。事件をそのように解決したいという意味だ）

派出騎士を殺した者は、はぐれ魔族だった——ということにしたいのだろう。僭主七王を刺激することもない。そうではなく、僭主七王の手下の暴走の類だった場合は、恩を着せることにもなる。

フォレークの判断は妥当なところではある。いま手に入れている情報だけ見れば、犯行は僭主七王の會《かい》に属さない者の仕業《しわざ》と見る以外には考えられない。ただ、そのような予断を基にした捜査は、アルサリサのやり方ではなかった。

「怪しい者は躊躇《ちゅうちょ》せず逮捕するんだ。僭主七王への根回しは私が手配しておくよ——彼らも會に所属していない魔族のことは、意に介さないだろう。我々人間と違って、種族全体への攻撃とは考えない連中だからね」

自分の言葉に、フォレークは自分でうなずいた。

「以上が、捜査方針だ。このように小さな事件は、事を荒立てずに処理するとしよう」

「いや、その、調整官どの」

再び口を開いたキードは、まだ食い下がるつもりのようだった。

「俺らの仲間が殺されてるんです。派出騎士殺しが小さな事件ってのは、ねえ。そりゃあひどすぎませんかね?」

「おお! 実に現場の捜査官らしい意見だね。素晴らしい!」

心にもないような芝居がかった台詞《せりふ》とともに、フォレークは拍手までしてみせた。

「でも、私はより大局的な視点で物事を考えなければならない立場でね。派出騎士を一人二人と殺して回る殺人鬼よりも、《偽造聖剣》を大量生産できる工房の方が大きな問題だ。どうかご理解いただき、事件の早期終結に協力してほしい」

「ですがね、調整官どの」

「これは提言だよ、キード・マーロゥ。《不滅工房《ふめつこうぼう》》の、調整官の提言なんだ。もはや人類は独裁的な軍事国家ではない。文官が、軍を――騎士を制御する。その必要がある」

フォレークの声は柔らかいが、有無を言わせない響きがあった。

「以上だ。どうかな、タイディウス嬢。勇者の娘に恥じない働きを期待しているよ」

立ち上がり、片手を差し出してくる。

フォレークは『大局的な視点』などという言い方をしたが、その本音は明白だった。自分が《偽造聖剣》の工房を摘発するという功績をあげる。そして短期間で《不滅工房》の本部へ帰還すること。それがもっとも重要であり、派出騎士殺しなどは管轄外なのだ。

(しかし、はぐれ魔族に狙いを絞るというのは――)

冤罪《えんざい》を誘発しかねない。アルサリサには許容できないことだった。冤罪の可能性を無視し、被疑者の身体《からだ》の自由を拘束して、刑罰を執行する。それは言い訳のしようもない、違法な暴力を振るったことになる。

（それでは、正義が成り立たない）

重要なことだ。アルサリサにとっては、それが何よりも。

正しく推理し、証拠を集め、加害者を突き止めるべきだ。しかし問題は、フォレークが正当な命令権を持っていることだった。

「フォレーク調整官」

アルサリサは正面からフォレークを見た。

何かできることはないだろうか。調整官の提言を撤回させるには？　何かないだろうか？

迂闊《うかつ》なことは言えない。この相手を納得させるような言葉が必要だ。

ふと思う。こんなとき、父ならばどうしただろうか？　もっとも新しい伝説を背負う勇者。あの魔王と、どうやって和平交渉を成立させることができたのか。なにも答えが出てこない。

それでも、何か言わなくてはならない——アルサリサは、重たい口を開こうとした。

「私は」

「わかりました！　はぐれ魔族を片っ端から捕まえるんですね！」

アルサリサの返答よりも、キードの方が速かった。差し出されたフォレークの手を両手で握りしめ、上下に振った。これにはフォレークもさすがに少し面食らったようだった。

「調整官どののお言葉なら仕方がない！　はぐれ魔族に的を絞るのは名案です。ここからは俺らにお任せください！」

派出騎士たちからの視線が鋭くなるにも構わず、キードはどこまでも愛想よく笑った。

「ぜんぶうまくいったら、俺らの功績、うまい具合に伝えてくださいよ。俺、《なまくら》なんて呼ばれて冷や飯食らってんですから！」

「……うん」

まくしたてるキードに、フォレークは満面の笑みを取り戻した。

「きみのように素直で優れた現場の捜査員に、ご理解いただけて嬉《うれ》しいね。アルサリサ嬢を宜しくお願いするよ」

「お任せください！」

キードは素早く敬礼をした。その途中で、アルサリサに対して器用に片目を瞑《つむ》ることさえしてみせた。

（なんだ……ちゃんとした敬礼も、できるんじゃないか）

と、アルサリサは思った。ものすごく理不尽なものを見ている気がした。

◆

大会議室を出て、廊下を進む。

階段を下りる。倉庫と会計課の前を通り過ぎ、騎士局のロビーへと抜ける渡り廊下を進む。

その間、アルサリサもキードも無言だった。

が、騎士たちが出入りする騒々しいロビーに差しかかったところで、キードが振り返った。

「——で？　どうです、アルサリサどの？」

両手を広げて、冗談でも口にするような顔つきだった。咄嗟《とっさ》に意図を摑めず、アルサリサは眉をひそめた。

「どう、というのは？」

「もちろん。ここからの連続殺人事件の捜査です。どう進めます？　はぐれ魔族を片っ端から牢屋にぶちこむなんて雑な作戦、冗談じゃないでしょう」

「呆れたな……調整官に対して述べたことは、すべて嘘か」

「嘘つくくらい、軽いもんです。殺された連中のことを考えればね。というわけで——」

まったく悪びれた様子もなく、片手でフロナッジを投げ上げる。

「痕跡探しなら、こいつの得意分野です。現場検証からやります？」

「……調整官の『提言』には、法的な拘束力がある」

「え？」

アルサリサの言葉に、キードが目を瞬かせるのがわかった。

「規則上は、フォレーク調整官の捜査方針に従う義務がある。もちろん私も提言に対する進言という形で捜査方針の変更を求めるが、それには時間がかかるし、却下される可能性は極めて高い。当面はフォレーク調整官の捜査方針に従う必要があるということだ」

「いやいやいや！　待ってくださいよ。あの調整官どののありがたい『提言』なんて聞くつもりですか？　そりゃないでしょう」

「不満があるのは、わかる」

《不滅工房《ふめつこうぼう》》は、魔王都市を決して軽視はしていない。注目している。ただしそれは、いつ爆発するかもわからない爆弾としての警戒の視線だ。あるいは、魔族との交流で得られる技術的な利益を重視する視線。よって不必要に刺激せず、発生した問題を収束させるべきと考えている派閥が主流であり、フォレークはそういう面で重宝されている。

アルサリサの派遣を決定した派閥は、あれからまた少し不利になったのかもしれない。あのフォレークのような男が、調整官として派遣されるということはそういうことなのだろう。

「規則は規則。法は法だ」

その部分だけは、確実なことだ。

「それに背いては、私は正義を証明できない。提言を変えてもらうよう手を尽くす。それまではフォレーク調整官の方針に従うしかない」

「……正義？　はぐれ魔族を片っ端から牢屋にぶち込むことが？」

キードは首を振った。まだ、どこか茶化しているような仕草だった。

「アルサリサどのらしくないですね」

「らしくない？　お前に、私の何がわかる？」

「そりゃ、俺にはあんまりわかりませんよ。付き合いもそんなに長くない。ただ——何が正しいかってことは、あなたは自分のやり方で選べる人だと思ってます」

「それでも、フォレーク・イズニェルは調整官だ」

「それでも、あいつのやることは仁義が通らねえ」

キードの声から、からかうような響きが消えた。笑っているのは口だけで、眠そうな目が本気になっている。

「たしかに今回の件は、はぐれ魔族の仕業《しわざ》ってセンが一番有力だ」

容疑者の絞り込みとしては、間違っていない。相手が単独犯に近いはぐれ魔族だとすれば、あっさりと捕まえて解決する可能性もある。ただ、問題は、そうではなかった場合だ。

「けど、もし違ってたら？　あいつは罪を押しつけるつもりですよ」

「わかっている。その点は、明確に間違ったやり方だ」

「だったら、命令違反でもなんでもやるべきです」

「その考え方は支持できない」

アルサリサは根気強く続けた。

「なんとか《不滅工房《ふめつこうぼう》》に働きかける。提言を撤回させてみせる、少し時間をくれ」

「できるんですか？」

その質問には、答えることができなかった。

うまくいく可能性はほぼ皆無と言わざるを得ない。《不滅工房》の上層部におけるフォレーク調整官の評価は高く、統制派と呼ばれる派閥には特に支持されている。魔族の大規模勢力とうまく付き合っていくべき、という一派だ。

はぐれ魔族だけを狙い撃ち、場合によっては罪をでっちあげるやり方は、彼らの目的と一致するだろう。提言の撤回を進言しても、却下される可能性は高い。少なくとも、フォレーク調整官がなんらかの明らかな失敗をしなければ難しい。

「仮にその――提言の撤回要請がうまくいったとしても、その手続きの間に、騎士の犠牲者も増えることになるでしょう。無理やり引っ張られるはぐれ魔族もいる」

「そんなことはわかっている」

自分で思ったよりも強い返事になった。まるで駄々をこねる子供のようではないか――と感じてから、少しだけ沈黙があった。アルサリサもキードも、次の言葉を見つけられなかった。

そこから先に口を開いたのは、キードの方だった。

「残念です。……今回は、どうも捜査方針が噛み合わねえな」

「待て」

妥協できる点があるはずだ、と、言いそうになった。馬鹿げている。もっとも嫌いな言葉だった。そんな言葉を口にしそうになった自分に腹が立つ。

だから、間に合わなかった。

「すみませんね。俺は俺の方法でやる。報告するなら、キード・マーロゥはまた命令違反をしたって言っといてください——大丈夫。いつものことだ」

かすかな自嘲《じちょう》を滲《にじ》ませて呟《つぶや》き、キード・マーロゥは派出騎士局を後にした。

アルサリサはそれを追いかけることができなかった。

◆

どこか、荒《すさ》んだ気分だった。

キードは派出騎士局の本部を出て、赤錆《あかさび》色のマフラーを巻き直した。

（拗《す》ねてる子供じゃあるまいし）

と苦笑してみても、我ながら白々しく感じる。

（ただ、やっておくべきことはある。仁義は通さねえとな）

向かうのは、派出騎士局四課の事務所である。誰もいないその建物は、冷え冷えとした廃屋のように見える。

ヒビの入った窓。散らかった書類。永遠に整備中となるであろう、旧式の精霊兵装《せいれいへいそう》の残骸。バケツとセンセイが不在だと、それらの風景はなおさら荒廃して見える——ただし、正確には一人、滅多にそこを離れない人物がいた。

「課長」

薄暗い部屋の照明を一つだけ灯し、キードはその人物に声をかけた。

「忙しいところ、すみません。ちょっとご報告に来ました」

部屋の奥の小さな祭壇。おぼろげな影が浮かび上がって見えてくる。

『お疲れさまです。キードくん、大変そうな顔をしてますね』

「ええ。どうも、うまくいかなくてね」

『軽口を叩く気力もないくらいに、ですか？　それに、アルサリサくんもいない』

課長は曖昧な笑みを浮かべ、かつての自らのデスクに腰かけるような真似をした。もちろん幽体である彼が物理的に座るなどということは不可能だが。

『一人で捜査するつもりですか？』

「まあ、そうですね。殺人事件の捜査です。バケツくんとセンセイには任せられないし、ダウローくんに頼むと高くつくし」

明らかな標的にされようとしている、はぐれ魔族を助けなければならない。手当たり次第に捕まえられたら、後ろ盾のない彼らはあらぬ罪をでっちあげられてしまう。

（後ろ盾。それになってやれるのは、この街じゃ俺しかいねえんだ）

しっかりしろ、と自分に言い聞かせる。まずは、はぐれ魔族を保護する。ある意味で派出騎士の捜査を妨害することになるだろう。さらに騎士殺しの調査を並行して進める。考えただけで気が遠くなりそうだが、やらなければならない。

『そういうときはなおさら、誰かの助けがいるものですよ』

課長は間違いなく、アルサリサのことを言っているのだろう。キードは首を振る。

「ですねえ。本当はそうなんでしょうけどね」

『喧嘩《けんか》でもしましたか？　いけませんよ。彼女はきみよりずっと年下なんですから、きみが優しくしてあげないと』

「俺はそうは思ってません。アルサリサどのは、優しくしなきゃいけない子供じゃない」

自分が思ったより、強い語気になってしまった。課長に対してそんな物言いをする自分を、キードは苦々しく思う。やっぱり、自分の方が子供みたいじゃないか。

「……ええと、つまり、捜査方針の違いってやつです。しばらく、一人で動きます」

『あまり推奨できませんね。きみは一人だと、あらぬ方向に暴走しますし』

「ひでえなあ。それは課長としての命令ですか？」

『いえ。私はもう死人で、正規の人員ではありませんからね。忠告のつもりです。本当の意味では生きていない。この街の平和は、キードくんたちに任せないといけません』

課長の言葉はどこまでも静かだった。が、悔しさもどこかにある気がする。

『だから、仲良く。いくら喧嘩《けんか》してもいいですが、きみたちはどこかで同じものを持っていると思います』

「同じものって、なんです？」

『いまの時代だと、なんて呼ぶのがいいんでしょうね？　私は古い人間です。かつては〝志〟と呼んでいました』

志、というのはいかにも古ぼけて聞こえる。だが、正解かもしれない。自分とアルサリサの共通点にあえて名前をつけるとするなら、そういうことだろう。

「……それでも、今回……アルサリサどのとは、別でやらせてもらいますよ。あの人たちははぐれ魔族に的を絞って捕まえようとしている。それじゃ仁義が通らねえ」

『仁義。仁義ってなんでしょうねえ。魔王ニルガラはそう呼んでいましたが……』

課長はその言葉を口にして、少し沈黙した。その沈黙の間、キードは意味を考えてみた——仁義。ニルガラが魔族たちを統一するために使った言葉。

いずれ、その意味を多くの魔族に対して説かねばならない。そのときのために準備しているものはある——謙虚さは誇るものではなく、他人に向けられない誠実さはただの自分勝手で、一方的な慈愛は嫌がらせ——だが、何かが足りない。そんな気がしていた。

『……キードくん。せめて、私はきみたちが動きやすいように、手を回しておきます。どうしても困る事態に直面したら、私の名前を出してみてください。それで解決する状況もあると思います』

「――そいつは」

ありがたい。そう言おうとして、やめた。たったいま、課長に言われたことだし、自分もかつて言ったことだ。ヤバいときほど、ふざけて緊張を解く。戦いのコツだ。

だから、軽口を叩くことにする。

「あの、ホントすみません。課長の名前ってなんでしたっけ？」

忘れるはずがない。派出騎士四課の課長、ヒルクルト・イルガムの名は、魔王都市においてもっとも有名な人間の一人だった。誰もが知るからこそ、不死属《アンデッド》としての彼の力は強大だ。それこそ《冥府《めいふ》の貌《かお》》のロフノースと伍するかもしれない、と思うことがある。

『……その調子ですよ、キードくん』

ようやくはっきりと、課長は笑みを浮かべた。

『本当に危ないときは駆けつけますよ……私はきみの上司ですからね。いまのところは』

いまのところは。この課長はどこまで知っているのだろう、とキードは思った。

◆

なぜ、こんなことになったのか。

ウィルガス・ルボータは路地裏の暗がりで震えながら、そのことばかり考えていた。

自分が間違えたのか。その可能性は高い。よりにもよって、ウィルガスは《鋼帝《こうてい》》ミゼを裏切った。彼女から離反し、《偽造聖剣》の製造に手を出して、挙句の果てにこの有り様だ。

それもこれも、すべてはあの人間が悪い。

ウィルガスを騙《だま》し、逃亡した人間。メアラ・テズーチカ——あの女が元凶だ。

「くそ！　人間には克己心ってやつがねえのか？　なんなんだよ、それでも生き物かよ！」

そう——克己心。それこそがもっとも重要なものだ。知性ある生き物は、克己心を失ってしまえば、ただの獣と大差はない。少なくとも、ウィルガスはそう信じていた。

（俺は伝説になる男だ。どいつもこいつも、俺の足を引っ張りやがって。小者どもが！）

人間という種族には克己心が欠けているとしか思えなかった。自身の肉体を改造しようとしない。脆《もろ》い肉体を捨て去ろうとせずにしがみつく。おまけに恐怖心や倫理観などというものに負け、強くあろうとする己から逃げ出す。まるで猿同然だ。

なにより腹が立つのは、その人間——メアラによって自分が窮地《きゅうち》に陥っていることだった。

すでに逃亡者を保護しようとした派出騎士を二人も殺している。そして逃亡者が出たことは、『致命者《ちめいしゃ》』の幹部にはとっくにバレていた。

人間に保護される前にメアラを捕まえられなければ、処罰が待っていると宣言された。

(考えろ。考えろ。どうしてこんなことになっちまった? どうすりゃいい?)

メアラ・テズーチカは、ウィルガスと組んで《偽造聖剣》を密造していた技術者だ。

しかし、単なる技術者ではない。人間でありながら《致命者》の末席に連なるだけはある。

その卓越した頭脳は《偽造聖剣》の製造だけではなく、改良における重要人物だった。

――そんなメアラが逃亡した。

しかも、《偽造聖剣》に関する長年の研究の成果を盗み出して。それは共同で作業をしていたウィルガスの責任以外の何者でもない。ウィルガスにも油断――というか、《致命者》に隠して進めていた計画があった。

結果だけ見れば、あまりにも稚拙すぎたのだろう。

(この女の頭脳があれば、俺は《致命者》の幹部にだって上りつめることができる。俺の伝説の始まりだ……!)

そう考え、メアラ・テズーチカを利用していたつもりだった。《偽造聖剣》の改良は、密造担当者に課せられた大きな使命だった。真の《聖剣》に到達すること。メアラはもっともそこに近づいていたといっていい。

だから、ウィルガスは彼女の能力と、計画の進捗を隠蔽した。上にまともな報告は上げず、製造工程を隠した。《聖剣》が完成した暁《あかつき》には、最終的にはメアラを殺すか、脳内の情報をすべて奪って自分の手柄とする。

そのつもりだった——ただ、問題が一つあった。ウィルガスには、どこまで到達すれば完成かという判断ができなかったことだ。見誤っていた、ともいう。ある程度は、メアラとの信頼関係が構築できていると感じたのが間違いだった。

『今度こそ、それで完成か？』

と、あの夜、ウィルガスは尋ねた。

度重なる徹夜を強要されて、ひどく疲れてもいた。頭部の演算ユニットが熱を持ち、処理能力が露骨に落ちているのがわかった。もう、連続で数十振りの試作品を作っていた。後半の記憶は曖昧だ。

『だいぶ出力も上がったんだろ？　もう十分じゃねえか、上に報告するには』

『出力が上がっただけじゃ意味がない。こんなんじゃ駄目に決まってるでしょ』

メアラはそんな風に答えたと思う。

『もっと材料がいる。試してみるべき組み合わせがあるから、いますぐ仕入れてきて』

『まだやるのかよ。一度寝ろよ。俺もスリープしねえと、もう演算能力が限界だ』

『……そうね』

そのとき、珍しく譲歩したメアラのことを、もっと不審に感じるべきだったと思う。

『三時間、休むわ。その後、合金の比率を変えて再試行』

ようやく休める。ウィルガスがそうして各種センサーをオフにして、次に目覚めたときにはもうメアラはいなかった――最後に試した研究の成果とともに。

このことについて、ウィルガスはなにも言い訳ができなかった。

しかし、まだすべてが終わったわけではない。

「あの女だって、もうどうしようもないはずだ……！」

こちらが追い詰めているのは間違いない。『致命者《ちめいしゃ》』の幹部から預かった、追跡機構がうまく動作している。ウィルガスは手の中の小さな球体を見た。

（こいつがあれば、逃げられねえ）

球体は、眼球によく似ていた。中心にある灰色の瞳は小刻みに動いている――常駐型の占術探知トラッカー。精霊兵装《せいれいへいそう》の一種だ。

これを与えた者は、『ソゾルタスの瞳』と呼んでいた。古めかしい名前だ。この瞳は、逃亡者に反応してその居場所を示す。地下に潜られている間は有効ではないが、地上に出てくれば確実に居場所を捕捉し、移動先を予測できる。

そして人間である以上は、いつまでも地下に潜ってはいられない。必ず取らなければいけない行動というものはある。

（人間なら必ずやる行動。どこに隠れて潜んでいても、必要なもの）

答えは出ている。補給。食事だ。そこを狙う。

「そうとも。俺は常に成長する。常に克己する！」

言葉に出して言う。力が湧いてくる。伝説の男は決して諦めないものだ。彼が目標とする伝説の魔王ニルガラはそうだったという。大戦中、幾度も劣勢を覆してきた。

これまでの二度の失敗は、人間の派出騎士のせいだ。あいつらに横槍を入れられたせいで取り逃す結果になってしまった。

少し派手に暴れすぎたせいでやつらの注意を引いた。だから、今度はもう少し静かにやるべきか——それは違う。巡回している派出騎士がいるなら、横槍を入れられる前に、先んじて殺しておくのがいいだろう。それが冷静な判断というものだ。

「絶対に成功してやる！　俺は俺自身を超える！」

呟《つぶや》いて、ウィルガスは顔をあげた。

やらなければならないことが、いくつかある。まずは金だ。燃料を補給して、身を隠すための資金が必要だった。それを調達する目途はすでに立っている。

背中から黒い蒸気を吹き出し、さらなる街の奥へと歩き出す。

三 雷鳴通り雷撃事件　1

二つの殺人事件において、明らかに共通している事項がある。

どちらも、犯行現場が《紫電會《パルス》》の縄張りの内側ということだ。捜査範囲は絞られる。少なくともフォレーク捜査官はそう判断したし、アルサリサの推測も同様だった。

問題は、《紫電會《パルス》》の縄張りがひどく複雑な構造をしているということだ。他の僭主七王《せんじゆしちおう》の縄張りとは明らかに違う。地下の迷宮と半ば融合しており、上下に細長く拡張するような構造になっている。

要するに、網をかけるには人手が大量に必要ということだ。

結果として《紫電會《パルス》》の縄張りを大量の人間がうろつくことになった。中心となるのはフォレークが直率する従騎士の百名。それから派出騎士の三課と、それを指揮する形で一課。真夜中の《紫電會《パルス》》の縄張りの大通りから路地裏まで、蟻《あり》が這うように動き回っている。

アルサリサが加わったのは、その一課の指揮部隊だった。

「気に入らねえが……あんたらの考え方はわかった。調整官のやつの方針もな」

いかにも不愉快そうな顔で、ナフォロ・コヴルニー派出騎士はそう言った。

アルサリサは彼のことを知っていた。横一文字に走る顔の傷が特徴的な男だった。キードと同期の、一課に所属する派出騎士である。ただしキードと違って『エリート』と表現して間違いない。叩き上げの騎士。一課において、一部隊を指揮する権限を持っている。

「ここで網を張って、《紫電會《パルス》》の縄張りから逃がさねえ。怪しいはぐれ魔族は片っ端から捕まえる。ロッカーラ主任は占術結界部隊を直率して、外側の輪を包囲してる……強行突破するやつがいたとしても、そこで捕捉できるはずだ」

占術結界フィルタは、攻性結界や防性結界とは役割が違う。通過する者を阻止することはほとんどできない。せいぜい魔族に対しては、容易に引き裂ける布切れ程度の防止効果しか持たないだろう。

が、その代わり、強引に突破を図った者を捕捉し、追跡することができる。この方法なら誰も逃さない。そのはずだった。

「これでいいんだな、正規魔導騎士どの？」

「……そうだ」

皮肉っぽく尋ねられてから答えるまで、アルサリサはわずかな間を要した。

これでいいのか。その問いかけは、自分が行いたいものだ。捜査方針には明らかに問題があるだろう。

「あんたも気に食わないって顔だな、アルサリサどの」

「当然だ」

アルサリサは唸るように答えた。

「これは誤認逮捕を許容するということだからだ」

「しかし、どうかね。手っ取り早くはあるんじゃねえのか？」

「いいや。これは人類にとっても危険な方法でもある」

「なんでだ？」

「はぐれ魔族との軋轢《あつれき》を生む」

そのことを、アルサリサは過小評価していない。會《かい》に所属していない、武闘派ではない者がほとんどだろうが、それでも彼らは魔族だからだ。

「彼らは決して、無害で大人しい羊の群れではない。中には人類に対して敵対的になる者もいるだろう。派出騎士の包囲を暴力的な手段で破ろうとするかもしれない」

「そういうのは……たしかに、ありえる話だな。いまのところ、大人しくしてくれてるみたいだが。もっとひと悶着《もんちゃく》あるかと思ってたぜ」

「たしかにそうだ」

アルサリサはうなずいた。

はぐれ魔族の様子はあまりにも静かだった。特にフォレークの従騎士たちの尋問のやり方は高圧的で、応戦する者もいそうに思えた。が、戦闘に発展する様子はいまのところない。それは不思議なほどだった。

「……彼らにも、ある程度の指導者のような存在がいるのかもしれない」

「顔役ってやつか？　それとも、『はぐれ』どもの王？」

コヴルニーは顔の傷を歪めるようにして笑った。

「噂は聞いたことがあるが、いつまで抑えられるっていうんだ？　この有り様じゃあ時間の問題に思えるがね。遅かれ早かれはぐれ魔族どもはブチキレるだろうよ」

「わかっている。始めよう」

急ぐ必要がある。相談する時間が惜しかった。

「大きな網をかける。この区画は私が担当することになった以上、責任がある」

「わかった。いいんだな？　ホントに？」

「……可能な限り、無茶な取り締まりはしないでもらいたい。あくまでも疑わしき対象だけに絞って、慎重に尋問を行うことを徹底させてほしい」

「了解だ。意外に冷静だな、正規魔導騎士どの。とても子供とは思えねえ」

「子供ではないのだから、当然だ」

眉が動き、険悪な顔になりそうだったが、それは堪《こら》えた。子供扱いされて怒るのは、いかにも子供のやりそうなことだからだ。

ただ、言うべきことは言っておく。鼻先に指を突きつける。

「私は成人であり、この身分は法的に保証されている！　――で、ある限りは、不名誉な発言は控えていただこう。わかったな、コヴルニー派出騎士！」

「わかった、もう言わねえよ……しかし、あの馬鹿。キード。あんたの相棒はどうした?」

コヴルニーの言葉に、アルサリサは一瞬だけ黙った。クェンジンの柄頭《つかがしら》の、『銀の眼』に触れたのは無意識の仕草だった。彼女を正規魔導騎士たらしめるもの。

「キードには、別件を任せている」

「別件? あいつを一人で動かしても、ろくな結果は出ねえぞ。何しろ《なまくら》だ。あんたはあいつがどれだけサボり癖があるか知らねえだろ。役に立たねえぞ」

「それは違う」

否定は、思ったより強い口調になってしまった。しかも早口になっている。

「キード・マーロゥは……サボり癖はたしかに問題だが、役に立たないわけではない。観点が違う。通常の捜査においては役立たずどころか有害ですらあるし、分析や推理を怠る悪癖も甚だしい。しかし、あの男は解決方法を生み出すという特異な能力を持っている」

「……意外に、キードの肩を持つんだな。あいつ、そんなにたいしたやつか?」

「たいした人間ではないかもしれない。でも、たいした人間になろうとしている。……私にはそう見える」

「わけわかんねえ」

コヴルニーの顔の傷が歪んだ。笑っている。からかわれたのだ、と気づく。

「ならばいい。……余計な話だ」

アルサリサは自分の声が硬質になっていくのを意識した。

「とにかく、始めてくれ。時間が惜しい」

「俺らも現場の人間だ。手足だ。頭の指揮官がそうやって指示するなら従う。それがルールってもんだからな」

どことなく捨て鉢に言ってから、最後にコヴルニーは短く続けた。

「だから、了解だ」

◆

夜更けを過ぎてから、騎士たちは大きく動き始めた。

キードが予想した通りだった。派出騎士局の収容態勢が整ったのだろう。派出騎士局が有する大規模監獄、《圧縮封炉》の整備が終わったのだ。対魔族用の、通常の留置設備にも空きができたのだろう。

彼らは《紫電會《パルス》》の縄張りを封鎖するようにして、『不審魔族への職務質問』という体裁で捜査を開始している。その狙いの焦点は、はぐれ魔族である。

（まずは、これを止める）

捜査を足止めし、その間にはぐれ魔族たちを《紫電會《パルス》》の縄張りから逃がす。あるいは潜伏させる。それがキードの目的であり、すでにいくつかの手は打った。十分に勝算はあったし、それらはいまのところ成功しつつある。

派出騎士が本格的に網を張り始めてから二時間になるが、まだ逮捕者は出ていないのがその証拠だ。ただの一人も連行できていない。騎士局も、おかしいと感じ始める頃だろう。

「……なんとか、うまくいってるみたいですね」

路地裏の暗がりで、キードに話しかけたのは、片耳のない獣牙属《ワーウルフ》だった。

カダル・ドンウィックという。まだ数少ない、キード・マーロゥの明確な部下だ。ちょっとしたいざこざから助け出して以来、はぐれ魔族となってしまったが、キードの依頼でいくつかの仕事をこなしてきていた。

「カダル。そっちはどのくらい逃がせた？」

「せいぜい七……ってところですかね。声はかけましたが、拒否するやつも多くて」

キードの質問に、カダルはどこか肩身が狭そうだった。

「すみません、兄貴」

「いまのところ、合わせて二十と少しか。やっぱり少ねえな」

キードが打った手は三つ。これが一つ目だ。

地下迷宮の移動経路を通して、はぐれ魔族を逃がした――棺桶通りと呼ばれる、見捨てられた市街地へ。ただ、その忠告に従わなかった者も多い。

「やっぱりはぐれ魔族になっても、この縄張りに思い入れのあるやつは多いんですかね？」

「それもあるかもしれないが、一部の鋼核属《ゴーレム》にとっては死活問題ってこともあるな。鋼核属《ゴーレム》は活動エネルギーを食事に頼っていないが、別の形で補給が必要だ」

　結局はそれが、簡単にはこの場所を離れられない理由となっている。

「個人によって違うが、たとえば電流、燃料、石炭を食うやつもいる。《紫電會《パルス》》の縄張りの外じゃあ、補給が極端に不便になる。そうだろ、ガフレップ？」

「ま、そういうことっすね！」

　これに答えたのは、頭にアンテナを生やした鋼核属《ゴーレム》。昼間にキードとアルサリサを《鋼帝《こうてい》》ミゼの居城まで送り届けた、鋼核属《ゴーレム》便の業者を営む若者だった。

　実のところ、彼はミゼの配下ではない。一般に魔族が誰かの下につくことを『杯を交わす』と呼ぶが、彼はミゼと杯を交わしたことはない。その身分を偽装している。

　この偽装こそが、キードの打った二つ目の手だった。《紫電會《パルス》》の身分証は独特だ。手のひらに収まる程度の金属製のカードで、人工精霊を用いた認証機能を備えている。そのカードが《紫電會《パルス》》の一員であることを示す。

　キードはそれを偽造して、ガフレップをはじめとした数名のはぐれ魔族に渡していた。これを使って《紫電會《パルス》》の一員であることを装う。独特の身分証明システムを構築している、《紫電會《パルス》》でのみ通じる偽装手段だった。

「で、大将！　ここからどうするんです？」

ガフレップの頭のアンテナが、ゆっくりと回転していた。それは広範囲に作用する、占術知覚スキャナーの最新型だ。

「網を張ってる場所もわかってるんで、逃げるやつを逃がすのは難しくねえんですが」

これがキードの三つ目の手だ。派出騎士一課の主任、ジリカ・ロッカーラを通して、騎士たちによる網の配置はわかっている。あくまでも初期配置は、という意味だ。

「向こうも動き始めてるんで、こっから先が勝負ですかねえ」

ガフレップの頭部で、アンテナが紫色の光を明滅させている。

「大将の参謀として、俺も知恵を出しますぜ。ご覧の通り、俺の頭は最新式！　アップデートしたばっかりで冴えまくり！　頭脳労働なら任せてくださいよ」

ガフレップは頭部の光学センサーを明滅させた。

（始まった）

と、キードは軽い頭痛を感じた。このガフレップの困ったところの一つとして、自分を機転の利く参謀だと思い込んでいる部分がある。それが悩みの種だった。

「策なら、俺にも考えがある。お前の案は手詰まりになってから聞くよ」

「それじゃ遅いかもしれないんで、先に聞いてください！　こんなのはどうです？　派出騎士どもを何人かぶっ殺して、やつらの目をこっちに引きつける！　いわば陽動っすね！」

「俺たちも派出騎士殺しになっちまうだろ……なにをさせる気だよ」

「ただ殺すんじゃなくて、俺がちゃんと責任もって鋼核属《ゴーレム》に改造しますから！　あ……でも、人間を殺すってのがお気に召さないなら他にもあるんですよ！」

「……カダル、聞いといてくれ」

「えっ。俺っすか？」

キードが肩を叩くと、カダルは口を半開きにした。

「すげえ嫌なんですけど！　ガフレップさんの作戦聞いてると頭痛くなるんですよ」

「ンだとっ。カダル、お前は新人のくせに生意気だぞ！　そりゃお前の頭じゃ俺の作戦をうまく理解できないかもしれねえけどな。大事だぞ、これからの大将の下でやっていくには知的な作戦も！　俺が直々《じきじき》に仕込んでやる！」

「勘弁してくださいよ！　ガフレップさん、俺の頭改造しようとしてますよね！」

ガフレップとカダルが騒ぐ。その騒ぎを頭から追い出しながら、キードは次の手を考える。

いま、この状況からキードが切れる札は限られている。いずれも、それなりのリスクを伴う札だ。しかしやるしかない。

黙って考えること、およそ十秒ほどだっただろう。目を開いて振り返る。

「カダル」

名前を呼ぶと、言い争っていた二人が止まる。そういう指揮系統は、徹底していた。

「伝言を頼む。包囲を抜けて、届けてほしい。お前の足なら簡単だろ」

「まあ……簡単かどうかは、やってみなきゃわかりませんがね」

「自信をなくしかけてる。そいつがお前の弱みだ。少しずつでも取り戻していけ」

「……了解」

少し不安げに見えたが、とにかくカダルはうなずき、キードの手から封筒を受け取る。そして走り出す。さすがに獣牙属《ワーウルフ》だ。おそろしく速い。

「で、ガフレップ」

もう一方の魔族を振り返る。

「この一帯のはぐれ魔族への忠告を、もう一回頼む。縄張りの外側にも、声をかけられるだけかけてくれ。派出騎士も対応範囲を拡大していくはずだ」

何事もなければ、この方法でもうしばらく凌《しの》げるだろう。その前に、こちらで真犯人を捕まえる。それしかない。

「頼むぜ、頭脳派。うまく説得してくれよ」

「あいあい、了解。ですがね、大将」

ガフレップの陽気な声に、わずかな雑音が混じった。

「俺ら鋼核属《ゴーレム》は個人主義ですが、例外がある。同じロットの同胞に手を出されることです」

鋼核属《ゴーレム》の家族構成を理解するのは、人間には難しい。同じ『ロット』と呼ばれる生産装置から生まれた者たちを指して兄弟や家族と称している。キードにしてもその概念を知識として知っているだけだ。

鋼核属《ゴーレム》たちにとって、同じロットで製造された同胞は、血のつながった家族以上の何かがあるらしい。

「……もし、同じ同胞を傷つけられたら?」

「そんなことになる前に、大将、なんとかうまくやってくださいよ。絶対に!」

「ああ。任せろ」

絶対に、と言われても、そんな自信はない。それでもうなずくしかない。

それが魔王というものだ。

「俺はニルガラの王冠を継ぐ男だからな」

キードは片手でフロナッジを放り投げた——いかにも余裕のあるように笑う。むしろ嬉《うれ》しそうに、これを待っていたとばかりに。

「こいつは魔王候補として、名乗りをあげるいい機会だ」

嘘だ。こんな最悪の機会はない。

三 雷鳴通り雷撃事件　2

《紫電會《パルス》》の領域を構成するのは、ほとんどが背の高いビルディングか、工場ばかりだ。濛々《もうもう》たる煙を吐き出し、昼も夜も何かを作り出すための音が絶えない。輝く照明は消えることがなく、夜明けになってもまだ消えない。

異変が起きたのは、そうした工場の一つだった。白い触手が空に向かって伸びている。蔦《つた》、あるいは樹木のようだ。蠢《うごめ》きながら巨大化し、暴走を開始する。

アルサリサは地船《スキーズ》の中からそれを見た。

「おいおいおい……勘弁しろよ。また暴動か？」

コヴルニーが呻《うめ》いた。派出騎士たちが包囲網を完成させてから、四時間が経つ。その間、《紫電會《パルス》》の領域のあちこちで暴動が発生していた。当然、アルサリサもその鎮圧に駆けずり回ることになる。

状況は悪化し続けている。これでは捜査どころではない。

「何が起きてる？　三課の連中じゃねえか！」

大勢の派出騎士たちが動き出している。彼らが手にしているのは、丸い鍋の蓋のような精霊《せいれい》兵装《へいそう》だった。盾だ。青白く輝く盾。派出騎士の標準装備は三つ――それぞれ剣、弓、盾の形式を取る。大戦時代からの兵装だった。

　このとき彼らが使っていたのは、ザウラン礼七式と呼ばれる防御用の盾型兵装だった。展開すれば、封入された人工精霊が、ハチの巣構造の防性結界フィルタを作り出す。この結界の利点は、六角形を組み合わせたような障壁を形成するため、他のフィルタと結合させることが容易なことだ。十名ほどの派出騎士が並ぶことで、強固な防御壁となる。

　このときも、彼らは盾を組み合わせ、工場の壁を砕いて伸びてくる触手を防いだ。乾いた破裂音が連鎖して、輝く障壁を生む。それは触手を弾《はじ》いて火花を散らした。

「あれは鋼核属《ゴーレム》じゃない。樹王属《トレント》か」

　そう呟《つぶや》く間に、アルサリサはすでに地船《スキーズ》を飛び出していた。

「この《紫電會《パルス》》の縄張りで樹王属《トレント》とは――」

　珍しい、といえるくらいには、アルサリサはこの街に馴染みつつあった。鋼と煙で覆われたこの《紫電會《パルス》》の縄張りを、樹王属《トレント》は極端に嫌っている。生来の種族的な特徴からして当然のことだ。普通なら近づこうともしない。

　しかし、いま工場から伸びている触手は、間違いなく樹王属《トレント》のそれだった。

「あの建物、廃工場だったはずだ」

　コヴルニーが片手の資料を素早くめくっている。

　この一帯の地理情報をまとめたものだ。さすがに一課は仕事にそつがない。キードとはだいぶ違う――いや。これが普通なのだろう。

「さては、ソロモンの残党が勝手に住み着いてたな？」

盲点、といえばそうかもしれない。まさか樹王属《トレント》が《紫電會《パルス》》の縄張りに潜むはずはない、という考えがどこかにあった。コヴルニーは迷惑そうに彼らを睨《にら》んでいた。彼もすでに、片手に標準装備の盾を構えている。

「踏み込まれて、焦って反撃ってところだろう。あの連中を『はぐれ魔族』って呼ぶかは微妙だな……何しろ最近はソロモンの娘って名乗るやつが、《常磐會《ヴエール》》の生き残りをまとめようとしてやがる」

「どっちでもいい」

アルサリサはクェンジンを抜剣した。

「止めなければ」

「おい！　待て、どっちでもよくはねえだろ。調整官が言ってたんじゃねえのか？　派閥には手を出すなってよ。加勢するかどうかは確認しねえと、勝手なことを――」

「そんな時間はない」

コヴルニーの言葉を最後まで聞かずに、アルサリサは走り出している。背後から聞こえるコヴルニーの舌打ちも聞かなかったことにする。

空を塞ぐように展開された白い蔦《つた》が、さらに数を増して地上の騎士たちを襲っている。蔦は装甲結界《そうこうけつかい》マトリクスで覆われていた。樹王属《トレント》が得意とする、自分の肉体を増殖させて、強化するものだ。

（まずい）

アルサリサには判断できる。あれだけの強度で演算された魔術は、十名程度が連ねた防性結界では防ぎきれない。

「クェンジン！　迎撃しろ！」

叫んで、思い切り跳躍《ちょうやく》する。盾を連ねる騎士たちの頭上を飛び越える形になった。

誰もが呆然とアルサリサを見た——その跳躍は、人間ではまずありえない身体能力だったからだ。勇者の娘である彼女にはそれができる。ヴィンクリフ・タイディウスから受け継いだ、脊髄《せきずい》に潜む精霊がそれを可能にする。

アルサリサの振るった刃からは数本の『鎖』が渦を巻くように放たれた。じゃっ、と金属質な音を響かせ、白い触手を迎撃する。巻きついて砕く。

「なんだ、ちくしょう！　誰だっ」

工場の内側から声。敵の攻め手は封じた。そういう場合、この手の相手が選ぶ道は一つしかない。すなわち、突撃。人間を根本的に侮っているから、そんな無茶な行動に及ぶ。

向こうから突っ込んでくる。と推理できていれば、後は仕上げるだけだ。

「捕えろ、クェンジン」

短く呟《つぶや》き、振るった刃から一条の鎖が放たれる。

鎖は砕けた壁から、そのまま工場へ飛び込んでいく。破砕音。さらに誰かの悲鳴。命中したのは間違いない。捕らえた。

「引きずり出せ！」

そのまま鎖は高速で縮み、工場の内側から一つの異形の影を引きずり出す。

やはり樹王属《トレント》だ。白い樹皮を持つ、巨大な樹王属《トレント》。頭部に大きな角が生えているが、それが肥大化していた。手足もやたらと多い。体に比べて小さな眼は血走り、全身をもがかせてアルサリサの鎖に対抗しようとしていた。

「大人しく投降しろ！　お前のやっている行為は不法占拠だ、正式な裁きを受けろ！」

「ふざけんなっ、角なし猿が！」

予想していた通りの罵倒が返ってきた。

「おれが何したってんだ？　ああ？」

「不服か」

「当たり前だ！　おれはなあっ、こんなチンケな廃工場から、コツコツ謙虚に積み上げて——毎日少しずつ呪詛爆弾を用意して——この街を火の海にしようとしてたんだよ！　その地道な努力を！　なんで台なしにしようとするんだよっ？」

堂々たる言葉だった。アルサリサは重苦しいため息とともに首を振った。

「理解に苦しむ」

「けっ、理解されなくてもいい！　おれはおれにできることを一歩ずつやっていくだけだっ。気に食わねえ鋼核属《ゴーレム》を吹っ飛ばして、栄光の《常磐會《ヴエール》》復活の花火にするんだよ！」

「馬鹿め。街を火の海にすることで、苦しむ者がいると想像できないのか。家を奪われ、焼かれる者がいるということは！」

「へっ。たしかにカッコ悪いな！　そうやって誰かを傷つけて、苦しめるなんて――」

アルサリサの言葉は、むしろこの白い樹王属《トレント》の自尊心を刺激したようだった。啖呵《たんか》を切るように、血走った眼を真正面に据える。

「カッコ悪くて、泥臭くて、下品で馬鹿で！　そういうやつこそ大物なんだ。お上品でお利巧《りこう》な連中より、よっぽど立派だぜ！」

「カッコ悪い、良いという次元の話をしていない！　人を傷つけて平気なのかという話だ！」

「おうよ、心は痛む！　その痛みこそ、大事な宝物なんだよっ！　逃げちゃいけねえ！」

樹王属《トレント》は叫んで、全身を震わせた。黄色い花粉が飛び散る。

魔術を使うつもりだ。クェンジンの封印保護を凌駕《りようが》する出力。なんらかの違法薬物で、その力を増強している可能性が高い。アルサリサは少し焦った。油断した。

「クェンジン、防御を――」

「撃て！　一斉射撃！」

最後まで指示を出す前に、背後から声が聞こえた。

閃光が連続する。そして精霊兵装《せいれいへいそう》に特有の、起動時の破裂音。派出騎士の武器だ——これは彼らの弓にあたる。矢を必要とせず、携行のために折りたためるようになっている。そこから放たれる矢は、凍結呪縛ワーム。

光の鳥となって飛翔し、命中した対象の体の自由を奪う。一つや二つではせいぜい魔族を怯ませる程度の効果しかない。しかし、このように十や二十を束ねて打つことで、即効性のある麻酔薬のように機能する。

このとき、一斉に放たれた光の鳥は、樹王属《トレント》の体にすべて命中した。

「うげ」

ふらりと足元が揺れ、そのまま倒れ込む。ずうん、と、重く鈍い音が足元を震わせた。

「彼らの犯行動機など、このような場で聞くべきではない」

振り返れば、赤毛の派出騎士がいる。ジリカ・ロッカーラ。第一課の主任の一人だ。背後には弓を構えた騎士が三十ほど、付き従っている。

「価値観が崩壊するほどの衝撃、あるいは固有の事情を踏まえた恩義がない限り、説得は無意味だ。即座に拘束することを推奨する」

進み出て、左手に巻いた腕時計を確認する。どうやら、彼女の精霊兵装の一種らしい。

そこにはいくつかの光点が明滅していた。探索用の魔術が演算されている。網のように広がる魔力の感覚でそれがわかる。

「よし」

と、彼女はうなずいた。

「工場内部で魔術は演算されていない。罠はなしだ。――各自、警戒態勢で索敵しつつ、工場内を捜索しろ。ほぼ間違いなく、連続殺人とは関係がないだろうが」

後ろに続く部下たちが、それで動き出す。廃工場の探索が始まるだろう。少なくともあの樹王属《トレント》が言っていたように、呪詛爆弾の類が用意されているはずだった。

「ロッカーラ主任」

アルサリサは敬礼をした。

「外輪の封鎖指揮を執られていたのでは?」

「そうだ。しかし、重大な問題が発生した。フォレーク調整官が貴官を呼んでいる」

「私を?」

貴官、という硬い言い回しに、アルサリサは嫌な予感を覚えた。いつもは『きみ』だ。事態はまさに加速的に悪化している、という予感だ。

「派出騎士が殺された。今度は一課の人員が」

一瞬の沈黙。ジリカ・ロッカーラはかすかにため息をついた。

「……しかも、二名同時に。この、《紫電會《パルス》》の縄張りで、だ」

連続殺人。これで、被害者は四名となったわけだ。しかも、この警戒の只中で。

（冷静に。焦っても、何も変わらない）

アルサリサは拳を握りしめた。そうだ。彼女の先輩が言っていた。『辛気臭い顔で真面目ぶったふりをしたところで、名案が浮かんでくるわけじゃない』。

（ヤバいときほど、ふざけて緊張を抜け。そうかもしれないな）

むしろ重要なのは、いかに脱力し、冷静になるかということだ。

◆

「あー……そうだね。これは……私の感想でいいなら、かなりひどい状況って感じかな」

と、スーディ・ウラビス鑑識官は、黒い手袋をはめ直しながらそのような感想を述べた。

（同感だ）

アルサリサもそう思う。

路上に転がる二人の派出騎士の遺体は、損壊の度合いが著しい。投げ出された両手両足は、およそあり得ない方向に曲がっている。巨大な質量を持った何者かに追突され、吹き飛ばされたのは間違いないだろう。路地の壁にぶつかった痕跡があった。

犯行現場は騒がしい。派出騎士たちが周囲を封鎖し、忙しなく動き回っている。事件が発生してから、一時間ほどしか経過していないだろう。そのため、少しでも多くの証拠を採取し、周囲にいるはずの犯人を捜す指示が飛んでいる。

アルサリサは、スーディ・ウラビス鑑識官の見解を聞くことを選んだ。まずは情報を集めることだ。推理にはそれしかない。

「ようこそ、アルサリサ正規魔導騎士どの。殺人現場へ」

歓迎しているようだったが、どうも悪趣味な物言いだった。その足元では、研究室で見かけた使い魔が、あちこちで蠢《うごめ》いている。針金細工の蜘蛛《くも》のような群れだ。

いったい何匹いるのだろうか——指先ほどの小型のものもいるし、アルサリサの手のひらほどの大きさの個体もいる。その動きを見れば、どうやらこの使い魔は現場の清掃や、証拠となり得る要素の調査を行っているようだ。アルサリサは彼らを踏まないように注意しなければならなかった。

「スーディ・ウラビス。改めて質問をしたい。あなたが最初に現場を検証したのか？」

「まあね……派出騎士局で一番腕のいい鑑識っつったら、そりゃあたしだからね。呼ばれるさ。この事件の専任になったし」

喋《しゃべ》りながら、ウラビスはポケットから煙草《たばこ》を摘《つま》み上げた。死体を前にした彼女は、なんだか研究室より生き生きとして見える気がする。

「ひと通り終わったところだよ。お嬢さんも一服する？」

「その手の挨拶《あいさつ》は不要だ。遺体の損傷状況を教えてほしい」

「真面目だねえ。ま、見ればわかるけど……二人とも、直接の死因はコレだよ」

ウラビスは気だるげに壁を指差した。血痕がある。それも、何かが激突して弾《はじ》けたような、『惨烈』と表現するのがふさわしいくらいの血痕だ。

「頭部が激突して、一人は頭蓋骨が割れた。もう一人は首の骨が砕けてる」

まだ若い騎士と、それより少し年嵩《としかさ》の騎士。二人とも、即死だったのだろう。

（しかし――）

アルサリサは彼らの折れた腕に注目した。その手に、武器が握られている。精霊兵装《せいれいへいそう》。若い方が握っているのは、タルバーフ一九型。槍としても剣として扱えるもの。年嵩の派出騎士の方は盾だった。ザウラン礼七式。

ここからわかることは、彼らが何かと戦おうとしていたということだ。即座の逃走ではない。その『何か』に対処可能だと考えたのだろう。盾で攻撃を止めて、剣で無力化。

そんな作戦だったに違いない。だが、それは結果的に失敗した。

（またしても、破損だ。折れている――いや。切断されている）

半ばから両断された、タルバーフの剣を観察する。あまりに断面が滑らかすぎた。

アルサリサはそこを指でなぞる。黒ずんだ液体がこぼれている。人工精霊の死骸、のようなものだ。本来の人工精霊は、液状で粘り気があり、薄く発光している。

「そう。それ。前回と同じだねえ……」

なんとなく、ウラビスが少し嬉《うれ》しそうに言った。

「切断されてるんだよね……。しかも一撃だ。もう間違いないよ。加害者は剣か、それに準ずる何かを持っている、となると」

「《偽造聖剣》か」

アルサリサが答えると、ウラビスは『正解』とでも言いたそうに親指を立てた。

「そう……二人とも、《偽造聖剣》を持った誰かに殺されたんじゃないかな」

「だが、斬殺《ざんさつ》ではない」

「うん。何かに吹き飛ばされて、壁に叩きつけられたって考えるのが自然だよねえ」

「地船《スキーズ》で轢殺《れきさつ》されたようだ、と、あなたは先の二件の殺人について言及していた」

「そうそう。昨日までの二人の被害者は、でかい質量のある何かに押しつぶされた。あたしは轢《ひ》かれたって見てるけどね……」

「この二人の被害者も、大きなものに激突されたようだ。それも、正面から」

「まあ、筋は通りそうだね」

ウラビスは白い煙を吐きながら、何かを手元の資料に書き込んでいる。

「《偽造聖剣》を持った《ギルド》の残党が、派出騎士を殺して回ってるってことならさ」

「……遺留品はあったか？　なんでも構わない」

「いや。何も見つかってないね。犯人の手がかりになりそうなものは、何も」

だとすると、どうも不釣り合いに思える。アルサリサはこの一連の事件の加害者について思考する。犯行は雑だが、手がかりを一切残していない。この不均衡はどういうことだろうか？

（たとえば。犯人は複数いる……とすれば、なにか見えてくるものはないか？）

そう決めつけるのは、まだ早いかもしれない。証拠が足りていない。

「いずれにしろ、《偽造聖剣》が使われているとすれば問題が出てくる。この《紫電會《パルス》》の領域の封鎖が実質的にほぼ無意味になるということだ」

《偽造聖剣》には、それができる。瞬間的とはいえ、あらゆる魔術を無効化してしまう。そうである以上は、この《紫電會《パルス》》の縄張りを覆う探知魔術の網は、なんの意味もない。

「この領域から逃げた可能性がある。フォレーク調整官にもう一度、捜査方針の撤回を訴えてみる。狙いを面ではなく、線で絞るべきだ。逃走経路を追いたい」

「あー……それ、意味あると思う？　聞く耳ないと思うけどね」

ウラビスは報告文書を書き終えたらしく、ペンを白衣のポケットに突っ込んだ。メモもいい加減に丸めて別のポケットに突っ込む。彼女らしい乱雑さだ。

「別案があるよ。こういうのはどうかな？　派出騎士にも不満持ってるやつらがいるでしょ。そいつらをまとめて、こっそり捜査チーム作るのさ。ほら……フォレークの指示に従ってるフリして、独自に犯人を追う。……とか？」

「それはできない。規則に反する。現場の騎士が勝手に動けば、著しく統率が乱れる」

「真面目だねえ。昔の友達を思い出すよ」

そうやって目を細めたウラビスの笑みは、何かを堪《こら》えるようだった。

「あいつも『超』がつくほど真面目なやつだった。気をつけなよ。そういうやつほど、思い詰めて突拍子もない行動に出て……人に迷惑かけるんだからさ」

「それはあなたの友達の話か?」

「そう。大学から一緒にやってた友達がいるんだけど、《不滅工房《ふめつこうぼう》》の研究機関は人間関係がややこしくてね。『このままじゃ人類の発展のための本当の研究ができない』とか言って、失踪しちゃったんだよ。その後始末はぜんぶ私に降りかかってきてさあ」

「……苦労したようだな。でも、仲はよさそうだ」

「やめてくれよ。大嫌いだよ、あんなやつ。どんだけ苦労したと思ってんの」

なにか、遠くを見るような視線だった。よほどの目に遭《あ》ったのかもしれない。一緒にいると苦労する人間、というのはいる。アルサリサは自分の先輩を思い出す。

「組織の規則も破れない、理想も諦められない……って、面倒な性格だよね。こっそり抜け道でもなんでも使って、好きな研究やればいいのに。だからあんたもせいぜい、——ん」

言いかけた、ウラビスの眉間に皺《しわ》が寄った。

「何をしているんだ?」

棘《とげ》のある声が、背後から聞こえた。

振り返る。フォレーク・イズニェル調整官の、不機嫌そうな顔がそこにある。その不機嫌さは芝居ではない、とアルサリサは判断した。不快感が足取りにも表れていた。

「こんなところで遊んでいる場合かな。アルサリサ・タイディウス正規魔導騎士」

声は荒らげない。それなりの自制心は、まだあるらしい。怒って怒鳴り散らしても、現場の雰囲気を悪化させ、部下を委縮させるだけだ。捜査官の心得として叩き込まれる。だが、フォレークの声から余裕が消えつつあるのは確かだった。

ウラビスは『面倒なやつが来た』と言わんばかりに顔をしかめ、口を噤《つぐ》んだ。

大きなトランクケースを持ち上げて、現場からさっさと退散しようとしている。左手を軽く振ると、その足元に大量の針金細工の使い魔が一斉に集合してくる。それらはがちゃがちゃと寄り集まって、互いに絡み合い、綺麗《きれい》にトランクケースに収まった。

フォレークはそれを気味悪そうに一瞥《いちべつ》し、鋭い目をアルサリサに向けた。

「犯人はこの二人を殺した。我々がこれだけの包囲態勢を整えているにも拘《かかわ》らず、だ。これは実に見事な手際――と、賞賛するわけにはいかない」

冗談めかした物言いだったが、アルサリサを睨《にら》む目つきは攻撃的でさえあった。

「取り締まりが手ぬるいように思うね、アルサリサ・タイディウス正規魔導騎士」

「そうでしょうか。慎重になるべきだと思います。無駄な尋問を行って時間を浪費するわけにはいきません。こうして次なる被害者が出た以上は、捜査方針を立て直し――」

「はは！　さすがアルサリサ嬢だ。しかし大丈夫、その必要はないよ」

芝居がかった笑いとともに、フォレークが遮《さえぎ》った。

「より徹底して、はぐれ魔族を狩る。この方法が最短だ。いつまでもただの殺人鬼と遊んではいられない」

「ですが、調整官。被害者の二人の遺体を観察したところ、この殺害には《偽造聖剣》が使われているようです」

「そのようだね。もちろん報告は受けているよ。つまりこれで、私の推理は裏づけられたことになる。犯行に関わっているのは、《偽造聖剣》を作っていた者たち。いずれの會《かい》にも属さないはぐれ魔族だ！」

そうかもしれない。結果として、この殺人は彼の説を肯定することになっている。

「そして《偽造聖剣》を使っている以上は、この領域の外側に逃れた可能性がある。より多くの人員を投入して、狩りをしようじゃないか」

「しかし、捜査対象を絞り切れていない現状、このまま包囲を拡大するのは逆効果ではないでしょうか？」

「……何が言いたいのかな？　要領を得ないね」

フォレークは笑顔を消した。自身の髪の毛を、指先で捻《ねじ》るようにして弄《もてあそ》ぶ。ストレスを感じているときの仕草なのかもしれない。

「きみの推理は？　どうするべきだと言うんだ？」

「狙いを切り替えて、《偽造聖剣》の工房を追うべきです。工房さえ押さえれば、流通経路を把握できます。《偽造聖剣》の所有者を特定できる。それが結局、最短の道で――」

「ははははは！」

　フォレークは大きな笑い声をあげた。

「結局、きみも自分の手柄を立てることが優先というわけだな。《偽造聖剣》の工房の摘発がきみの任務だったからね。連続殺人の被害の責任を私に押しつけようということだろう？　そうはいかないよ！」

　まずいことを言ったかもしれない。フォレークはひどく軽蔑したような目でアルサリサを見ていた。なんとかしようと、アルサリサはさらに言葉を続けようとした。

「違います。私は、この連続殺人事件の解決を第一に考えています。この加害者は、ただ偶然によって《偽造聖剣》を手に入れた末端ではありません。その根拠も提示できます。ご説明の時間をください。《鋼帝》《こうてい》ミゼからの証言で――」

「《鋼帝》ミゼの証言！　よくある手だね。即座に確認のしようがないものを根拠に持ち出し、時間を稼ぐ。そんな暇はないし、仮にきみの考える根拠が正しいとして、先に聞こう。どうやって工房を摘発する？　場所の特定は？」

「それは」

アルサリサは言葉に詰まった。

（推測は立てている。だが、その方法は……）

この街の裏社会に詳しい人間の意見が必要だ。

キード・マーロゥ。あるいはあの男なら、何か解決策を見つけ出しただろうか。思えばあの男は、アルサリサが捜査方針を示しさえすれば、それを実現するための方法をいつも提示してきた。あるいはでっちあげてきた、ともいう。

いまこの場で、あの男の協力は期待できない。この調整官に、キード・マーロゥの助言を得たいので彼を捜索してほしい、と頼んだところで無駄だろう。とても通る意見ではない。

だとすれば、現実的なやり方は一つだけだ。

「……捜査員を指揮する権利を、私に貸与してください。それがあれば、本日中に必ず結果を出してみせます」

「話にならない」

フォレークは鼻で笑った。

「そうやって私から指揮権を取り上げ、次はどうするつもりかな？」

的外れな結論に至っている。だが、これこそが彼の強みでもあるのだろう。強い警戒心と決して他人を信用しない思考。

「いいか？　最初からこの事件は、何が正しいかという話ではないんだ。アルサリサ・タイディウス。きみにはわからないだろうが、私を派遣した『上』は希望した結果以外を受け入れるつもりがない。この方法しかないんだ」

こうなった以上、もともと彼に通る意見などなかったことを、アルサリサは確信した。誤解していたかもしれない。

フォレークもまた、自分と同じだ。上からの意向に従っているだけにすぎない。規則に従うことはたしかに正しい。フォレークの言う『上』が、正規の手続きに沿って命令が出されているのであれば、それを破ることはできない。

――それは、アルサリサにとっての敵でもある。僭主七王《せんじゅしちおう》を刺激せず、事実を枉《ま》げてでも、穏便に事件を処理したいと考えている者たちがいる。

「指揮は私が執る。はぐれ魔族どもの取り締まりを強化するように。余計なことはするな――わかったね？」

うなずく以外に、アルサリサに選択肢は残されていなかった。もし、あるとすれば。

（ここで、踏み切るべきか）

方法はある。だが、それを口にする前に、慌ただしい足音と声が響いた。

「調整官閣下！」

何人かの従騎士たちが、息を切らせて駆けてくる。彼らはこの一帯の大通りの封鎖に当たっていたはずだ。

「どうした」

と、フォレークは表情を鋭くした。次の殺人事件が起きたか。その可能性は、アルサリサの脳裏にもよぎった。

が、従騎士たちは予想外の報告を口にした。

「テロ行為です！　はぐれ魔族が蜂起《ほうき》しました！」

「……正確に言え。何が起きた？」

一度、フォレークは目を閉じ、開いた。声が鋭くなる。

「どういう意味だ！　はぐれ魔族どもが徒党を組んだのか？　どこでだ？　規模は？　状況を述べろ！」

矢継ぎ早の質問に、それでも従騎士たちは最善を尽くそうとしたようだった。

「発生地点は、雷鳴通りです！」

それはこの《紫電會《パルス》》の縄張りにおける、もっとも大きな路地の一つだ。目抜き通りといってもいい。高層構造の建物が立ち並ぶ地域を南北に貫き、械船《かいせん》ハドゥラに続いている。

「彼らは大広場に魔術による要塞を構築し、テロ行為を実行中！　周囲の建造物を制圧、もしくは破壊しながら暴力行為を拡大しています！」

「……魔族同士の抗争ではないのか。それであれば、我々は不干渉を貫くことができる」

「いえ！　彼らは派出騎士局への要求を繰り返し、攻撃を明言しています！　周辺に攻性呪詛《こうせいじゅそ》ボットと思われる雷撃を射出しながら、攻撃に及んでいる状況！」

　フォレークのまぶたがかすかに引きつった。

「……その連中の、要求はなんだ？」

「十五分前、我々が拘束したはぐれ魔族の解放です！」

「解放などできるものか」

　たとえ一人だけであっても、それはフォレーク自身が命じた方針の変更を意味する。

「むしろ好都合だ。まとめて捕らえろ。一人も逃がすな。その中で指導的な立場にある者を真犯人に仕立て上げてもいい。ここは全戦力を投入して――」

「お待ちください！　フォレーク……調整官、閣下！」

　さらにまた、駆けてくる者がいる。また従騎士だ。すでに交戦したかのように、制服のあちこちが汚れ、血に染まってもいた。負傷しているのだろうか。

「南側地区でも暴動です。こちらは……不死属《アンデッド》の一群！　はぐれ魔族ではありません。《玄永會《オブシダン》》の連中です！」

「……どういうことだ？」

　フォレークは強く、引き抜こうとでもするように自らの髪を摘《つま》んで捻《ねじ》った。

「《玄永會《オブシダン》》のロフノースには連絡した。不干渉を貫くという返答があったはずだ。やつらはそれを破るというのか！」

「彼らの……ロフノース様、の」

報告していた従騎士の声が、妙に途切れがちになった。ふらついていた体が傾き、ぐるりと白目を剝《む》く。それでも舌は動き、喋《しゃべ》り続ける。

「ロ。ロ、フノース、様、配下。『鉤《かぎ》』組頭のエッディラ……《弓曳《ゆびき》の舌《した》》のエッディラからの伝言──ふ、ふ」

従騎士の口元が笑みを浮かべた。その頃には、アルサリサも気づいていた。これは魔術だ。記憶を媒介に他者の体を操る、不死属《アンデッド》が得意とする神経侵蝕ワームの一種。

そして『鉤』組。それは僭主七王《せんじゅしちおう》の各會《かい》組織において、盗みや強奪を主な業務とする小集団に与えられる名前だった。《玄永會《オブシダン》》の場合、強奪の対象は、しばしば死体となる。

「我らが主。《冥府《めいふ》の貌《かお》》のロフノースの名において。《弓曳の舌》のエッディラは、や、約束──を破るつもりはない。ただ、し、しししし死体を要求する。殺害された、ゆゆゆゆ勇敢な派出騎士たち、の死体を。我々のな、な、なっ、仲間として迎え入れたい」

「ふざけないでもらいたいな。事前の約束と違うだろう」

当然のように、フォレークは拒絶した。

「そもそも、聖櫃条約《せいひつじょうやく》はどうなる！　人間と魔族の和平を破るつもりか？　ロフノース氏と話がしたい。会談を申し入れる」

「こ。こ、こ、ここここ断る。ふふふ！　ロフノース様はとてもご多忙な方だ。あくまでも……

も、も、申し出を拒否するとしたら、勝手にいただこう。我々には、その権利がある。それが『公平』というものだ」

「『公平』だと？　どこがだ。我々から遺体を勝手に奪おうなど」

「わ――我々はすでに死んでいる。しし、し死者なのだ。諸君より、不幸な目に遭《あ》っている。であるからには、『公平』に……諸君らにとっても不幸な要求を、する……資格がある」

めちゃくちゃなことを言っている、とアルサリサも思った。

（キードから聞いたことがある）

僭主七王ロフノースに率いられた《玄永會《オブシダン》》は、この街でもっとも好戦的な一派だ。あらゆる他者の縄張りに入り込み、踏み荒らそうとする。隙《すき》あらば一方的な要求を突きつけ、従わなければ暴れる。彼らはその権利があると信じているのだ――と。

「我々はこの世でもっとも不幸な、死という出来事を経験、した……の、だから、常に他者に対して……あらゆる要求を、することが許される。それが『公平』だ」

最後に、従騎士はひゅうひゅうと喉を鳴らすようにして笑った。

「以上だ。《弓曳の舌》のエッディラは、し、しししし死体を要求する……」

それきり、崩れ落ちるように従騎士はその場に倒れた。何人かの騎士たちが、倒れた彼を担ぎ上げようとしている。その間、フォレークは赤黒い顔で唸っていた。

「僭主七王……もう少し会話の通じる連中だと思ったのが間違いだったのか？　しかし、いまさら……いまさらだ！　やつらを敵に回すことなどできん！」

それからフォレークは周囲を睨《にら》んだ。彼の直率する従騎士の精鋭が十名。一斉に敬礼の姿勢を取った。かろうじて笑みを浮かべ、冗談を言っているような体裁を取り繕う。その演技力についてはたいしたものだとは思う。

「総員！　次の段階に移るぞ！　まったく、次から次へと面倒だね」

「いかがしますか、調整官閣下！」

「《玄永會《オブシダン》》はまともに相手をするな。防戦に徹し、あしらって退《ひ》け」

いくらかの余裕を取り戻し、フォレークは告げた。

「はぐれ魔族に対しては、現在の方針を強化しろ。我々に敵対するというのなら、片っ端から叩き潰《つぶ》せ！　拘束したというはぐれ魔族は決して逃がすな！　十分な条件を満たしていれば、そいつが真犯人でもいい！」

果たして、そう上手くいくだろうか。アルサリサはそう思った。

（キード・マーロゥ。そして四課の彼ら）

その助力を得られれば、《玄永會《オブシダン》》も過激派のテロなどはたいした障害ではない。

だが――いま、彼らと連携を取れないことが最大の問題だった。

◆

「──待て、こらぁっ！」

鋼核属《ゴーレム》のウィルガス・ルボータは叫んだ。全力で叫びながら、路地を駆ける。

暗闇の向こうに逃亡者の背中が見えている。ウィルガスは魔術を演算して、それを照らす。単純な光子転換コンバータ。伸ばした手から放たれる光が、翻《ひるがえ》る白衣を確かに捉えた。

人間。女だ。白衣に、金色の髪の女。年齢はかなり若い、と聞いたことがある。

メアラ・テズーチカという人間の女。

（追いついた！　さすが俺だ！）

もうすぐそこだ。遠いが、見えている。追いついたも同然だろう。相手は人間であり、たいした速度は出せない。この市街地では、車輪を併用できる自分の機動力の方がはるかに上回る。

だから、もうここで終わりだ。散々な追跡劇だったが、ようやくケリがつく。

（まったく、ひでえ女だ）

ここに至るまでに、いくつかのトラブルがあった。今夜は人間の派出騎士を、さらに二人ほど追加で殺した。あの逃亡者の女を捕らえようとしたからだ──保護されてはたまらない。

ウィルガスはどうにか間に合った。《偽造聖剣》を手にしていてよかった。メアラ・テズーチカが開発した新型には機能で劣る旧型だが、威力は十分だ。派出騎士に支給されている精霊《せいれい》兵装《へいそう》など、《偽造聖剣》の前にはほとんど無力だ。

あとは跳ね飛ばして、簡単に殺すことができた。

人間どもは克己心が足りていないから、そういうことになる。体を鋼に交換しようとは思わないのだろうか？　そうすれば死ぬことはなかった。自業自得だろう。

そのままついでに白衣の女も捕らえることができれば最善だったが、ぎりぎりのところで逃がしてしまった。自分が間抜けだったのだろうか？　――違う。ウィルガスが伸ばした腕を、あの女はたやすく断ち切った。

青く輝く刃を忌々《いまいま》しく思い出す――あれはウィルガスの持つものよりも、はるかに性能の高い《偽造聖剣》だった。ウィルガスがかすめとるはずだった研究の成果。

(人間なんかには勿体ねえ。あれは俺にふさわしい！)

手痛い失敗だった。おかげで一本、腕を失ったまま追跡することになっている。あれはとっくに人間どもに回収されているだろう。あまりにも大きすぎる証拠だった。人間も厄介ではあるが、《鋼帝《こうてい》》ミゼに連絡されたら何もかも終わる。即座の制裁が待っている。

――だから、ここで終わらせるしかない。

「いつまでも逃げられると思うんじゃねえぞ！　ぶっ殺してやる！」

相手からの答えは期待していないし、殺すつもりもない。生け捕りにしてこそ意味がある。

それさえなければ、もっと手っ取り早く終わっている。

(面倒なことさせやがって)

こちらを振り返ることなく、白衣の女は路地を曲がる。左。

「馬鹿が」

追い詰めた。ウィルガスはそう確信した。その先は行き止まりになっている。この周辺の地理に疎い人間らしい失敗だ。脳内に地図を保存しておかないからそういうことになる。

「終わりだ！」

そうして、ウィルガスが両足の車輪を軋《きし》ませて路地を旋回したときだった。

かっ、と、何かが割れるような音が響いた。そして目が眩む。閃光。精霊兵装《せいれいへいそう》だと直感的に悟る。まさか、あの女が何か奥の手を隠し持っていたのか。《偽造聖剣》が届く距離ではなかったはずだ。

しかし、方向が違う。頭上だ。ウィルガスは咄嗟《とっさ》にその場に伏せた。

少し遅れて轟音《ごうおん》。何かが砕ける音。瓦礫《がれき》が落ちてくる。

さらに何度も、稲妻のような光が閃いた――それから、また破壊音。

（何が起きてる？　なんだ？）

ウィルガスは索敵用の魔術を演算する。占術知覚スキャナー。体内を走る電流を放出して周囲に広げる。ウィルガスにたいした魔術の技量はなく、少し手間取る。

（なに考えてんだ、こいつら！　抗争か、暴動か？）

ウィルガスは何が起きているかをほぼ理解した。大型の魔力発生源――つまり魔族が動いている。おそらく鋼核属《ゴーレム》。そいつらが徒党を組んで、高出力の魔術を連発していた。目的は破壊そのもののように思えた。周囲に無差別な攻性呪詛《こうせいじゅそ》をまき散らしている。使っているのは稲妻状のボットだろう。物体に命中すると、衝撃と爆発を発生させるもの。

(メチャクチャじゃねえかよ！　くそ！　馬鹿どもが……！　俺の伝説の脇役ども！)

脇役にすぎないくせに、迷惑をかけてくれる。このままでは迂闊《うかつ》に立ち上がると、降り注ぐ稲妻の巻き添えを食う。ここは結界を張ったうえで慎重に突っ込む。それしかない。

「あっ」

そのとき、ウィルガスは己の間抜けさを知った。白衣の女が、無造作に片手を振った。《偽造聖剣》が演算される。その光の一閃《いっせん》は、行き止まりのはずの壁を容易《たやす》く切り崩していた。

(そうか、それがあった)

ウィルガスは慌てた。逃がしてたまるものか。

その後ろ姿を追跡しようとして、そして、炸裂《さくれつ》音が響いた。今度は自分の足元。破損する自分の足の車輪を、他人事のように見る。何が起きたのか。数秒遅れで理解する。地雷、のような精霊兵装《せいれいへいそう》だ。やはりまだその手の道具を隠し持っていたらしい。

「おい！　止まれ、ふざけんな、てめえっ」

ウィルガスは怒鳴ったが、届いていたかは怪しい。稲妻は止まないし、瓦礫《がれき》の崩落は連続している。白衣の女がその向こうに逃走するのも止められない。

だが、このとき、幸運はウィルガスの方にも味方した。

落ちてきた稲妻の一撃が建物にぶつかり、盛大な瓦礫をまき散らした。それは白衣の女の逃走経路と重なっていた。走り抜けようとした彼女が、その雪崩《なだれ》のような破壊に巻き込まれるのがはっきりと見えた。

そして粉塵《ふんじん》。姿が隠れる。

（やべえっ）

ウィルガスはさらに慌てた。死んだかもしれない。人間は脆弱《ぜいじゃく》だ。頭部に石がぶつかっただけでも死ぬという。馬鹿げている。なんで頭蓋骨を鉄製にしておかないのか。

もしも死んでいたら、生け捕りは失敗だ。

（どうする？　いや、どうするじゃねえっ。まずは本当に死んでるか確かめて……）

その結論に至るのは遅すぎた。ウィルガスにとっての幸運はそこまでだった。

「――舐《な》めんじゃねえぞ！　角なし猿ども！」

と、表通りから怒号が聞こえて、ひときわ強力な稲妻が放たれた。それも、何条も――周囲の建物を根こそぎ破壊しそうなほどに。ウィルガスは咄嗟《とっさ》にうずくまった。防性結界フィルタの展開はどうにか間に合った。というか、それしかできなかった。

砕けた建物の瓦礫が降り注ぎ、路地を埋め尽くしていく。ウィルガスの体にも容赦なく落下してくる。重たい衝撃音とともに、結界フィルタが悲鳴をあげた。

これでは死体を確かめることさえ不可能ではないか。瓦礫《がれき》が降りやむまで、ひたすら耐えるしかなかった。

(なんなんだよ、畜生!)

伝説の男には、伝説にふさわしい災難が襲いかかるものだ。魔王ニルガラがそう言っていたとはいえ、自分の身に起きる災難はあまりにも多すぎないだろうか。

(誰かに邪魔されてる気がする)

と、ウィルガスは思った。

三　雷鳴通り雷撃事件　3

雷鳴通りに、稲光が走っていた。

キード・マーロゥは路地裏から空を一瞥《いちべつ》する。

（まずいな。かなり本格的だ）

事態の報告は聞いていた。はぐれ魔族――それも鋼核属《ゴーレム》たちを中心とした魔族たちによる武装蜂起《ほうき》であることは間違いない。雷鳴通りの一角を占拠して、小型の砦のようなものを築き、派出騎士局への要求を繰り返しているという。

今夜、群発している暴動の中で、間違いなく最大級のものだろう。キードもこれには対応せざるを得ない。

（まったくキリがねえな……！）

このままでは後手後手だ。とても殺人事件の捜査に回るどころではない。

発生する暴動、それ自体はキードならば解決できる。その方法を用意できる。ただ、殺人事件という根本的な問題に対処するには、足りないものがある。その足りないものを、キードはあえて見ないようにしていた。いまは、自分だけでやるしかない。

「――大将！」

表通りに出ようとしたところで、遮《さえぎ》られた。ガフレップだ。両腕を広げている。

「こっちはまずい。表通りは、派出騎士の連中が見張ってる」

「そうか」

キードは足を止めた。いま、騎士の連中に捕捉されると面倒なことになる。ガフレップの背後には、フォレークの従騎士たちと赤銅色の鋼核属《ゴーレム》が対峙しているのが見えた。

どうも何かを言い争っているらしいが、もちろんそれは口論という範疇《はんちゅう》に収まっていない。赤銅色の鋼核属《ゴーレム》が何か大きく身振りをして叫ぶと、稲妻が走り、建物に落ちて瓦礫《がれき》が飛び散る。従騎士たちはそれに対抗して盾形の精霊兵装《せいれいへいそう》を掲げている。

その正面に立つのは、金色の髪の従騎士だ。彼が主任なのだろう。彼は盾ではなく、巨大な馬上槍のような精霊兵装を構えていた。明らかに標準装備ではない。あんなものが支給されるのはごく一部のエリートだけだ。

「無意味にも程がある。はぐれ者の鉄くずどもが、余計な手間をかけさせてくれるな……」

そんな風に、金色の髪の主任従騎士は呟《つぶや》いた。つまらなさそうに指示を飛ばす。

「全員、盾を離さないように。その身を挺《てい》してでも魔術を止めろ。私が一機ずつ潰《つぶ》す」

「はい、クヴィロ主任！　突撃、来ます！」

「うん。あっちも必死だな。まあ、同情はしておこう」

クヴィロと呼ばれた主任はため息をつく。

「やはり無意味ではあるがね。二列目、抜剣許可。死んでも止めろよ」

そうして、両陣営が激突する。

一部の鋼核属《ゴーレム》が突っ込んで、盾と剣で従騎士たちが迎え撃つ。盾は彼らの突進を辛うじて受け止め、反撃の剣が光を放ち、鋼核属《ゴーレム》の装甲を削り取る。派出騎士にも配備されている最新型の精霊兵装、タルバーフ一九型はすでにそれほどの出力を可能としている。こうなると鋼核属《ゴーレム》たちもすぐには押しきれない。

そして鋼核属《ゴーレム》たちは勢いが止まれば、そこまでだった。クヴィロ主任とやらの巨大な槍型の精霊兵装が赤い光を放ち、苛烈な音を響かせて鋼核属《ゴーレム》の一機を貫く。装甲を容易《たやす》く貫通するどころか、その貫通時の衝撃で通りの向こう側まで吹き飛ばした。

「まずは一機。相手が鋼核属《ゴーレム》だと、思う存分に新製品の威力を試せる」

クヴィロが呟く。槍から発生したのは、結界フィルタの一種だろうか。突き刺したときに魔術が演算されるのが見えた。

「この調子でさっさと終わらせよう。フォレーク調整官どのも、素早い結果を求めている」

クヴィロが言うように、どうやら従騎士側が優勢らしい。最悪の展開だった。

（あまり時間はかけられないな）

あちこちで諍《いさか》いが起きている。《玄永會《オブシダン》》まで介入してきていると連絡も受けていた。速やかにここを片づけなければならない。

キードはガフレップを振り返る。

「何があった？　ここまで過激化するとは、よほどのことがあったんだろう」

集まっている魔族は、ミゼの傘下《さんか》に所属していないはぐれ者たちだ。

そういう連中は、《紫電會《パルス》》の縄張りにおいてはそれなりにいる。純粋に工業的な加工技術によって、単独の商人としてやっていける道があるからだ。暴力行為や戦闘は苦手だという者たちにとって、それは数少ない生存方法の一つだ。

彼らは商会連合として徒党を組み、各勢力からある程度は独立した地位を保っている。この雷鳴通りで蜂起《ほうき》している者たちは、まさにそうした一派であるようだった。

「あの人間どもですよ」

と、ガフレップはノイズ混じりの声で答えた。

「派出騎士。じゃなくて、あの白い服、従騎士でしたっけ？　あいつらが、商会連合の身内に手を出したんですよ」

「身内っていうと、同じロットの同胞か？」

「そうです。あの赤銅塗りのやつ。見えます？」

ガフレップは、先頭に立って怒鳴り散らしている赤銅色の鋼核属《ゴーレム》を顎《あご》で示した。

「この辺の顔役の一人ですよ。移動店舗販売を仕切ってる、ルジャルゼド。あいつの弟分がいきなり逮捕されたんです。ほら、見てください。あそこ」

人間の従騎士たちの後ろに、一回り小さな鋼核属《ゴーレム》がいる。そちらも赤っぽい外装で、たしかにルジャルゼドと呼ばれた鋼核属《ゴーレム》によく似ている気がする。

いま、その鋼核属《ゴーレム》は、青白く輝く帯で縛りつけられていた。あれも精霊兵装《せいれいへいそう》の一種だ。逮捕時に騎士が使用を許可されている、封印保護プロトコルの一種。

「あいつも兄貴の真似して移動店舗販売をやってましてね。もちろん、よそのシマに行かなきゃ商売できないでしょう。それで取り締まりに引っかかったんです」

「抑えられないか」

「そりゃ無理です。同じロットの兄弟ですよ——ねえ、大将」

ガフレップは首を振った。声に混じるノイズが大きい。彼もまた怒っているのだろう。理不尽なことが嫌いな男だ。

「仁義ってのは、あれでしょう？　俺は信じてますよ。謙虚さは誇るものじゃない。他人に向けられない誠実さはただの自分勝手で、一方的な慈愛は嫌がらせだって……あれは嘘じゃないんですよね？　大将の仁義ってやつは、こういうときどうするんですか？」

自分の仁義。言葉にしようとすると、どうにも詰まる。キードは瞑目した。

僭主七王《せんじゆしちおう》と、その配下には彼らなりの道理がある。それを否定して、自分の理を打ち立てるとすれば、どうあるべきか。ニルガラの後を継ぐにふさわしい理屈がキードの中にはあるのだろうか。そのことが頭をよぎる。

（だが、結局……どれだけ理屈を並べたところで）

いまやるべきことは明白だった。

（魔王になろうって男が、そのくらいできなくてどうする）

沈黙——目を開く。そうして、気づけばキードは答えていた。こんなことは、悩まずに言えなければならない。少し考えたことをキードは忌々《いまいま》しく思った。

「わかった。助ける」

そういう連中をこそ、助けてやりたいと思った。ここでやれなければ意味がないだろう。

「やらなきゃ仁義が通らない。お前の言う通り、こいつが俺の仁義だ」

キードは赤錆《あかさび》色のマフラーを巻き直し、顔の下半分を隠すようにした。それから上着を——派出騎士の証《あかし》である上着を脱ぐ。ここからは身分を隠して行動する必要がある。

「ガフレップ、煙幕と援護《えんご》射撃を頼む。従騎士たちを攪乱《かくらん》してくれ」

「ええ——そうこなくちゃあ！　正面の喧嘩《けんか》は苦手ですがね、そういうことならこの頭脳派に任せてくださいよ！」

ガフレップの頭部、眼にあたる部分が明滅した。

「大胆な作戦を考えたんです。まず、大将が鋼核属《ゴーレム》のふりをして」

「ここは単純なやり方の方が効果的だ。時間もない」

「え？　そうですかねえ」

いささかどころではなく、ひどく残念そうにガフレップは唸った。キードは少し笑い、脱いだ上着を彼に押しつけた。

「お前にはこいつを頼む。引き上げのときには合図する。そしたらもう一回煙幕だ。どうしようもないときは——」

「待ってください、大将。後ろです、あっちの方」

ガフレップの頭部のアンテナが動いている。路地の奥だ。暗がりに、よろめく人影が一つ。

彼のセンサーはそれを捉えたようだ。

「誰かいますぜ！　あれは——え、人間？」

「……キード先輩」

ふらふらと歩く人影に、名前を呼ばれた。

「ちょ、ちょっと……待ってくださいよ。一人でやろうってんじゃ、ない、でしょうね？」

「あれ。バケツくん？」

予想外だった。肩に隻眼《せきがん》のハムスターを乗せた、赤毛の男がそこにいた。それも、ひどく疲れた様子で。前に現れたとき以上に疲れている気がする。

「なんでここに？」

「そりゃ……課長が、キード先輩が大変そうだから、って……」

課長には、自分の居場所がわかるのか。いや——それ自体は不思議なことではない。課長は不死属《アンデッド》だ。記憶を媒介に魔術を演算する。自分が課長を記憶している限り、その位置を追跡する魔術を使えるのは当然だ。

課長に窘《たしな》められている、という気がした。なんでも一人でやろうとするべきではない。

「課長からの伝言……キード先輩、いつもサボり癖あるのに、たまに無茶なことするのは本当に良くないですよ。だ、そう、です……」

たしかにそうだ。キードは頭を掻きむしる。もっとサボるべきだ。視野が狭くなっていた。楽をするために手間を惜しむべきではない。課長には、あとでちゃんと礼を言わなくては。

「バケツくん。駆けつけてきたところ悪いんだけど、仕事してもらうよ」

「キード先輩、人遣い荒くないですか？　また全力で走ってきたんですよ。センセイも死ぬほど急がせるんですから！」

「ふん──お前はどうせ死なない男だ。いくらでも無理ができるだろう」

バケツの肩に座っている、センセイはつまらなさそうに言った。

「走る速度が遅すぎるので少し急かしただけだ。地船《スキーズ》などに頼っているから筋肉が鈍《なま》るのだ」

「いやいやいや、急かしたとかいうレベルじゃないですよ！　少しスピードが落ちたら鉄拳制裁でしたよね！　先輩、ホントにしんどかったんですけど！」

「大変だったね。とりあえずバケツくん、上着脱いで。ここからは派出騎士だってバレないように活動するよ」

「うええ？　なんで？」

「調整官の連れてきた従騎士とはぐれ魔族が喧嘩《けんか》してる。で、俺たちははぐれ魔族の味方をするつもり。なぜなら、従騎士の連中は態度がでかくて生意気だから。あの鋼核属《ゴーレム》の弟分を攫《さら》って逮捕したんだって」

「ああ。なるほど」

キードはバケツにも理解できるように説明したし、バケツもそれで納得した。少し信じられないほどの話の速さだ、と思った。

「それなら先輩の計画に賛成です！　あれ、移動販売店舗の元締めのルジャルゼドでしょ？　ルジャルゼド七九〇！　安くて新鮮・スタミナ満点のルジャル弁当！」

「……え。知り合い？　ルジャル弁当？」

「ルジャル印の特急便は《常磐會《ヴエール》》の縄張り以外ならどこにでも届きますからね！　オレの体の半分はルジャル弁当ですから、断然味方しますよ！」

「いつも食べてるあの超辛そうな弁当、あそこの商品だったんだ……」

「そうです！　それに、オレはああいう横暴で生意気な騎士が大嫌いなんですよ。そういうの大嫌いだから、自分が騎士になったんで」

そう答えるだろうとわかっていた。親指を立ててみせるバケツのことを、キードは少しなら調べてある。もともとは大戦で孤児となり、魔王都市で無茶を繰り返す単なるチンピラだったという。生き残るためになんでもした。その過程で、魔族だけでなく人間の騎士からも相当に理不尽な目に遭《あ》わされてきた。

横暴な魔族や騎士に反発して、衝突することも多々あった。挙句の果てには魔族の怒りを買って、制裁による私刑《リンチ》を受けた。魔王ニルガラに治療魔術をかけられていなければ、いままでに百回は死んでいただろう。

それでも、やめるつもりはないらしい。

『結局、単純な生き方が一番楽しいんですよ。オレはそれでいきます』

と、本人がかつて言ったのを覚えている。それを聞いたとき、ニルガラが彼に魔術の癒《い》やしを与えた理由がわかる気がした。

本来なら派出騎士が他の騎士仲間を妨害するなどあってはならないし、そんな行為が許容されるはずもないが、彼は特例だ。だから、できることがある。

あとは、もう一名。

「センセイ。俺たち、いまからちょっと派手にやるんですけど、手伝ってくれたり……」

「断る。つまらん。無意味だ」

センセイはバケツの肩から跳んだ。信じられない跳躍《ちょうやく》力で、今度はキードの頭の上に乗る。

「だが、指南はしてやろう。キード、フロナッジは使わず、素手でやれ。人間が相手ならばそのくらいできずにどうする」

「え」

「フロナッジを使ったら俺が制裁する」

「ほら」

バケツは笑った。

「ひどいでしょ！　キード先輩もオレが味わった大変さをよーく嚙み締めてください！」

「思い知ってるよ……でも、課長は？　お礼を言っときたいんだけど」

「さあ？　なんか、ちょっと手を回しておくことがあるとか言ってました」

「了解」

キードは課長のことを全面的に信用することにしている。仕事はする男だ。そして何よりこの街の平和を願っている。命を失ったいまもなお。そこには何か理由があるのかもしれない、と感じたことはあるが、正面から尋ねたことはない。

『死んでも働くなんて、仕事熱心すぎませんかね？』

そんな風に冗談めかして問いかけたことはある。そのときは『有給休暇の申請の仕方を忘れてしまいました』などと、やはり冗談にして返されたものだ。話したくないことなのだろう、という気がする。

彼ならば、この状況下で打つべき手を思いついたのかもしれない——期待だけはしておく。

「よし、始めよう。ガフレップ！」

キードは大きく息を吸った。

「煙幕、頼んだ」

◆

ガフレップの魔術は、ほぼ完璧に作用した。

濛々《もうもう》たる黒い煙が炸裂《さくれつ》し、雷鳴通りを満たす。閉域幻性《へいいきげんせい》ジャマーは、大戦期に発展した魔術の一分野だ。敵陣に突撃する歩兵なら誰でもこの魔術の世話になったことがあるという。

溢《あふ》れる黒い煙は敵を撹乱《かくらん》し、魔術の威力を無差別に減衰させる。

（重要なのは、速度だ。さっさと片づけてやる）

キードは辛うじて見える影を頼りにして駆けた。これだけ威力が減衰しているなら、精霊兵《せいれいへい》装《そう》の一斉射撃も、ひっきりなしに放たれる稲妻も怖くはない。

「なんだ！　新手かっ？」

怒鳴ったのは従騎士の誰かだ。激しく咳込みながら、何人かが声を張り上げている。

「幻性ジャマー！　鋼核属《ゴーレム》かもしれません！　不審者数名！」

「解呪《かいじゅ》！　新人、解呪だ！　ランタン使えっ」

ランタンというのは一種の俗称だ。騎士に支給される精霊兵装であり、光を放ち、それが照らした範囲の魔術を中和する機能を持つ。新人、と名指しされた誰かがその場に屈《かが》みこんだ。

大きな箱から何かを引っ張り出そうとしている。

もちろん、それを作動させるつもりはない。

(フロナッジ抜きなら、手加減はできねえな)

使えば、頭の上のセンセイからひどい制裁を受けるだろう。素早く接近し、ランタンを準備しようとしていた従騎士の頭を摑む。

「え?」

反応の暇も与えない。思い切り顔面に膝を叩き込んだ。鼻腔から出血。倒れる。

(悪いな)

ついでのように、彼の腰から剣状の精霊兵装を引き抜く。タルバーフ一九型。使い方はよく知っている。

「む」

と、センセイが少し不満そうな声をあげた。

「武器を使うか。たしかにフロナッジは使うなと言ったが——」

(そりゃさすがに無茶ですよ)

とは声に出さない。ただ苦笑して、キードは構わずタルバーフ一九型を展開した。青白い光が灯る。この閉域幻性ジャマーの中でも、キードが振るう精霊兵装は特別だ。無造作に伸ばした髪に隠れた、キードの角が輝く。

魔族のハーフである証《あかし》だ。魔術を演算する役には立たないが、角による同調はできる。その精度と速度には自信がある。通常の魔族なら、他者の魔術に同調するのは平均して数十秒を要する——キードならば三秒とかからない。精霊兵装《せいれいへいそう》の魔術演算を、最大以上に引き出せる。

「クヴィロ主任！　新手です、後退しますかっ？」

「いい、いい。私がやる……だいぶ手強そうだ」

黒い煙をかきまぜるようにして、赤い光が瞬《またた》いた。

「そこだろ？　メイデリッカ、起動しろ」

刺突。キードはほとんどのけぞるようにしてかわす。続いて薙《な》ぎ払い——これはタルバーフの刃で弾《はじ》く。瞬間、肘のあたりまで痺れるような衝撃があった。やはり、触れると同時に強力な力場が発生する仕掛けだろう。

（だが、凌《しの》げる）

このジャマーの黒煙の中なら、タルバーフのような標準装備でも十分に打ち合える。とはいえ凌ぐだけでは意味がない。二撃、三撃。刺突が徐々に細かく、正確なものになっていく。

「やっぱり、やるな。どこの誰だ？　魔王都市ってのは、野良でこの水準か……？」

黒煙の奥で、クヴィロが少し面倒そうに言った。

「鉄くずどもの仲間かどうか知らんが。公務執行妨害だ。殺しても、文句は言うなよ」

ばきっ、と、クヴィロの巨大な槍が赤く輝いた。放電。なにかが来る。

「なにをしている。勇気をもって踏み込め！」

肩でセンセイが叱咤する。その通りだ。正体不明の兵器を前に、退避して様子を見るのは明らかな悪手だとわかっていた。こちらの強みを押しつけた方が勝つ。

クヴィロが先に踏み込んでくる。

「メイデリッカ、渦」

という呟《つぶや》きとともに、槍の輝きが渦を巻く。そういう力場だ。後退や防御を選んでいれば、それに巻き込まれ、引きちぎられていただろう。ただ、キードは前へ跳んでいた。

こちらの強み——それは、角を持っているということだ。精霊兵装《せいれいへいそう》の魔術演算に同調する。その魔術を暴走させるように使う——過剰な負荷をかける。展開された結界は、精霊兵装である槍それ自体を傷つけるほどの出力を持つ。

「ちっ。誤作動か……！」

クヴィロはすぐに槍を引く。やはり反応が速いし、推論も的外れとはいえ妥当だ。即座に魔術演算を停止する。それは反射的な動作だっただろう。そして相手が引いた分だけ、こちらの攻撃は届く。

（相手がそれなりの腕前で助かった）

下手なやつが相手ならば、暴走させた結界に巻き込まれ、キードも大きな被害を受けていただろう。キードは相手を信じた。

懐《ふところ》に飛び込み、タルバーフの刃で一撃。脛《すね》を撃ち、肩を痛打する。手ごたえはあった。骨くらいは確実に折ったはずだ。

「まさか」

信じられない、といった呟き。クヴィロが倒れる。これでいい。一番偉くて、手強いやつを無力化した。もう厄介な敵はいない。

「くぉらっ！　舐《な》めんな、オゥッ！」

邪魔しようとする他の連中は、バケツが異様な雄叫びをあげながらも防いでいる。黒い煙の奥のためによくわからないが、殴られ、蹴とばされ、精霊兵装で足を折られても、すぐに再生して殴り返す。そういう戦い方だ。

バケツはめちゃくちゃな男だが、こういう乱戦ではこれ以上ないほど心強い。

「人間か？　なんだあれは！」

鋼核属《ゴーレム》の誰かが、ひび割れたような声で怒鳴っていた。

「どっちでもいい！　角を貸せ！　一気に焼き尽くす！」

「ぶちかませ！」

「人間どもを殺せっ」

完全に興奮した鋼核属《ゴーレム》たちの声。それと同時に、ひときわ強い稲妻が収束する。閉域幻性《へいいきげんせい》ジャマーを問題としないほどの、まばゆく白い一撃。しかし、それへの対処は簡単だった。

そういう攻撃はセンセイを巻き込むことになるからだ。

「ふん」

センセイは軽く鼻を鳴らして跳んだ。

「遅すぎる」

稲妻に対して簡潔な感想を吐いて、彼は空中で回し蹴りを放つ。雷撃への迎撃。迸《ほとばし》る光はそれに弾《はじ》かれ、たやすく逸れた。また別の建物にぶつかり、ひときわ派手な音を響かせている。

「はあっ？　なんだ、いまの！」

鋼核属《ゴーレム》たちに動揺が走るのがわかる。攻め手が止まった。

（まだ。もう少し……なんだけどな！）

破裂音。側面から、閃光が瞬《またた》いた。輝く小鳥の翼が眼前をよぎった――と思う。

「クヴィロ主任を保護しろ！　そいつらを逃がすな！」

誰かが鋭く叫んでいた。

「とにかく撃て、不審者の足を止めろ！」

キードはそれを知っていた。騎士にとっての通常装備である射撃型の精霊兵装《せいれいへいそう》。凍結呪縛ワームだ。このジャマーの煙の中で撃ってきた。

もちろん狙いなどろくにできていない。それに威力も減退している。当たれば幸い、という程度の連続射撃だが、これだけ撃たれると面倒だ。輝く小鳥の鋭い嘴《くちばし》をかわし、キードが思わず頭を下げたとき、不意に射撃が止まった。

「うぐ」

うめき声。なにか、きらりとした光が走った気がする。糸のような輝き。それが、黒煙の奥で揺らめくと、射手たちが次々に転倒する。

（センセイじゃない。バケツでもない。あいつは──）

援護《えんご》だ。その攻撃には心当たりがあった。ただ、礼を言うのは後にする。再び転げるように駆けた。魔王を名乗るには、いささか無様すぎる格好だったかもしれない。

（これでよし）

到達できた。拘束されていたルジャルゼドの舎弟を立たせる。その体を拘束していた帯状の精霊兵装も、同調によって増強したタルバーフ一九型の最大出力なら引き裂くことができた。

ぱん、と、乾いた音が響く。兵装の刀身に亀裂《きれつ》は入ったが、些細な問題だ。

「あんた──」

「立て。走れ」

ルジャルゼドの弟分が、何か言おうとした。だが、急がなければならない。キードは彼を強引に立たせ、背中を押した。小声で告げる。

「ああいう馬鹿どもに、もう捕まるな」

少し間の抜けた忠告だったのかもしれない。だが、言うべきことはそれだけだ。

走り出す彼の背を追うように続く。それと同時に、力いっぱい指笛を吹いた。強く、二度。引き上げの合図だ。もう一度、ガフレップは閉域幻性《へいいきげんせい》ジャマーを使うだろう。興奮状態で殴り合っていたバケツの首根っこを摑んで引っ張るのも忘れない。

「引き上げだよ」

「うえっ。もう？　あ、あとちょっと、いまオレの首をへし折ったやつに──」

「いいから急いで」

バケツを引きずるようにして、黒い煙をかき分けて走る。

「フロナッジ。雷鳴通り西の九番路地まで、脱出経路」

脱出方向は決めてある。何も見えなくてもわかる。片手に握ったフロナッジなら難しいことではない。フロナッジはどれだけ入り組んだ通路だろうと、完全なガイドとして機能する。

──そうして閉域幻性ジャマーの効果範囲を脱するまで、どのくらい走っただろうか。唐突に抜けた、と感じたのは、崩れかけた建物の裏だった。

大きく息をする。

「ぶはっ！」

と、酸素を求めて喘いだのはバケツだった。咳き込みながらその場に膝をつく。

「く、首。首……だいたい治ったかな。痛ぇなあ」

閉域幻性ジャマーの効果範囲内では、バケツの体内で作用している魔王ニルガラの治癒《ちゆ》魔術も効果を減衰させるらしい。何か違和感があるようで、首を傾けたり叩いたりしている。

「おい。あんたたち……」

ノイズの混じった声が、傍らから聞こえた。振り返るまでもない。赤銅色の鋼核属《ゴーレム》。ルジャルゼドがそこにいた。弟分であろう小柄な鋼核属《ゴーレム》に肩を貸していた。追ってきていたのか。

「なんで助けた？」

ルジャルゼドは疑念に満ちた声で尋ねてきた。

「人間だろ、二人とも……そっちの獣牙属《ワーウルフ》は、よくわからないけどさ」

「鍛錬《たんれん》の一環だ。この未熟者たちには、死線を潜った経験が足りん」

「あのー……まあ、それもあるんだけど」

センセイがいち早く返答したので、キードは笑った。軽く呟き込むように。

「あんたらの弟分を捕まえたのは、こっちが悪い。商売の邪魔して悪かった。人間の騎士がぜんぶあんな感じだと思わないでくれ」

「あ？　ああ、いや……」

ルジャルゼドは口ごもった。

「弟分が助かった。この礼は」

「いいよ。さっさと行ってくれ。話してると見つかりそうだ」

「……そうだな」

従騎士たちは、負傷者を確認したらすぐに捜索を始めるだろう。こんなところでグズグズしてはいられない。ルジャルゼドはぎこちなくうなずいて、キードたちに背を向ける。

「借りは返す」

「気が向いたら、そうしてくれ」

「先輩は欲がないなあ。ルジャル弁当、応援してます！　今度割引お願いします！」

バケツが余計なことを言ったが、ルジャルゼドは片目を点滅させてそれに応えたようにも見えた。キードは片手を振って見送り、もう一度、しっかり大きく息を吐く。

「こいつは良くねえな……この一件だけで終わる気がしない。街のあちこちで大騒ぎになっちまってる。真犯人を捕まえるどころじゃないぞ……！」

アルサリサならば、この状況でもなんらかの推理ができるだろうか。あるいは手がかりを見つけているだろうか。

（推理。自分で考える、か。苦手分野だな……）

キードは手中のフロナッジを一瞥《いちべつ》した。

この、魔王ニルガラが遺した精霊兵装《せいれいへいそう》ならば、可能性はあるかもしれない。派出騎士を殺した犯人――と指示すれば、的確にそれを探知するはずだ。

しかし、それは射程距離に相手がいる場合に限る。さらに、明確に対象を視認しているか、イメージできていなければ、射程距離はさらに減退する。せいぜい十歩以内まで有効範囲は低下するだろう。

いま、自分に打てる手は何があるだろう？　アルサリサの意見を聞きたい、と思った。やはり助言者は必要なのだ。事態の真相を摑むことができれば、その解決方法をでっちあげる自信はある。

（何か。俺の側から、この事件の犯人に近づく方法はないか？）

キードはほとんど無意識のうちに、周囲に視線を向けていた。瓦礫《がれき》の山がある。雷鳴通り沿いの建物が砕けて散乱し、砂埃が待っている。

だが、その中に動くものがあった。

「あっ」

と、バケツも気づいた。それを指差す。

「ヒトだ！　先輩、あれ、人間じゃないですか？」

その通り――人間だ。一人だけ、瓦礫の合間を這うように動いている。どうやら女のようだった。泥と埃に塗《まみ》れた黒い外套。下水道から上がってきたような風体だ。

「この辺の工場か研究所で働いてた人ですかね？」

「かもね」

バケツの見解には、キードも同じ意見だった。

この《紫電會《パルス》》の縄張りでは、人間もそれなりの数が居住している。特に技術者や研究者だ。

少しでも《紫電會《パルス》》の技術を吸収しようと、この地区の勤務を希望する者は少なくない。《紫電會《パルス》》の側でも人間の技術者の発想や分析力は望むところだ。

そうした職員の一人かもしれない。キードは頭を掻きむしり、いまだ這うように動く女に屈《かが》みこんだ。まだ若い、というより、幼さの残る顔立ちをしている。金色の髪はひどく汚れて、ぐしゃぐしゃに乱れていた。

ひどく疲弊《ひへい》しているようなので、とりあえず声をかけてみる。

「おおい。大丈夫?」

「……そう、見えるとしたら……」

女はかすれた声で答えた。意識ははっきりしていて、聴覚も機能しているようだ。

「あなたの知性を疑うわ。これが大丈夫に見える?」

「だよね。でも、喋《しゃべ》れるなら大丈夫か」

「そんなわけないでしょ」

女は鋭い目でキードを睨《にら》んだ。かすれた声のまま、まくしたててくる。

「左の脚が全面的に痛いの。折れている可能性が高い。頭部には負傷。頭蓋骨にはダメージがないと思うんだけど。それに腰も痛いし、あと肩と首……いえ、これは慢性的な筋肉疲労と血行不良ね」

「この街じゃあマシな負傷だよ。ぜんぜん問題なさそうだ」

「あなた、私の話聞いてた？　動けないくらい負傷してるって意味よ」

「バケツくん、従騎士たちのところまで案内してくれる？　保護してもらえばいい」

キードは彼女の文句をまともに取り合う気はなかった。バケツの背中を叩いて、後を頼むことに決めた。

「え」

バケツは口を半開きにした。

「オレがですか？　このすごい気難しそうな子を？　嫌なんですが……」

「気難しくなんてない！」

金髪の女は急に鋭い目つきでバケツを睨んだ。

「私は上手くやれてる。やろうとしてる……スーディみたいに……そう！　スーディ。あの子のところに連れて行って。あの子なら、わかってくれる」

「スーディ？　スーディ・ウラビス？」

意外な名前を聞いた気がする。キードは思わず聞き返した。

「そう！　そうよ。私の親友。派出騎士なの。知ってるでしょ？」

「知ってるよ。鑑識官だ」

「正確には特別技術官でしょ。有名みたいね。それも当然だけど。私が認める天才だから」

「ウラビスの知り合いか」

類は友を呼ぶ、という言葉が、キードの脳裏をよぎった。変人が変人を連れてくる。

「あいつの同級生とか？」

「そうね」

たしかに、あのスーディ・ウラビスと同じくらいの年齢かもしれない。スーディの方が少し年上に見えるが——あの目の下の隈《くま》やら、青白く不健康そうな顔色のせいだろう。あるいはこの金髪の女の、拗《す》ねた子供のような目つきのせいだろうか。

「帝都の大学で一緒だった。同じ研究室にいたの。知らない？　サロス・トーマ現象の魔術的力場の統合理論！　それに精霊凝固に関するデズル三次干渉の証明！　精霊兵装《せいれいへいそう》を使ってるなら知ってるでしょ？　精霊工学において、私たち二人がいくつの革命を起こしたのか！」

「キード先輩、この人何言ってるんですかね？　意味わかんないです」

「俺もさっぱり。精霊兵装の技師のひとかな」

「は？　知らない？　信じられない！」

ひどく憤慨した様子だが、やはりこの辺りで勤務していた研究員なのだろう。その性格の難しさも含めて、いかにもこの魔王都市の人間の研究者らしい。

「とにかく、スーディのところに連れて行って。あの子ならわかってくれる。世界が危ない」

「世界？」

あまりにも異様な言葉が出てきた。思わず繰り返す。

「世界って、なに？」

「あなたには言わない。間抜けそうだもん。それに信用できないし」

「ひどくない？　まあ、慣れてるけど……」

　実際、キードは慣れている。そう見られるための態度をとってきた。

「スーディなら大丈夫。私と同じくらいには賢いし。大学の課題を忘れたときも、卒業面談をすっぽかしたときも、お互い助け合いだったから。そう――いまの私、ちょっと大変なことになってるの！　ぎりぎりだったわ、本当！」

「えー……キード先輩、この人、すごい面倒くさいですよ。オレの勘が告げてます。オレは嫌ですからね！」

　バケツの勘に頼らなくてもわかる。

　絶対に面倒なので関わりたくない――とも、言っていられない。保護する必要がある。そのためには派出騎士の本隊と接触しなければならない。いい機会だ。

（アルサリサ・タイディウスの力が必要だ）

　つくづくわかったことがある。キード一人では無理だ。

（これだけ働いて、やっと一件。この雷鳴通りの騒ぎを解決しただけだ）

　これから先、まだまだこの手の暴動は起きるだろう。キードは自分のやり方を考える。起きる騒動それ自体を解決することはできる。それなら得意分野だ。しかし結局、根本的な原因を突き止めなければ本当の意味での解決はできない。

(アルサリサどのに推理をさせる。そのためにはフォレークをどうにかするしかないな。そっちの方が近道だ)

その方法を考えるべきだった。やり方はあるだろう。キードは頭を働かせ始める。

ただ、気が進まないのは、彼女にはしっかり謝る必要があるということだ。きっと叱責されるだろう。キードは苦笑いをしている自分に気づいた。

「仕方ない。護衛してもいいけど、名前くらい教えてくれよ。誰だ?」

「メアラ」

金髪で白衣の女は、誇らしげに自分の名前を告げた。

「メアラ・テズーチカ。よく覚えておきなさい」

「わかった。メアラ、護衛は俺が請け負った——その間、バケツくんはセンセイと一緒に他の場所の対処を頼むよ。あちこちひどい騒ぎになってるんだ」

「え。そんなにですか?」

「《玄永會》《オブシダン》の連中まで便乗してきてるってさ。聖櫃条約《せいひつじょうやく》を無視して無茶なことをやりやがる」

《玄永會》《オブシダン》とはそういう組織だ。もっとも聖櫃条約を無視する連中といっていいだろう。人間と魔族の間に結ばれた和平を、不死を謳《うた》うあの種族はほとんどなんとも思っていない。死んでから対話すればいい、という程度の考えでしかない。

「あいつら死体が出ればなんでもいいんだ。とにかくさっさと——いや。ちょっと待った」

キードはポケットの中に手を突っ込んだ。気づいたことがある。赤い光が、一定間隔で明滅していた。通信用の精霊兵装《せいれいへいそう》の一種で、その明滅のリズムでいくつかの符丁をやり取りできるようになっている。

「——やっと気づいたか？」

カードを頭上にかざしたとき、声が聞こえた。大きな瓦礫《がれき》の一つに、呑気《のんき》に腰かけている男が一人。この立ち込める粉塵《ふんじん》の中で、煙草《たばこ》をくわえてどこか陰気な顔をしている、浅黒い肌の男だった。

「……誰？　人間？　魔族じゃない？」

金髪の女、メアラ・テズーチカは露骨に警戒した様子で、そちらを睨《にら》んだ。しかし、キードにとっては安堵《あんど》するべき場面だった。

「あ！　ダウローさん！」

「ダウローくん」

バケツは嬉《うれ》しそうに大声をあげ、キードは片手を振った。

「さっきは援護《えんご》、助かったよ。危うく鳥の餌になるところだった」

「気づいてくれて何よりだ。感謝されるのが遅いと思ってたんだ」

ダウローは白い手袋が覆う右手を開閉した。その指先で、白い糸のような光が揺れた。

彼が得意とする精霊兵装《せいれいへいそう》だ。これが、従騎士の射手たちを転倒させた。その仕組みはキードもあまり詳しくは知らない。ただ、戦闘時に糸状の魔術を展開することだけは知っている。

「わざわざダウローくんが助けに来てくれるとは思わなかった。アルバイト時間外だろ。もしかして正規職員になるつもりになった?」

「断る。今日は働きすぎた……課長の頼みじゃなきゃ、こんなことやってない。案内係まで務めたんだ。超過労働分の金額は請求するよ」

「え。案内係?」

「ほら、あれ。あの二人」

ダウローは煙草《たばこ》をくわえ、指先を弾《はじ》いて火をつける。煙草に灯るその火の先に、キードは見知った顔を認めた。メイド服を身に着けた長身の女。魔族。《月紅會《スカーレット》》のラズィカ。

それにもう一人、こちらは見覚えのない女が隣にいる。こちらもメイド服だが、やけに怯えた顔でラズィカの陰に隠れるようにしている。間違いなく彼女も魔族なのだろう。その巨大な腕と、額に生えた二本の角を見るに鬼腕属《オーガー》だ。《月紅會《スカーレット》》の序列三位が、そういう魔族だと聞いたことがあった。

「……まことに遺憾ではありますが」

ラズィカの方が先に口を開いた。

「先の盟約に従い、事態の解決に協力します。『三者に共通する厄介事』、ですからね。この地区で活動している浄血属《ヴァンパイア》および獣牙属《ワーウルフ》の保護については——姫も希望されましたから」

「そりゃ助かる。カダルは間に合ったらしいな」

この包囲網を抜けて、《夜の君》イオフィッテに伝言を届ける。言葉にすると簡単だが、それは結構な難事だったはずだ。

「ここまで協力するのですから、速やかに事態を収束させなさい。姫君の『誠実』を踏みにじったらあなたを許しません」

「うおっ。すげえ、キード先輩！」

バケツが能天気な声をあげていた。

「イオフィッテと知り合いなんですか？　しかも協力してくれるって？」

「前の事件で、アルサリサどのと事情聴取したことがあるんだよ」

「マジです？　僭主七王《せんじゅしちおう》に事情聴取？　半端じゃねえっすね！」

「な、な、なんでもいいんだけど……」

ラズィカの袖を摑み、控えめに声をあげたのは、鬼腕属《オーガー》の女だった。序列三位。

「あの……馬鹿のクズどもが、あちこちで暴動を起こしてるんでしょ……？　さっさと制圧しないと……姫様の統治するこの街が、汚れちゃうよ……」

「ええ。そうですね、タイシェン」

ラズィカは彼女の発言に対し、あまりにも自然にうなずいた。タイシェン、というのが彼女の名前らしい。序列三位のタイシェンの名は、キードも知っている――《薔薇の裳《ばらも》》のタイシェン。やはり彼女だ。

その怯えたような態度からは、およそ信じられないくらいの破壊をもたらすと聞いている。

「我々は西側の鎮圧を担当しましょう。感謝しなさい、キード・マーロゥ」

そっちの方に多数の浄血属《ヴァンパイア》や獣牙属《ワーウルフ》、あるいは彼女らが血を与えた眷属《けんぞく》が住んでいるからだろう。とは思ったが、口には出さない。とにかく人手が足りない。使えるものはすべて使うべきだった。

「ところで、これはご参考までに。新たな《白星會《アルブム》》の主が率いる連中も、この騒動の鎮圧に兵力を差し向けているそうです。自分たちの縄張りへの侵入を防ぐ、という名目です」

新たな《白星會《アルブム》》の主。あの幻影属《デーモン》の男。ザルフゴールだ。同盟に従った協力行為、というだけではないのだろう。敵対者の戦力を削れる都合のよい機会が来たということだ。

もちろんそれは、ラズィカたちにしても同様のはずだ。

「感謝していただきます。これは一つ貸しですからね、キード・マーロゥ」

「わかった」

押しつけがましい、と思いながら、キードはうなずいた。

「頼む」

言いながら、違和感があった。

視界の端で顔を伏せた者がいる。メアラ・テズーチカ。先ほどまであれだけ騒いでいたのに、急に黙る。これはどういうことか。不愉快そうな視線が、なぜだか妙に気になった。だから小声で話しかける。

「ダウローくん。頼みがあるんだけど」

陰鬱《いんうつ》な顔の男が片眉を動かす。それが彼の好奇心を示す合図であり、半ば了承の意味を持つことをキードは知っている。

「早急に調べてほしいことがある。追加報酬は言い値で払う」

◆

(畜生！　なんなんだ、あいつらは)

鋼核属《ゴーレム》のウィルガス・ルボータは、瓦礫《がれき》の影でそれを見ていた。妙な連中が、標的の女を連れていってしまった。見ていることしかできなかった。

(あいつら、派出騎士なのか？　それにしちゃ変なやつらだ)

ただ、そんなことは問題ではない。妙な男に、標的が連行されていった。だからもう追跡は不可能——などという言い訳が《致命者《ちめいしゃ》》という組織に通用するとは思えない。

(だったらどうする？　人間の騎士どもに保護されちまったらおしまいだ。秘密もぜんぶ知ら

れちまう。それぐらいなら、いっそ）

逃げるか。あるいは騎士たちにすべての事情をぶちまけてしまうか。

そんな考えが、ウィルガスの脳裏をよぎったときだった。

『ウィルガス・ルボータ……困っているようだな。それとも、迷っているのか？』

むしろ穏やかな声が響いた。ウィルガスはぎくりと身をこわばらせ、周囲を見回す。当然ながら気配はない。

だが、たしかに声はする。どこから。ウィルガスは、右手を開いた。眼球のような形状の精《せい》霊《れい》兵《へい》装《そう》。ソゾルタスの瞳。声はそこから聞こえていた。

（まさか。《致命者《ちめいしゃ》》の……）

ウィルガスは恐怖を感じた。その声を聞いたことがある。

《致命者》の幹部。名前は知らないが『案内人』、と呼ばれている男だった。姿を見たことは一度もない。

『怯える必要はない』

ソゾルタスの瞳の瞳孔が、少しだけ細められた。

『この瞳を通じて、きみの任務状況はずっと把握していた。だから……いま私が気になっているのは、きみが困っているのか。それとも迷っているのか、ということだ』

「いえ。俺は」

『きみが困っているなら大丈夫、私は解決策を示すことができる。得意分野なんだ。困っている人に手を差し伸べ、事態を収拾するための解決策を用意するのはね。趣味といってもいい』

宥めるような『案内人』の声。胡散臭《うさんくさ》い、とウィルガスは思った。こんなやつを信用するなんてどうかしている。

『だから、遠慮なく私を頼ってくれていい。困っているのなら、助けたい』

「いえ、違います！　俺は……」

『しかし、迷っているのなら少し問題だね』

声の主は、ウィルガスの言い訳など聞くつもりはないようだった。

『それはつまり……私を裏切るべきか迷っている、ということになる。その場合、残念ながら速やかにきみを処分しなければならない』

ウィルガスは黙った。やれるものならやってみろ、とは言えない。この相手には、間違いなくそれを実行することができるだろう。方法はわからない。このソゾルタスの瞳自体が、裏切りに対するなんらかの報復装置である可能性もある。

（大物ぶりやがって。畜生。目の前にいれば、ぶち殺してやるのに……！）

ウィルガスは自分より偉そうな者がことごとく嫌いだった。伝説になる男が、なぜ他者の下に立たなければならないのか。そのことが理解できない。それでも選択肢がないのは事実だ。

『質問しよう。ウィルガス・ルボータ。困っているのか、迷っているのか。どっちだ？』

「……困っています」

そう答える以外に、ウィルガスにできることはなかった。

「標的が連れ去られて……騎士に保護されるかもしれません。そうなったら面倒です」

『いいね。面白い。では、その状況の解決策を与えよう。用意はしてある』

抑揚の少ない滑らかな声で、『案内人』は告げる。

『こちらから合図をする。準備ができれば、派出騎士たちを私の手配した軍勢が襲う。不死属《アンデッド》を煽動《せんどう》した。きみはそれに紛れて彼女を奪回するんだ』

彼女。つまり標的。裏切り者の人間。

（メアラ・テズーチカ）

その名前を、ウィルガスは心の中で呟《つぶや》いてみた。忌々《いまいま》しい名前だ。この『案内人』の用が済んだら絶対に殺してやる。

『簡単な仕事だろう？　それに、きっと楽しくなる。想像してみるんだ。人間の騎士たちを巻き込んで、大きな宴になるだろう……きみがその中心になるんだ』

「……そうですかね」

ウィルガスはそんな生返事しかできなかった。相手は高揚しているようだが、その原因がわからない。よほどの変態なのかもしれない、とウィルガスは思う。

とにかく、自分に指図するとは許せない。いずれ殺すべき人物のリストとして、この声の主を録音した。自分が大物に成り上がった暁《あかつき》には、必ず報復してやる。

『それでは、宜しくお願いするよ。きみの活躍を期待している』

「はい」

と、ウィルガスは力なく答えた。この瞳を捨てたら。そんなことも脳裏をよぎるが、それは自殺行為であることくらいは、彼にも理解できてしまっていた。

メアラ・テズーチカ

《致命者》研究員

人間

MAOU TOSHI CHARACTER

四　調整官包囲狙撃事件　1

アルサリサがその連絡を受けたのは、すでに深夜を回った時間帯だった。

もう何度目かわからない。それは不死属《アンデッド》による襲撃を捌《さば》いた後のことだ。骸骨と腐った肉体の群れで襲いかかってきた、彼らの要求はただ一つ。

『死亡した騎士の遺体をよこせ』

それだけだ。だからこそ性質が悪い。事件の解決とはまったく関係がないのに人手を割かざるを得ず、『僭主七王《せんじゆしちおう》の勢力との対立は避ける』という方針によって強硬な対応もできない。

結果、アルサリサはクェンジンの鎖で彼らを拘束し、厳重注意の上で釈放するのが関の山だった。これでは収まるはずもない。

(現場の士気も落ちている。市民の混乱も大きい)

捜査方針に納得がいっていない。そういう騎士たちの方が多い。

《紫電會《パルス》》の縄張りで起きる騒動は過激化の一途を辿り、騎士とはぐれ魔族の対立は暴動に発展しつつあった。騎士たちの捜査網は何人かのはぐれ魔族の犯罪を検挙したが、ほとんどは密かにいずれかの勢力に属している魔族であり、本当に無所属のはぐれ魔族はなぜかいまだに捕縛《ほばく》できていない。

フォレーク調整官は明らかに苛立《いらだ》ちを募《つの》らせ始め、いまでは派出騎士だけではなく、自らが直率する従騎士たちにも怒鳴ることが増えた。

「報告が遅すぎる！」

彼は従騎士が差し出した書類を掴み、一瞥《いちべつ》するや否や地面に放り投げた。

「一体、何をやっていたんだ？　雷鳴通りの騒動はとっくに収束している！　それにこの報告書はどういうつもりかな。雷鳴通りの騒動は、不審者集団の介入によって多数の負傷者が出た──それがどうした？」

「はい」

従騎士は、それでも規則通りに説明しようとした。

「クヴィロ主任をはじめとした負傷者の撤収と、捜査網の縮小を具申《ぐしん》するべく──」

「……黙っていてくれ。クヴィロはもう主任ではない、たったいま降格した」

フォレーク調整官は冷たく遮《さえぎ》った。己を抑え込もうとしているのがわかる。

「捜査網の縮小だって……？　まったく建設的な意見ではないよ。ここはむしろ拡大するべきときだ。そうだろう？」

「ですが、調整官」

「いますぐ。さらなる人員の投入だ。騎士局に残してある予備隊を呼べ。《紫電會《パルス》》の縄張りだけではない──近隣一帯を封鎖し、逃走した者たちを追え。地下迷宮もだ。痕跡を探り、必要とあらば潜ってもらう」

「それは」

と、従騎士の顔に恐怖がよぎった。

地下迷宮。そこに潜ることは、猛獣の巣を徘徊するのと大差はない。たとえ精霊兵装《せいれいへいそう》があっても、地下迷宮には常識を外れた怪物が潜む。

（このままでは何も終わらない）

アルサリサもまた、焦燥を覚えている。

このまま封鎖を続行する方針は、明らかに無意味だ。包囲網を拡大しても真犯人を捕まえることはできない。それどころか、いまだに罪を捏造《ねつぞう》して着せることのできるはぐれ魔族さえ捕まえられていない。

これは異常だ。何者かの干渉を感じる。特に、雷鳴通りの一件がいい例だった。大騒ぎになった挙句、騎士たちの不手際で取り逃してしまう結果に終わっている。捕縛《ほばく》に関わった騎士たちの証言を信じるなら、誰かが逃走を手助けしたとしか考えられない。

果たしてはぐれ魔族たちは、地下迷宮に潜ったのか。それとも彼らだけが知る秘密の脱出経路があるのか。いずれにしても、このままの方針で上手くいくとは思えない。

「調整官は、なぜ捜査方針を撤回しない？」

意味はないと知っていたが、コヴルニーを相手に尋ねてみる。彼は苦笑いして、そのついでのように煙草《たばこ》の煙を吐き出した。

「無理だろ。特に、あんたの意見は通らねえよ。正規魔導騎士どの」

「なぜだ」

「あんたが子供だから」

「ふざけるな。侮辱なら受けて立つぞ。成人していると何度言えばわかる」

「ふざけてねえよ。普通の人間には面子《めんつ》ってものがある。『いままで間違ってました』ってあんたの意見を取り入れてみろよ、『ほら見たことか』って感じだろ」

「私はそうは思わない。過ちを認め、行動を正すことができる人間こそ、尊敬できる」

「みんながそういうわけじゃねえ。少なくともフォレーク調整官は、何が何でもこのやり方で結果を出さなきゃ収まりがつかねえんだ。あるいはもっと上の命令かもしれんが」

そうなのだろうか。そうかもしれない。アルサリサは黙って腕を組んだ。

(だったら、どうする?)

どんな方法があるだろうか。打つべき手は何がある? ——正攻法しか思いつかない。もしも過ちを認めて、行動を正すことが必要なのだとすれば、それは自分にも言えることだ。いままさに、解決の手段を作り出すキード・マーロゥの能力が必要とされている。

そんなことを考えていたからかもしれない。唐突に、アルサリサの耳に飛び込んできた言葉があった。

「——今度はどうした? 派出騎士四課だって? また、訳のわからない連中を……!」

フォレークがうんざりしたように怒鳴った。

派出騎士四課。キードたちのことだ。彼らのうち誰かがここへ来たというのか。わざわざ調整官の下に来るとは理解しがたい。なぜここに？

（何かあったのか）

アルサリサはフォレーク調整官の方を見ようとした。人だかりのせいでよくわからないが、何かちょっとした騒ぎになりかけているようだった。そのせいで誰の姿も見えない。

「おいおい、なんだあ？　四課って、キードたちじゃねえのか」

コヴルニーもそれが気になったらしい。靴底で煙草《たばこ》の火を消している。

「――民間人を保護？　そんなものに関わっている場合ではない！」

フォレークが強い口調で叱責していた。そこに誰かいるらしい。その『誰か』が、凄まじい勢いでまくしたてる声も聞こえた。激しく言い募《つの》る女の声だった。

「民間人だから何よ？　いいから、私の言う通りにしなさい。それでぜんぶ解決するわ。スーディを呼んで！　いますぐ！　スーディ・ウラビス！　わかる？」

「何を言っているのか、まったくわからないんだがね」

あのフォレークがたじろいでいる。そんな気がする。相手が民間人だからか、あまり強硬な態度には出られない、のかもしれない。

「そもそも、きみは誰なのかな？　ぜんぶ解決するとはどういう意味だ？」

「あなたに説明しても無駄。時間がもったいない。とにかくこれは大きな陰謀なの！　人類と魔族の未来がかかってるんだから、スーディが必要。いますぐ連れてきて。いえ、私がそっちに行ってもいいから！　護衛と案内だけして！　そのくらいできるでしょ？」

「誰か！」

理解を放棄したのか、フォレークが怒鳴った。

「誰でもいいから、この女性の相手をしてくれないか？　そうだ、四課！　これを連れてきたお前たちが対応をしろ！」

やはり、来ている。アルサリサはそちらに近づこうとした。キード・マーロゥ。彼に言わなければいけないことがある。自分が本当にするべきことは何か。多少の覚悟はいるが、それだけのことだ。

だからだろう。そのとき起きた事態への反応は、決定的に遅れてしまった。

「あっ」

という声が、誰のものだったかはわからない。

ただ、光が周囲を満たした。ついでに突風と、鼓膜《こまく》が痺れるほどの破裂音。アルサリサは自分の体が浮いたのを感じた。目の奥——頭の芯が痺れたようにも思えた。

確実に何秒か、視覚と聴覚が麻痺していただろう。

（なんだ）

それでも体は、反復訓練によって染みついた動作を行っている。クェンジンを引き抜いて、地面に伏せる。状況の把握。魔術が演算された。それは間違いない。

単純な攻性呪詛《こうせいじゅそ》ボット——暴徒鎮圧に使われるような代物だ。激しい光と音で相手をショック状態に陥らせる。傍らにいたコヴルニーでさえ、体を丸めるという本能的な防御手段をとっていた。

アルサリサが即時の戦闘態勢をとれたのは、彼女の体に宿る人工精霊の力に依《よ》るところが大きかっただろう。あらゆる生理的な反射を抑制し、ただ戦うために体が制御された。そんな感覚がある。

「う、ぶっ」

「あああああっ！　なんだっ？」

誰かのくぐもった声と、悲鳴。それも一つや二つではない。アルサリサの瞳は何が起きているのか、はっきりと見た。

（襲撃か……！　魔族！）

不死属《アンデッド》だ。その軍勢といってもいいだろう。

小さな角の生えた、骸骨のような魔族。それに青白く血の気のない肌の人型。あるいは肉体に損傷を抱えた獣型。それらが主な襲撃者だった。

その方法も、およそ目を疑うくらい原始的なものだ。

左右の高層ビルディングから飛び降り、足や腕が壊れるのも構わずに着地する——そこから自身を魔術で修復し、襲いかかってきていた。高速の医療魔術。強引にでも肉体が動けばいいという程度の仮想霊薬《かそうれいやく》プロトコルは、不死属《アンデッド》の得意技の一つだ。

「くそ、《玄永會《オブシダン》》！　この忙しいときに出て来やがって！」

コヴルニーが辛うじて精霊兵装《せいれいへいそう》を引き抜いた。剣状の武器——タルバーフ一九型。

《玄永會《オブシダン》》。魔王都市において、もっとも多くの構成員を有する派閥だと聞いていたが他の會《かい》とは頭数の桁が一つ二つ違うのかもしれない。百名程度だった騎士たちを、明らかにその倍以上が襲撃にかかっていた。さらにまだ増える。

（多すぎる！　包囲されている……！）

骸骨型は自らの腕の材質を魔術によって組み換え、強靭《きょうじん》な槍に変えて突っ込んでくる。一方で人型はまさに肉の盾だ。騎士たちの逃走を防ぎ、攻撃を受け止め、医療魔術で自らを癒《い》やす。獣型はさらに単純だった。飛びかかり、その牙をもって噛みつく。混乱させる。

「い、い、い、いいぞ。行け！」

と、誰かが引きつるような声で命じるのが聞こえた。あるいは笑っているのかもしれない。

「まずは殺せ。ロフノース様への供物だ！　し——し、死者となってから、ゆっくりと説得すればいい……」

ひどい理屈だが、不死属《アンデッド》にとっては自然なのかもしれない。彼らは他の魔族と一線を画す考え方がある。死は終わりではない。

当然、アルサリサはそんな道理を通すつもりはない。一般的に誤解されているが、不死属《アンデッド》は無限の寿命を持つわけではない。不死属《アンデッド》が活動できる期限は他人の記憶に依存する。通常の不死属《アンデッド》の寿命は、死亡してから平均しておよそ五年ともいわれている。

「クェンジン！」

彼女の精霊兵装の刃が、地面を擦《こす》る。勢いよく放たれた数本の鎖が、不死属《アンデッド》たちを捕らえる。まずは獣型だ。彼らを引きずり倒して、拘束する——立て続けに放った鎖で、攪乱《かくらん》が止まる。他の不死属《アンデッド》たちの注意も、アルサリサに向けられる。

「態勢を立て直せ。調整官を中心に、方陣を組め！」

叫んで、斬りこむ。まずは騎士たちに組織的な迎撃態勢を作らせる必要があった。ただし、それはアルサリサ一人が不死属《アンデッド》たちの群れに包囲されることを意味する。

「おお、あれだろ？　噂の！」

不死属《アンデッド》たちは興奮していた。熱狂に近いかもしれない。

「勇者の娘？　アルサリサ・タイディウスじゃねえか！」

「間違いねえっ。写真で見た！　今月のニルガ前線ニュースの特集記事だ！」

「すげえ！　大物の死体ができるぞ……！　名誉はおれたちで公平に山分けだ！」

興奮気味に勝手なことを言いながら、骸骨型が阻もうとする。自らの骨を鋼のように変質させて、槍や鉈《なた》のように変形させる錬金転換《れんきんてんかん》コンバータ。本来なら相当な脅威だが、アルサリサにとっては違う。

彼らの攻撃は遅すぎる。人間のそれをはるかに凌駕《りょうが》したアルサリサの運動能力は、たやすくそれらを回避することができた。滑るような動き。銀の髪が渦のように旋回する。槍の穂先を弾《はじ》いて、刃を紙一重で避ける。

あとはクェンジンの刃で触れることさえできればいい。

「拘束しろ、クェンジン」

命令に従って、封印保護プロトコルが演算される。彼ら自身の体から発生した鎖が、動きを封じた。魔術の演算さえ不可能にするクェンジンの鎖は、不死属《アンデッド》にはよく効いた。獣牙属《ワーウルフ》たちのように素の身体能力では脱出できない。

問題は、人型の不死属《アンデッド》だ。彼らはもっとも数が多く、そして、自らを肉の盾と割り切っている分だけ手に負えない。

「怯むな。捕まえて動きを止めろ！」

「おうっ」

「突っ込め突っ込め突っ込め！　行け行け行け！」

と、誰かが濁った声で叫んだ通り、アルサリサの足首を誰かが掴んだ。その手は一つや二つではない。アルサリサの強化された筋力でも耐えられない。

（まずい）

引きずられて膝をついた。骸骨型の不死属《アンデッド》の、槍の穂先が眼前に迫る。

――その瞬間、銀色の光が飛来し、槍を弾いた。叩き折った、というべきだ。ごきっ、と振り返ろうとした骸骨の体が乾いた音を立てて崩れ落ちる。

「関節ですよ、アルサリサどの」

少しだけ眠そうな声。この一か月ほどで、やけに耳慣れてしまった男の声だ。

「特に腰骨がいい。そこを破壊すると、立って歩くことができなくなる。腰の捻《ひね》りが必要になるほとんどの攻撃もできなくなるんで……」

フロナッジを手にしたキードがそこにいた。飛びかかってくる犬型の不死属《アンデッド》を、フロナッジが叩き落としている。

「立てます？　手とか貸した方がいいですか？」

「……必要ない」

アルサリサは足を掴む不死属《アンデッド》の腕を、クェンジンで切断した。二度か三度、刃が閃く。それで立ち上がれる。

「だが、助かった。キード。ちょうどお前を探していたところだった」

「そりゃ光栄だ。実は、俺もですね……ちょっとお知恵を拝借したいと、思いまして。ただ、いまはどうも……忙しいですね」

次の不死属《アンデッド》が間合いを詰めてくる。至近距離で包囲され、敵の数が多すぎる。キードはフロナッジを放ち、人型の腕を、あるいは足を破壊する。隙間を縫った狙撃はフロナッジの本領のようだ。アルサリサは鎖を放ち、まとめて不死属《アンデッド》の群れをなぎ倒す。

しかし、それほど余裕はない。

「ちっ。なんなんだ、これは！　退《ひ》け！　撤退だ！」

数が多すぎる。それに——。

フォレーク調整官が叫んでいた。彼はすでに周囲の従騎士たちの背後に隠れ、後退を開始していた。撤退するつもりだ。

「調整官！　待て！」

アルサリサは彼を咎めようとした。この状況で現場を離脱するのは、指揮官として完全な失敗と言わざるを得ない。

「逃げるなら、この現場を——」

だが、結局は意味のある台詞《せりふ》にはならなかった。

光の矢が視界の隅をかすめた、と思う。魔術。単純な壊性パケット。

視認したときには、もうそれはフォレーク調整官の右足を貫いていた。叫び声。フォレークが倒れて、足を押さえていた。太腿のあたりだろう。出血している。

「ひ、いいいいいっ！　ああっ！　私の、血……血が出てる！」

フォレークが叫んだ。よせばいいのに、のたうち回る。余計に血がこぼれていく。

「敵、敵だ！　新手がいるっ……！　私を守れ！　派出騎士殺しかもしれない！」

怒鳴りながら負傷した足を引きずり、隠れようとしている。それを横目に、アルサリサの頭はいま起きた出来事を高速で分析する。

(遠距離からの狙撃。いまのはおそらく、不死属《アンデッド》ではない……！)

不死属《アンデッド》ならば、攻性呪詛《こうせいじゅそ》ボットを飛ばすような攻撃手段は使わない。記憶を媒介にする彼らは直接に相手を支配する攻性呪詛クラッカーを使う。そちらの方が効果的だからだ。

「狙撃されてる！　次が来るぞ、盾班は防御しろ！」

誰かが言った。稲妻がまた走る。二度目のそれは従騎士が盾で防いだが、その瞬間に光が弾《はじ》けていた。着弾と同時に衝撃。最初の光の矢とは違う。

(搦手《からめて》を交ぜてきたな。今度は神経呪縛《しんけいじゅばく》ボット。着弾と同時に破裂して、防御し損ねた者の意識を飛ばす)

その魔術の破裂で、周囲の何人かが吹き飛ぶ。倒れる者も出てくる。

「い、い、い――いいぞ！　あれが人間どもの指揮官だ、丁重に殺せ！　ロフノース様は綺《き》麗《れい》な死体を喜ばれる！」

誰かが叫んだ。その言葉の通り、不死属《アンデッド》たちは勢いを増して殺到する。盾を構えた何人かの従騎士が、人型の不死属《アンデッド》に組みつかれて引き倒された。

このままでは、壊滅《かいめつ》する。

「キード！　調整官を――」

アルサリサは彼を振り返り、続けるべき言葉を失った。

キードはひどく冷たい目でフォレーク調整官を見ていた。いつもの面倒くさそうな憂鬱《ゆううつ》さとは違う。まるで無感情な視線だと感じた。

あるいは、温度のない怒りに近いような。

「キード」

それでも、アルサリサは言った。そうすることが正しいと思った。

「調整官を助けてくれ。私はそれが正義だと信じている。この一点でなら、お前と理解し合えるはずだ」

「――ああ。わかった、仕方ねえ」

その目が、少し細められた。アルサリサを一瞬だけ見る。

「法とか規則なんて俺は知ったことじゃないが、これじゃあな。この街で弱ってるやつを見捨てるのは――」

キードは片手を上げた。

「そいつは仁義が通らねえよな。調整官どのを守る。頼むぜ！」

その言葉に呼応するように、いくつかの魔術が演算されたのをアルサリサは感じた。路地裏から、何かが跳ねてやってくる。狼の頭部を持った、片耳の獣牙属《ワーウルフ》。

「ヴァウッ」

という咆哮《ほうこう》。その牙と爪が、魔術によって強化されているのがわかる。たやすく骸骨型を粉砕して、獣型は叩き伏せる。

「いいんですね？ 本気でやるんですね、大将！」

次に、頭からアンテナを生やした鋼核属《ゴーレム》。ガフレップという名前だったか。どうやら上空を飛翔していたらしい——落ちてくるなり、数体の不死属《アンデッド》を踏みつぶした。

「個人的には、この旦那を助けるなんて気が進まねえんですが！」

さすがに鋼核属《ゴーレム》の腕力と強度は特別だ。片手で人型を掴み、振り回して叩きつける。鋼と化した骸骨型の槍さえも、彼の装甲にはひっかき傷程度の損傷しか与えられない。

「ぐえ。気持ち悪っ。不死属《アンデッド》って、オレ、苦手なんですよね……」

そして、こっちは——浄血属《ヴァンパイア》か。手首から迸《ほとばし》る血液を鞭《むち》のように変化させ、獣型を払いのけている。彼にも見覚えがあった。白髪に、真紅のピアス。たしか名前はジョフリュス——前の事件でキードに協力していたのを見た。彼は《月紅會《スカーレット》》の末端ではなかったか？

さらにそれだけではない。次々に、雑多な種の魔族が突撃してくる。彼らの目的は明らかにフォレーク調整官の防衛だった。襲い掛かる不死属《アンデッド》を叩き潰《つぶ》す。

「突っ込め！ 調整官どのに近づけるなよ！」

キードも動いている。沈み込むような足元からの投擲《とうてき》。フロナッジが飛び、這うように動いていた人型の不死属《アンデッド》の腕を砕いた。一つ、二つ。意志を持った虫のように俊敏に、フロナッジは敵を破砕していく。

束の間ではあるが、これで完全に不死属《アンデッド》たちが劣勢となった。

それだけあればアルサリサには十分だった。

(そこだ)

アルサリサはクエンジンの柄を握りしめた。不死属《アンデッド》たちの群れの奥。さっきから、彼らに指示を出している者がいる。すでに位置も顔も捕捉していた。

「キード!」

「はいよ」

刃を振るえば、輝く鎖が放たれる。普段のものよりもずっと強靭《きようじん》で、素早く、遠距離に届く鎖だった。キードが角を貸しているのがわかる。

それは正確に不死属《アンデッド》たちの群れの中心、黒ずんだ包帯を巻いた人型に到達する。もとは女性だったのだろうか。

「ちっ」

舌打ちのような音。鎖が腕に絡みついたと見えた瞬間、包帯の不死属《アンデッド》はその腕を切り離している。悪くない判断だ。封印保護プロトコルによって体の自由を奪われてからでは遅い。

「ま、まだだ。いくらでも増援が来る! 退《ひ》くな! 華々しく敗北すれば、皆の記憶に残るだろう！」

『いえ』

どこかから声がした。唐突に、不死属《アンデッド》たちの動きが止まった。沈黙をもたらすかのような、冷たい風が吹いた。誰も、一言も発しなかった。騎士たちさえもだ。

（なんだ？）

アルサリサも何か言おうとしたが、舌が動かないことに気づいた。魔術だ。高度な神経呪縛《しんけいじゅばく》クラッカー。強力なそれが演算されている。だから動けない。

『そこまでにしたらどうですか。増援は来ませんよ』

勝手に眼球が動く。黒ずんだ包帯の不死属《アンデッド》の背後だ。おぼろげな影が浮いている。それもまた見知った顔だった。

（四課の課長……か！）

眼鏡《めがね》をかけた男の亡霊だ。彼ならば、なるほど、これだけの呪縛の演算が可能だろう。横目にキードを見れば、彼にとっても予想外だったに違いない。驚いた顔をしている。

『ロフノース卿と交渉し、取引が成立しました。不死属《アンデッド》の皆さんは、速やかに撤退するべきでしょう。この件から手を引くように命令が下っています。増援はありません』

課長が何かを放り投げる仕草をした。おぼろげな幽体である彼が物体を持てるはずがない。そういう魔術なのだろうが、アルサリサにもよくわからない。ただ、落ちてきたものははっきりと見えた。骸骨のような紋章を刻んだコイン。《玄永會《オブシダン》》を象徴する図案だ。

それを見た途端、不死属《アンデッド》たちに動揺が走るのが、はっきりとわかった。その紋章のコインは、彼らにとってなんらかの意味を持つらしい。

『遅れてすみません』

そうして、誰もが動けない中、課長はキードとアルサリサに対して笑いかける。その瞬間に、体に自由が戻ってくるのを感じた。

『《玄永會《オブシダン》》の件は、これで解決です』

取引、という言葉がやけに気になったが、彼の言う通りだ。《玄永會《オブシダン》》に増援はなく、ロフノースと話がついたというのであれば、もう形勢は決まった。

『撤退を推奨します。エッディラ・トールバル。あなたがいくらロフノース卿の腹心とはいっても、このままの襲撃続行は彼の怒りを買うでしょう。それに、もう私が到着しましたから。勝てる見込みがあるとお考えなら……ええと、試してみますか？』

「貴様」

エッディラ・トールバル。黒ずんだ包帯の不死属《アンデッド》は憎悪をこめて課長を睨《にら》んだ。が、それも一瞬のことにすぎない。

「――ひ、ひ、ひ、引き上げだ！」

かすれた声が響き渡る。

「逃げろ！　ロフノース様のご意志だ、お前たちの骨の一片たりとも無駄にするな！」

「いいや、逃がすな！」

アルサリサは叫んだ。

「やつらをここで捕らえて――」

「やめろ！　追うな、その必要はない！」

フォレーク調整官が、立ち上がっていた。傍らの従騎士に肩を借りてはいるが、足の止血はされているらしい。あるいは医療魔術キットか。

「ロフノースの配下と事を構える気はないよ。それより、この連中を捕らえろ」

脂汗の浮いた顔で、フォレークが指差したのは、キードが連れてきた魔族たちだった。

「はぐれ魔族だ。獣牙属《ワーウルフ》、鋼核属《ゴーレム》、浄血属《ヴァンパイア》に……他にもまだいるね。どの會《かい》の意向で、こんな連中が徒党を組んでいる？　《月紅會《スカーレット》》？　《紫電會《パルス》》？　どちらもあり得ないね。じっくり聞かせてもらおうじゃないか……！」

「いやいや。待ってください、調整官どの」

割って入ったキードの顔には、いつもの気だるそうな笑みが戻っている。

「彼らは俺が日頃の地道な努力で信頼を獲得した、現地協力者ってやつでして。いま調整官どのをお守りしたのも、人類と平和協調する意志の表れですよ」

「関係ない。黙っていたまえ」

フォレークはキードに視線を向けることさえしなかった。

「これは調整官としての提言だよ。それに逆らうことは、《不滅工房《ふめつこうぼう》》への造反だ。アルサリサ正規魔導騎士！　いますぐに彼らを捕らえたまえ」

「それでは、私も正規魔導騎士として、正式に回答します。フォレーク調整官」

アルサリサはクェンジンを鞘に収めた。もう、使う必要はない。

「提言を却下します」

「……何を言っている？」

「正規魔導騎士、アルサリサ・タイディウスの責任において、捜査指揮は私が行うことを提案する。——よって、臨時採決を行う」

調整官の提言を正式に覆すことは、可能ではある。というよりこれしかない。

ただし、それは本来なら決して通らない方法だ。捜査を担当する騎士による意思表示が必要であり、それは総員の三分の二を超えていなければならない。調整官が直率する従騎士が存在する限りはほぼ不可能な方法だ。

こんな状況でさえなければ、だ。

「はぐれ魔族を捕らえるなどという方針は捨てる。私たちの仲間を傷つけ、殺害した真犯人を捕らえる。以降の捜査指揮は私が執る。……この発議に賛成する者は、挙手を」

一斉に手が上がった。コヴルニーは火を点けた煙草《たばこ》を高々と掲げ、鼻で笑った。派出騎士たちもほとんど似たようなものだ。三課の派出騎士たちは憤然とした顔でそれに倣《なら》い、キードは言うまでもない。

派出騎士たちには、この捜査網が無意味であることは明白だったというわけだ。現に一夜を通して封鎖し続け、なにも成果は上がっていない。

「馬鹿げている」

と、フォレークは唇を震わせた。顔色は青白い。

「後悔するぞ。絶対に……こんなことは、許されない」

うまく行くことはわかっていた。

それと同時に、これが卑怯な手であることもわかっていた。フォレークの意思に準ずるだろう従騎士たちの大半が負傷し、身動きが取れず、意思表示もできない状況だったからだ。要するにこれは、規則に則っているというだけの、不正行為に近い。

(そうだ。法に従っていれば、何をしてもいいわけではない)

少し躊躇《ちゅうちょ》したし、遠回りもしたが、それこそがアルサリサの考える正義の形だった。この卑劣な採決の代償は支払うことになるだろう――この事件を終わらせた後で。

「決まりだ」

アルサリサは高らかに宣言する。

「私が指揮を執る」

それに異議を唱える者は、もはやいない。

「まずは、この領域に対する包囲は解除。捜査員各位は聞き込みに回ってもらいたい。当然、狙いは絞る。鋼核属《ゴーレム》だ」

「鋼核属《ゴーレム》、か？」

この指示には、コヴルニーが首を捻《ひね》った。

「いま仕掛けてきやがった不死属《アンデッド》は違うのか？」

「いいや。不審な鋼核属《ゴーレム》の目撃情報を集めてほしい。だが、それは副次的な目的だ。並行して民間人の救助も行う！　こちらを主目的とする」

周囲に倒れている者は多い。騎士だけでなく、巻き添えを食ったのだろう。まずは彼らを治療する必要がある。

「最寄りの病院は――」

『《玄永會《オブシダン》》の運営する安息聖殿《あんそくせいでん》がいいでしょう。間違いなく最先端の魔術医療が可能な、この都市で最大の病院ですから……』

ぼそりと、呟《つぶや》くような声が聞こえた。課長だ。おぼろげな指先で、《玄永會《オブシダン》》の紋章の入ったコインを拾い上げている。

『ロフノースは、この件について静観を約束しました。彼らの勢力は決して動きません。このコインを持って行ってください』

「イルガム課長。それは、あなたとロフノースとの個人的な繋《つな》がりか？　確実といえる取引なのだろうか」

アルサリサは彼を生前の名で呼んだ。頼りない笑顔でうなずく。

『確実です。私の——命を懸けることはもうできませんが、そうですね。戦死した仲間たちと《鉄雨《てつさめ》》部隊の名誉を懸けてもいい』

「了解した。あなたを信じます。——ならば、キード！」

鋭く名を呼んで、振り返る。ぼんやりと立ち尽くしていた彼の鼻先に指を突きつける。

「キード・マーロゥ。私を補佐する役目を命じる」

「え？　俺？」

キードが白々しく自分を指差し、尋ねてきた。顔が露骨に笑っている。アルサリサはとても不愉快だった。

「俺でいいんです？　ただの案内係じゃなくて、補佐役ってことで？」

「何度も言わせるな。なんだその笑い方は」

「笑い方にケチつけられちゃたまりませんて」

「いいから答えろ！　命令に従うのか、逆らうのか？　逆らうなら私に考えがある」

「拒否権ねえなあ。強引すぎる……でも、それでこそ、アルサリサどのだ。補佐役に選んでもらえて光栄ですよ。正直、ありがたい」

キードは頭を掻きむしり、少しだけうつむいた。頭を下げた、のかもしれない。アルサリサは片眉を上げた。

「どうした。妙に殊勝な態度だな」

「俺はつくづく未熟だって、痛感したんですよ。人に頼らなきゃやっていけない」

「それをいまさら気づいたのか？　信じられないな」

言ってから、アルサリサは笑った。冗談を口にするときのように、わざとらしく。

「私も同様だ。未熟さを痛感した。認めたくないが、お前のめちゃくちゃな手管《てくだ》が必要だ」

「めちゃくちゃでいいんですか？　ご迷惑をかけるかも」

「構わない。使いこなしてやる。法と秩序の下で、私が正しく使う」

胸を張る。うつむいたキードは、それでもまだアルサリサより高いが、関係ない。見下ろすような気分で胸を張った。

「そこまで言われちゃ仕方がない。たいした人ですよ。俺が言うんだから、本物だ」

顔を上げたキードは、敬礼をした。綺麗《きれい》な敬礼だ、とアルサリサは思った。

「了解しました。アルサリサどの。キード・マーロゥ、補佐役を拝命します」

「よろしい」

うなずく。真正面からキードを見ていると、また笑ってしまいそうになる。だから、キードには背を向けて歩き出す。

「これから、我々が行うべき捜査を説明する。おおむね事態の真相は理解したが、正攻法の捜査には手間がかかる。お前の意見を――いや、その前に！　食事が必要だ。キード。お前も空腹だろう。きっとそうに違いない。絶対にそうだ」

キードが余計なからかいを入れないよう、断定的に告げてさらに足を速める。周囲には移動店舗の屋台も戻ってきつつある。アルサリサは改めて空腹を意識した。

「速やかに補給してから行動に移る。屋台がいいだろう」

「待ってくださいよ。なんなんです？　何が起きてるって？」

「すべては、《偽造聖剣》の工房に関係することだ」

「よくわかんないなあ。ま、いいか。方法ならありますよ。はぐれ魔族を捕まえたいのなら、一番の近道があります」

『キードくん』

不意に、声が聞こえた。課長だ。両手を後ろで組みながら、曖昧な笑みでうなずいた。

『きみが何を目標としているか、それはさておいて――心強い友や相棒といった存在は、そう簡単に得られるものではありません』

「え」

『アルサリサどのとは、仲良くしてください。一番大事なことですよ』

「はあ」

「――行くぞ」

なんだか気恥ずかしく思えて、アルサリサはキードの腕を引っ張った。課長がかすかにうなずいたのがわかった。

四 調整官包囲狙撃事件 2

夜が明け始めている。

（そういえば、俺も空腹だったな）

と、キードはいまさらのように気づく。しかし《紫電會《パルス》》の縄張りでの食事は、彼にとっても独特なものだ。

最新性の調理器具とやらが常に導入され、更新し続けられているため、慣れるということができない。特に鋼核属《ゴーレム》による移動販売店舗――屋台ともなれば、それはもう博打《ばくち》に近い。

今日はまだ当たりの部類だろう。いささか味は薄いが十分食べられる。いなずま丼、という名前の料理だ。

すりおろした蕪《かぶ》をベースにしたと思われる、粘土の高いスープが米にかかっている。わずかに酸味のある香りがした。その香りの原料についてはまったくわからず、想像すらできない。丼の中央には煮卵となんらかの肉のスライスがちりばめてある。

（悪くない。少なくとも、鋼核属《ゴーレム》用のメシじゃない）

人間向けのおすすめ丼を頼んでよかった。キードは匙《さじ》を口に運ぶ。隣を横目に見れば、勢いよく丼を掻きこんでいるアルサリサの姿がある。

「まず、派出騎士三課の連続殺人から説明しておこう」

と、アルサリサは言った。この速度で食べながら、よくも器用に会話できるものだ。合間に水も飲んでいる。

「四名の被害状況から、確実に言えることがある。加害者は《偽造聖剣》を持っている」

「そいつはまた、大胆に断定しますね。なんでまた？」

「彼らの所有する精霊兵装《せいれいへいそう》が切断されていた」

たしかに、それはキードも見た。しかし、それだけで決めつけてよいものだろうか――というキードの表情を、アルサリサはすぐに察したようだ。

「剣は最新型のタルバーフ一九型。盾はザウラン礼式。私はすでにそれらが使用されるところを見たが、タルバーフの剣は鋼核属《ゴーレム》の装甲に傷をつけることが可能だった。そして盾は攻性魔術をある程度防ぐことができる」

鋼核属《ゴーレム》の装甲は、魔族の中でもっとも硬い皮膚といえるだろう。もちろん真竜属《ドラゴン》や一部の海震属《クラーケン》を除けば、ということではあるが。

「魔族を相手に、少しは牽制や時間稼ぎができる武器ということだ。そうでなければ携行する意味もないから当然だが」

「焼け石に水ではありますけどね」

會《かい》、という形で徒党を組んでいる魔族には、単独の精霊兵装は何の意味もない。三課の携行する武装は、せいぜい一人か二人のはぐれ魔族を威嚇《いかく》して、足止めする程度のものだ。

それでもアルサリサの言う通り、ある程度の効果はある。

「しかし被害状況を見れば、一撃で剣も盾も切断されていた」

「量産型の精霊兵装《せいれいへいそう》くらい、実力のある魔族がちょっと本気になれば切れますよ。ほんの数十秒かそこらの時間稼ぎがせいぜいですかね。一分持つかなあ、ぎりぎり」

これもだいぶ甘い見積もりではある。タリドゥやラズィカのような実力者であれば、十秒も持たないはずだ。

「では、観点を変えよう。対峙した相手との実力差――三課の派出騎士がそれを判断できないものだろうか？　特に三件目の被害者は二人組だった。相手が強力である場合は、片方が足止めして、もう片方が通報する形になるだろう」

たしかに、それはそうだ。配属されて数か月の新人なら気が動転することもあるだろうが、何年も派出騎士をやっていて、それくらいの判断ができない者はいるだろうか？　いるとすればもう死んでいる。

「つまり、被害者は――最初は手持ちの精霊兵装で十分に制圧、あるいは威嚇《いかく》して撤退させることが可能だと判断したことになる。だが、結果として武装は破壊されてしまった。防御用の盾さえ一撃で。それはなぜだ？　実力を見誤ったのだろうか？」

「……あり得なさそうに思えますね。この街のベテラン騎士は、そんなに間抜けじゃない」

「加害者は自らの魔術に依《よ》らない、特別な戦闘手段を隠し持っていた。そう考えるのが妥当だろう。では、それは何か？　破壊された剣と盾の断面を観察して、確信した。《偽造聖剣》が使われたんだ」

「それがわかるんですか？」

「わかる。私は《偽造聖剣》について誰よりも詳しい。あの切断の痕跡……」

アルサリサは虚空で指を動かした。まるで断面を思い出してなぞるように。

「《偽造聖剣》が精霊兵装と衝突するとどうなるか。まずは封入されている人工精霊が破壊されるんだ。被害者の剣や盾からは、粘度と発光性を失った人工精霊が検出された」

「ははあ。まあ、アルサリサどのがそう言うなら」

勇者の娘である彼女以上に《偽造聖剣》に――というより、《聖剣》に詳しい者がどれだけいるだろうか。その製造に携わった者くらいのものだろう。ましてやそれを用いた白兵戦闘ともなると、アルサリサはまさしく現時点で世界の第一人者といっていい。

「つまり加害者は《偽造聖剣》の所有者と考えて間違いない。では、この街で《偽造聖剣》をいま所有している者というのは、どういう存在か」

「それはええと」

「あっ、いま完全に私の回答待ちだな？　自分で考えろ！」

一瞬で見抜かれた。キードは彼女の勘の鋭さに多少の脅威を覚える。とりあえず、思いつくところを口にしていく。

「《偽造聖剣》を持ってるなら……そりゃまあ、《ギルド》の残党でしょ」

「あの連中が購入した《偽造聖剣》は限られた数だったことがわかっている。すべて押収したとみていいだろう。余剰があっても、ハドラインを逮捕したあの夜に使用しないはずがない。無意味な温存だ。残党がいたとしても所有している可能性は非常に低い」

「じゃあ、あれですか。製造元」

もともと、キードとアルサリサはそれを追っていた。アルサリサが満足そうに煮卵を口にしたので、確信できた。これが答えだ。

「《致命者《ちめいしゃ》》ってやつらですか？　あいつらが改めて横流ししたのか、それともあいつら自身が所持してんのか」

「そう。いずれにせよ、製造元を当たるのが一番の近道だ。誰に《偽造聖剣》を売ったのか？もっとも私は、横流し品が使用された可能性は薄いと思う。ハドラインの《ギルド》が最大の取引先であっただろうし、彼らが消えたばかりのいま、密売販路の再開拓ができるほどの猶予《ゆうよ》はないはずだ」

言いながら、アルサリサはもう丼を完全に平らげたらしい。手を挙げて、店主に次の丼を注文している。キードは目を丸くした。

「もう一杯いくんですか？　え、しかも大盛り？」

「……何か問題でもあるのか？」

「ないです！　ぜんぜんありません。それより、《偽造聖剣》の話ですよ」

アルサリサが不機嫌な顔をしたので、キードは素早く話題を変えた。危ないところだった。

「今回の事件に、《偽造聖剣》の製造元が関わってるとして……振りだしに戻ってきちゃいませんかね？　俺ら、その連中を追ってたんですよ。当てもなく」

結局、それが問題になるなら、また迷宮入りしてしまいそうに思えた。

「めちゃくちゃ走り回って、あのタリドゥみたいなやつとも戦う羽目《はめ》になって……しまいには《鋼帝《こうてい》》ミゼにまで面会して、手がかりゼロだったじゃないですか」

「何を言っている。手がかりならば十分に獲得できた。あと一歩で追い詰められるところまで来ていただろう。その前に、優先するべき殺人事件が起きたんだ」

「え」

心の底から不思議そうな顔をされた。そういえばこの少女は、ミゼと何か心当たりがあるような会話をしていた気がする。

「それって、つまり、どういうことです？」

「まただ。そういうところだぞ。キード、少しは自分で――」

「いや、こんなのお手上げですって！」

無理なものは無理だ。アルサリサとは見えているものが違う。そのことは理解しつつある。

「偽造工場の方は、もう目星ついてるってことですよね？　どこにあるんです？」

「どこに、ではない。ミゼが言っていただろう。この《紫電會《パルス》》の縄張りにおいて、彼女の目が届かない場所は存在しない。そして彼女も偽造工場を探している」

「じゃあ、別の會《かい》の縄張りですか？」

「その可能性は現実的じゃない。この《紫電會《パルス》》の縄張りで、《偽造聖剣》が作られた——ダウローというあの探偵が調べた物資の流れは、そのことを明白に物語っている。あれらの証拠を無視するのなら、無視する根拠が必要だ」

「……だったら、地下迷宮？」

「それもない。ミゼもそう言っていた」

「わ、わけわかんないんですけど……！」

「だから、場所ではなく、個人。魔族だ」

「ん？」

「魔族が自分の体内で製造しているとしたら、説明がつく」

「あ」

キードにもそこでわかった。アルサリサを指差す。

「鋼核属《ゴーレム》の移動店舗！　ですよね？」

「そうだ。鋼核属《ゴーレム》ならば可能だ。移動する店舗。この場合は、移動する工房だな」

たしかに、鋼核属《ゴーレム》は移動する工房になり得る。製造するだけなら、なにもそれほど大きな体《たい》躯《く》は必要ない。せいぜい地船《スキーズ》程度、小さな馬車ぐらいのサイズがあればいい。材料と加工用のツールを用意できればそれで足りる。

大型の工場ほど足がつきやすい。それならば最初から小規模にするのが賢明だ。《ギルド》の連中が保有していた《偽造聖剣》の数は百にも満たなかったことがそれを物語っている。

ハドラインがその気になれば、もっと大量に調達できたはずだ。十分な生産量がありさえすれば。

「ですがね、アルサリサどの」

キードは丼に甘みのあるソースを振りかけた。屋台で食事をするときのために、常時携行しているものの一つだ。いざというとき役に立つ。

「個人の鋼核属《ゴーレム》に製造できちまうものなら、ちょっと賢いやつ……というか、よほどのアホでなけりゃ、いまごろ都市の外に脱出してるんじゃないですか？」

「私もそう懸念していたが、例外もいたということかもしれない」

その部分は、アルサリサにもいまひとつわかっていないのか。彼女が『かもしれない』という表現をするときは、だいたいそうだ。アルサリサは確実なことだけ採用する。

「少なくとも、今回《偽造聖剣》が使われた。それだけはたしかだ。理由はわからない。なんのために街に留まっているのか――そこに今回の事件の真相がありそうだ。ある程度の推測はできているが」

「と、いいますと？」

「この街で、放置できない要素があるからだろう。例えば裏切り者だ。《偽造聖剣》の製造に携わっておきながら、なにかの理由で《致命者《ちめいしゃ》》を裏切った者を追っている——そういうことなら説明はつく」

そうかもしれない。あえて街の外に脱出せず騒動を起こすからには、相応の理由があると考えた方がよさそうだ。

「結論として、やはり我々が追うべきなのは《偽造聖剣》。その工房となった鋼核属《ゴーレム》だ。少なくともそのうちの一名が加害者であるか、もしくは密接に関係していると推測する」

そこでアルサリサは猛然と食べていた手を止めた。いつも少し背伸びをしているようなアルサリサではあるが、こういうときにキードを見る視線は上目遣いにならざるを得ない。

「なんとかなるか？　はぐれ魔族の鋼核属《ゴーレム》を捕捉する方法を、思いついてほしい」

「思いつくも何も。それなら簡単です」

どうやら、ここからが自分の仕事であるようだ。できないはずはない。アルサリサに期待されている以上は、これができなければ何のための補佐役だろう。

「金が必要です」

「金？　私も持ち合わせはないぞ。必要なら派出騎士局に戻って——」

「そうじゃなくて、逃げてるやつの話ですよ。はぐれ魔族が一番困るのは金です。鋼核属《ゴーレム》だからメシは食いませんが、燃料の補給が必要だ。金がいる」

「では、なんらかの方法で金を調達している？」

「しかも、《鋼帝《こうてい》》ミゼに露見《ろけん》しないような経路で。そうなると、もう一つしかないですね。闇金ですよ。訳アリ魔族相手に金を貸しつける、こすっからい連中がいるもんで」

キードはわずかに甘くなった丼を掻きこむ。

「そいつらを当たってみましょう。取り締まりの時間です」

◆

ひどい失敗だった。

ウィルガス・ルボータは暗がりにうずくまって、空を見ていた。もう夜が明けてしまった。太陽光がまぶしすぎる。光学機能を調節して、感度を落とす。

（最悪だ。またしくじった）

もう何度目になるかわからない失敗だ。あまりにも手痛い。不死属《アンデッド》どもの軍勢は、あの『案内人』の言った通りにやってきた。最大のチャンスだったはずだ。

あの大騒ぎの中で、ウィルガスは標的を確保しようとした。メアラ・テズーチカ。あれが最後の機会のように思えた。人間に保護されてしまえば手出しがしづらくなる。

そんなことはわかっていた。だから絶対に失敗しないように、慎重に魔術を演算した。

(あいつらは所詮《しょせん》、人間の群れだ)

ウィルガスの魔術を防御できるはずがない。奇襲ならば確実だ。

勝算はあった。メアラ・テズーチカの脚を負傷させて、移動力と反撃能力を奪い、どさくさに紛れてかっさらう——それがウィルガスの計画だった。ただ、狙いすました呪詛の一撃が、あっけなく外れたのは絶望的だった。

(なんでだ? なんで伝説の男が失敗する? 邪神にでも呪われてんのか?)

ウィルガスの放った魔術は、その傍らにいた指揮官らしき男の脚を撃ち抜いてしまった。その後に放った神経呪縛《しんけいじゅばく》ボットによる砲撃も、警戒されて防がれた。メアラ・テズーチカをその衝撃で気絶させたのはよかったが、どうしようもない。

(くそっ。くそ、くそ、くそ!)

心の中で何度も悪態をつく。

『……失敗……したようだね』

気づけば、強く握りしめていたようだ。『ソゾルタスの瞳』。小さな球形の精霊兵装《せいれいへいそう》が、音声を発しているのがわかった。『案内人』の声だ。

『ウィルガス・ルボータ……きみには何度も機会を与えた。せっかく用意した不死属《アンデッド》の軍勢も無駄になってしまったね……』

「待ってください」

ウィルガスは必死で相手を説得しようとした。

「もう一回。もう一回だけ、やらせてください。あと一歩だったんです」

『きみの行動は、とても興味深く見守っていた』

聞こえてくる『案内人』の声は、決して怒ってはいない。それだけに気味が悪かった。

『そして、十分に役目を果たしてくれたと思う。そのことには感謝する』

「いや、俺はまだ、何も……」

『きみの引き起こす騒動は、あらゆる陣営を予想以上のレベルで混乱させた。ハドラインでもこうはいかなかった。的確で正しい計画ほど読みやすいものはないからね。《不滅工房《ふめつこうぼう》》や僭《せん》主七王《じゅしちおう》に対して、実に効果的な攪乱《かくらん》になった』

意味がわからず、ウィルガスはその言葉を頭の中で繰り返した。自分が何かの役目を果たしたらしい。だが、何を？

『謝罪しよう。実のところ、きみの追跡を助けると同時に、私は彼女の――メアラの逃亡を援護《えんご》していた』

「……え？」

『派出騎士の誘導。鋼核属《ゴーレム》による暴動の扇動。色々ときみに迷惑をかけたね……だが、もうこれで十分だ』

また、意味がわからなくなった。この『依頼主』は、自分にメアラ・テズーチカの追跡を命じると同時に、その逃亡を手助けしていたという。

「……なんで、そんなことを？」

気づけば、尋ねていた。

「俺は、あんたに言われて、あいつを追いかけてたんですよ。なのに」

『各陣営を攪乱《かくらん》して、時間を稼ぐ必要があった。私は目的を設定するのも、それを評価するのも苦手だが――目的を達成するために、情熱をかけることは素晴らしいと感じる。それを手助けすることが生きがいのようなものなんだ』

「何を言ってるのか、ぜんぜんわからねえ」

つい、本音が出た。苛立《いらだ》ちも隠さない。脇役ごときが、自分に理解できないことを喋《しゃべ》るなと言いたかった。

「あんた、何者なんだ？　何が目的だ。なんで俺をこんな目に遭《あ》わせる？」

『さあ。それは私にはわからない。目的はなんでもいい。興味がないから』

「なんだ……それ……。おかしいぞ、あんた」

『そうかな？　だったらきみはもっと凄いね。そんなおかしい私の言う通りに動いて、何もかもを混乱させた。きみは私に輪をかけて異常だったということになる』

からかうように『案内人』は言う。ウィルガスは何と答えるべきかわからなかった。

『まあ、冗談だ。私だって自分のことを、ちょっと変なやつだなとは思っている。そこのところが、私の愛嬌《あいきょう》というやつだ。そういう曖昧さが行動を読みにくくするんだよ』

「ふざけんなよ。何言ってやがる……」

『とにかく、きみはすでに役目を果たした』

役目。この声の主が、自分に与えようとした役目とは何か。標的を捕獲することではないのだろうか？　ウィルガスは少しの間だけ思考し、諦めた。わかるわけがない。

『標的を目的の場所に送り届けたことだし――依頼は撤回する。都市の外にでも逃げるといいだろう。そしてゆっくりと休みなさい。できるものならね』

「待てよ、おい」

『なに、きみには貴重な経験があるだろう？　大戦で活躍した、工兵としての技量は聞いているよ。それを生かせばもう一騒動くらいは起こせるはずだ。それに、我々の同志が貸与した精霊鉄騎《ヴァルキリー》もある――《偽造聖剣》だってあるじゃないか。小悪党のきみでも、ちょっとしたテロリスト程度にはなれるかもしれない』

その『案内人』の口調は、ウィルガスの心をかき乱した。侮辱されている、と感じる。

『きみの健闘を期待する。克己の心を見せてもらおう――以上だ』

「待て！」

と、怒鳴ったときには、もう通信は切れていた。ウィルガスはありったけの罵倒を、もはや何も映していない瞳に叫んだ。

だが、この『案内人』の言うことは事実だ。選択肢はそれ以外にない。

標的だったメアラ・テズーチカのことなど捨てておくしかない。この街を脱出する。一刻も早く。どんな手を使ってでも。大戦の間、工兵としてやってきた。その本領を見せるときだ。

大戦時代、工兵だった経験が生きている。最悪な戦場ばかりだったが、腕はたしかに上達した。《偽造聖剣》の製造に加担できたのも、その技量を評価されたからだ。

備えはある。まずは一度、自宅に戻る。ありったけの武器を回収して勝負に出る。

（そう……そうだ。もともと他人を当てにするのが間違ってたんだ。俺は俺だけでやれる）

これまでの失敗も試練というものだ。いや。自分の成功を恐れた何者かが、足を引っ張ろうとしていたのかもしれない。ウィルガスの頭に怒りが満ちていた。誰が邪魔をしようとしても関係ない。もう誰の言うことも聞くつもりはない。

（邪神に呪われてるとしても、そんなもんに伝説の男が負けるかよ）

伝説の第一歩をここから始める。目が覚めた気分だ。《偽造聖剣》だとか、そんなものに頼ろうとした自分が悪かった。頼れるのは己だけだ。いまこそ克己をするときだ。

「やるしかねえ……！」

ウィルガスの背中から、白い蒸気と稲妻が迸《ほとばし》った。

五━紫電迷宮爆砕崩落事件　1

　魔王都市における『闇の金貸し』とは、法外な利子を取る貸金業という意味ではない。

　キード・マーロゥはそう言った。

　僭主七王《せんじゅしちおう》の組織に所属していない、独立した貸金業のこと──だそうだ。アルサリサはその意味をすぐに理解した。僭主七王に所属していないということは、何かをやらかして彼らに睨《にら》まれてしまった魔族を相手に商売するということだ。

　実際、魔王都市で僭主七王の庇護を失った魔族は悲惨なものだ。七王が運営する商売に関わることが極端に難しくなり、借金をするしかない。一か八かのギャンブルや、危険な日雇いの仕事でまとまった金を稼ぎ、魔王都市を出る。あるいは名前も顔も変えてやり直す。

　そうした魔族の最後の拠り所の一つになるのが、闇の金貸しという話だった。

「……ここか?」

　アルサリサは、その建物を見上げた。《紫電會《パルス》》と《蒼穹會《アズール》》の縄張りの隙間にある店舗だ。あまりにも小さく、看板も出ていない。一見したところでは雑貨屋のようだった。

「ここですよ。《紫電會《パルス》》で金を借りようと思ったらここしかありません」

「それは、どんな理由だ?」

「鋼核属《ゴーレム》じゃない闇の金貸しは、この辺じゃこの店だけです。鋼核属《ゴーレム》が店長をやってるような店だとすぐにお仲間にバレるんですよね。原理はよくわかんないんですけど、鋼核属《ゴーレム》の間には独特のネットワーク？　みたいなものがあるらしくて」

「霊脈通信《れいみやくつうしん》プロトコルか。鋼核属《ゴーレム》ならばあり得るな」

「あ。それです！　詳しいですね、アルサリサどの」

「お前が詳しくなさすぎるんだ……」

少し呆れながら店内に踏み込む。くすんだ色合いの食器の類が、古めかしい棚に雑然と並んでいる。それらを一見したところ、品揃えはあまりよくない。

アルサリサはこの手の雑貨に詳しいので、よく知っている。大戦よりずっと前、第一期モーリッツ王朝の意匠が施された骨董品――のようにも見えるが、それは間違いだ。あえてくすんだ色合いに加工した、レトロ嗜好《しこう》の大量生産品にすぎない。

「雑貨屋のようだが、贋作《がんさく》ばかりじゃないか」

「え、そうなんです？」

キードが小ぶりなサラダプレートを手に取って眺めながら、首を捻《ひね》った。

「中には掘り出し物があったりしません？　この皿とか、割と綺麗《きれい》な鳩と森の柄でしょ」

「見てわからないのか？　それは第一期モーリッツ王朝のデザインを模しているが、あの王朝は浄血属《ヴァンパイア》による王朝だった。人間が愛でるような鳥や草木の図柄は好まれない。そういうのは翼唱属《ハーピー》や樹王属《トレント》のデザインだからだ」

「あ……じゃあ、これぜんぶ贋作ですか」

「当たり前だろう。浄血属《ヴァンパイア》が愛でるのは夜の月、雲と薔薇、コウモリ、それから人間だ」

「なるほど。まあ、ここの店長にはその辺よくわかんないだろうな……」

「うるせえな……おい、誰だよ？　また人間の紹介の客か？」

店の奥で声が聞こえた。一人の男が顔を出す。魔族だ。額に角がある。

（翼唱属《ハーピー》。しかし――）

その背中には、翼が片方しかない。右半分の翼が付け根から存在しなかった。

「何をジロジロ見てんだ」

片翼の男はアルサリサを睨《にら》んだ。世を拗《す》ねたような、怒りを潜ませた顔つき。その顔の右半分にも焼けたような傷があった。

「見せもんじゃねえぞ。片羽がそんなに珍しいか？　こいつはな、真竜属《ドラゴン》と戦って焼かれたんだよ。ハドラインの野郎に先陣で突っ込まされてな。名誉の負傷ってやつだ」

どかっ、と音を立ててカウンターの椅子に座る。片翼の男はさらに肩肘をついた。

「あんたらが客じゃなくて、冷やかしならお断りだ。帰れ」

「冷やかしじゃない」

アルサリサはカウンターの前に立った。少し高い位置に椅子があるようで、アルサリサは背伸びをして正面から睨みつける形になる。片翼の男は、いかにも不機嫌そうな顔だった。

「聞き込みに協力をお願いしたい。重大な事件が起きている」

「そういうのを冷やかしってんだ。客じゃねえなら失せろ」

「まあまあ、そう言わずに」

横から手が伸びてきた。キードの指が、数枚の紙幣を握っている。アルサリサはすぐにその手首を摑んだ。

「なんだ、この金は。協力者との金品の授受は違法行為だぞ」

「いてっ！　そうじゃなくて、この皿を買うんですよ。個人的に。別にいいでしょ」

「定価よりも高いではないか」

「こういうのは時価なんですよ。そうですよね、店長？」

「……へ。そうだな」

片翼の男は、キードの手から紙幣を受け取った。こういう状況には慣れているらしい。それに相当に金が好きなようだ。少し口元が緩んだ。

「そっちの旦那は話がわかるようだな。何か用か？」

「やあ、どうも。あんたがここの店長？　ヘイザン・ジュディコ……で、間違いないよね？　ちょっと最近の景気の話を聞きたいんだけどさ」

キードが半端な愛想とともに挨拶《あいさつ》をすると、片翼の翼唱属《ハーピー》はまた急激に顔をしかめた。

「景気の話か。つまり、これっぽっちで客の情報を売れって？　割に合わねえなァ」

そうして、キードに顔を寄せる。

「そもそも好きじゃねえんだよ、命令とかされるのは。上から目線の態度とか。それが嫌で俺はハドラインの下から離れたんだ」

「そりゃ申し訳ない。ただ、あんたがハドラインの下から離れたのは別の理由だろ?」

「ああ?」

「あんたがハドラインと折り合いが悪くなったのは、臆病者だからだ」

片翼の男——ヘイザンの顔色が変わった。

「そうだろう? ハドラインの考える『慈愛』についていけなくなったんだ。あんたの『慈愛』はあんた自身だけに対するものだ」

キードはゆっくりと言葉を発する。まるで相手が怒るのを待つように。

「切り込み隊長だったなんて、ハッタリかますなよ。真竜属《ドラゴン》と戦った傷? 笑えるぜ。背中の翼が焼かれてるってことは、あんた、逃げようとしたんだ。そうじゃなきゃそんな傷痕にはならないんだよ」

真竜属《ドラゴン》は、自らの息吹《ブレス》を媒介として魔術を使う。その出力だけをとってみれば、あらゆる魔族の頂点に立つものだ。それは間違いない。まともに浴びれば、普通は死ぬ。そうではなく、背中側に傷があるということは——敵に背を向けて、逃走していたということになる。

「人間相手なら、そのハッタリが効くと思ったのか。舐《な》められたもんだな」

キードは挑発するように笑った。

「あんたはハドラインの下にいられなくなって、逃げ出した。それで貸金業に手を出すことにしたんだ。表の世界で戦う気力を失くした日陰者《ひかげもの》だろ。違うかい？」

「おい。口の利き方に気をつけろよ、人間」

「そっちこそ、大物ぶるなよ。客の情報を金で売ろうとしてるやつが、偉そうなことを言わない方がいい。大人しくその金を受け取って、俺らが必要なネタを渡せ」

「——てめえっ」

ヘイザンが魔術を演算しようとした。角が輝く。だが、アルサリサは完全にその予兆を見切っていた。

翼唱属《ハーピー》の魔術は、声が魔術を媒介するため、音速を有する——そう考えられている。が、彼らの魔術ははるかに繊細なコントロールを要求する。声が自分自身にも届いてしまうのだから当然だ。最低限、自分を巻き込まないように魔術を演算する必要がある。

だから、術者の能力が熟達していると言えない場合、実際の起動は極めて遅い。

つまりアルサリサの妨害は容易に間に合った。クェンジンを振るい、その鎖をヘイザンの喉に巻きつける。封印保護プロトコル。魔術を媒介する声の根元を封じる。

「そこまでだ」

「ちっ！」

舌打ち。こういうとき、アルサリサ・タイディウスを知らない魔族の反応は決まっている。力ずくでどうにかしようとする。魔術ではなく肉体性能に頼る。おそらくその自信があったに違いない。カウンターを蹴り上げた。

「どけ！」

カウンターの板が外れた。乗っていた商品が飛ぶ。アルサリサは伏せて回避する。クェンジンは手放さない。それに構わず、ヘイザンは右の拳を振り回す――それを、キードが止めた。

「やめときなって」

手首を摑んでいる。ヘイザンは暴れようとしたが、どういう身体力学によるものか、キードに腕を捻《ねじ》られると勢いよく倒れ込んだ。顔面を床に押しつけられる。

「言っておくけどね、俺が止めてよかったと思いなよ。俺なんてアルサリサどのに比べれば、めちゃくちゃ優しくて温厚な方だからね」

「うるさい。キード、余計なことを言うな」

「必要な忠告だと思うんですけどね」

アルサリサは頭を掻きむしるキードを無視した。屈《かが》みこみ、覗《のぞ》き込むようにしてヘイザンを睨《にら》みつける。

「質問に答えてもらおう、ヘイザン・ジュディコ」

「そうそう」

アルサリサの言葉に、キードは気楽にうなずいた。

「質問に答えてさえくれれば、俺たちは危害を加えない。だから正直に教えな」

「……何を……聞きたいって？」

ヘイザンは苦しげに聞き返す。その顔からは、直前までたしかに存在した、世を拗《す》ねたような怒りの面影は消えていた。そういうポーズだったのかもしれない。

「鋼核属《ゴーレム》の客だ。はぐれ魔族。ここ最近で、大金を借りていったやつ」

少し考えて、キードは付け足す。

「あ。たぶん車輪のついてる鋼核属《ゴーレム》だ。体はかなりデカい。きっと燃料も大量に仕入れる必要もあったから、その仲介を頼んでるんじゃないか？」

「鋼核属《ゴーレム》の客なんて、いくらでもいる。条件に当てはまるやつなら、ここ十日間で三機」

「ヒスプール合金と液状アスリロ」

アルサリサは横から付け足した。

「その仕入れも必要だったはずだ。その三機の中で、そんな品物の仲介までお前に依頼した者はいるか？」

「……ウィルガス・ルボータだ」

深いため息とともに、ヘイザンはその名を呟《つぶや》いた。

「得意客だ。この数日だけじゃなく、以前にも何度かウチに来た。どんなシノギを持ってるかわからねえが……いつも期日に金は返してきた」

「ふうん。顔写真とかはないの？」

キードはヘイザンから手を離さない。顔面を床に押しつけながら、もう片手で器用にフロナッジを取り出す。

「取り逸《はぐ》れのないように、そういう情報は押さえてあるんだろ？」

「知るか……」

「じゃ、勝手に見る。フロナッジ。『ウィルガス・ルボータの顧客資料』」

放り投げられた銀色の円盤は、迅速に動いた。床を這って散らばった紙の束を巻き上げる。明白な狙いを持った動きだった。その中の一枚を、アルサリサは空中で摑んだ。

「これか」

数枚の資料。そのすべてに目を通すまで、さほど時間は必要ない。ウィルガス・ルボータ。その名前のあるページには、いくつかの基本的な情報と写真が存在した。灰色の鋼核属《ゴーレム》。かなり体を改造しているように見える。腕が四本。車輪付き。体軀《たいく》は標準的な移動店舗よりやや小柄と言っていいだろうか――それでも、地船《スキーズ》と同じ程度はある。

「こいつ。これなら、アルサリサどのが推理した鋼核属《ゴーレム》の特徴と一致しますね」

キードは写真を指で弾《はじ》いた。

「移動販売の店舗ができるくらいには大きい。でも、どうなんです？《偽造聖剣》が作れるようなレベルですかね？　そういえば、《偽造聖剣》ってどうやって作るんですか」

「キード……なんでお前がそれを知らない？　捜査資料に書いてあったぞ！」

「ははは」

「笑ってごまかすな。《偽造聖剣》とはいえ、製造は通常の刀剣の鍛造《たんぞう》と同じだ。人工精霊を封入して、焼き入れの際に金属と結合させるところだけが違う。その観点からすれば、ウィルガス・ルボータは、十分に容疑者になるだろう。ただ、技術的な可能性はまた別だ」

「技術的？」

「腕が四本あっても、単独で製造できるものとは思えない。特に人工精霊の封入は、極めて精密な器具の操作と、慎重な計測が求められる」

　アルサリサが知る限りでは、人工精霊を結合させるための金属の鍛造と、そこに封入する人工精霊の加工はほぼ同時に行う必要がある。単独ではとても不可能に思える工程だ。

「この……ウィルガス・ルボータが単独で製造していたとすると、そうした技術的な問題を解決する方法を見つけたのか。よほど腕の立つ技術者だと思うが……」

　アルサリサはさらに資料に目を走らせる。

　そこには住所や、故郷、保証人の名前、自己改造履歴まですべて書かれている。そうした情報を、アルサリサならば一目見れば記憶できる。しかし、妙に引っかかるものがあった。

（なんだ？）

ウィルガス・ルボータに関する顧客資料には、もう一つ、別の女の顔写真が添えられている。角がない、若い女の写真。やや焦点がぼやけており、あまり写りはよくない。

「んん？　人間の女ですか？　これって……」

キードは目を細め、眉をひそめて、その写真を睨《にら》んだ。

「なんか、見覚えあるなあ。ヘイザン、知らないかい？」

「……よくわからんが、こいつは、人間の女と一緒に来たことがある」

もはや、沈黙を貫くことも無意味だと感じたのだろう。一瞬だけ奥歯を嚙み締めて、ヘイザンはふてくされたように話し出す。

「ウィルガスの奴隷《どれい》かとも思ったんだがな。会話の内容からして、違ったような気がする……何か……職場の同僚とか、そっちの方が近いように思った」

「私は、この女を知っている」

アルサリサは写真を凝視《ぎようし》し、その結論に至る。

「スーディ・ウラビスの知人と自称していた。あれは、この女だ」

「あ。それだ！」

キードは指を鳴らした。

「調整官のところに送り届けました。なんか自称天才で、精霊兵装《せいれいへいそう》の技師なのかな。ウラビスに話があるとかで」

「話？　どんな用件だ？」

「そこまでは聞いてませんでしたね……あの、なんか、世界が危ないとかなんとか」

「こうなると、その女が重大な手がかりを握っている可能性がある！　なぜしっかりと聞き、身柄を確保しておかなかったんだ……！」

「無茶言わないでくださいよ。俺は俺でかなり忙しかったし……それに、俺の専門じゃないんですよ。調査なら専門家がいる。もう手は打ってます」

「なに？」

「それより、この鋼核属《ゴーレム》」

キードは写真を指差した。

「さっさと指名手配するってのはどうです？　住所も割れました。ここから近い。吊り鉄通りの十五番地の二の八。目と鼻の先ですね」

「わかっている。指名手配し、家宅捜索を行う」

アルサリサは即決した。

「それにこっちの人間の女も、逃がしたわけではない。あの場にいたのなら病院に収容されているはずだ。『安息聖殿《あんそくせいでん》』。ここから辿るべきは——」

「あ。ちょっと待った」

キードが中途半端な声をあげた。

ポケットからカードを引っ張り出している。それが赤い光を点滅させていた。アルサリサも、それがキードに対する緊急時の通信だということは知っていた。

「なんか、緊急事態っぽいですね。しかも、これ……ええと、どこだ？　吊り鉄通りの十五番地の……九の八？　え？」

「端的に言え。何が起きているんだ」

「大爆発ですって」

「え」

ずぅううん、と、重苦しい地鳴りのような音が響くのを、いまさらのようにアルサリサは認識した。

「爆弾抱えた鋼核属《ゴーレム》が暴れてるそうです。ウィルガス・ルボータっていうケチなはぐれ魔族の仕業《しわざ》だとか」

赤く明滅するカードの光を見つめる、キードの眉間に皺《しわ》が寄る。

「被疑者は……地下迷宮の方に、強引に包囲を突破して逃走中、ですって。アルサリサどの。こいつはちょっと面倒じゃないですか？」

「なにを呑気《のんき》に言っている、確保だ！　いますぐに！」

これで事件は一気に解決に向かうかもしれない――そんな淡い期待を抱えて、アルサリサは走り出す。あまりにも都合がよすぎることに、どこか不吉な予感を覚えながら。

五一　紫電迷宮爆砕崩落事件　2

包囲が突破されたのは、精霊兵装《せいれいへいそう》による爆発だったようだ。

強烈な衝撃波が建物を壊し、強引に道をこじ開けた。本来なら三重に仕掛けた防性・攻性・反転性の各種結界フィルタが逃亡者を捕捉し、足止めをかける予定だったが、それは無効化されていた。

その理由は、キードでもすぐにわかった。

（これで確実だな。《偽造聖剣》！　あいつ、やっぱり抱えてやがる）

アルサリサの推理が正しかったことになる。ウィルガス・ルボータは《偽造聖剣》を手にしている――もう確定的だ。結界展開用の精霊兵装の残骸を見ればわかる。切断されていた。

「地下迷宮か。キード、案内しろ！」

「あんまり気が進まないですが」

「そんなことを言っている場合か」

アルサリサがそう言うなら、キードはその通りにするしかない。

下水の入口のような丸い蓋は施錠されているはずだが、すでに爆破されていた。ウィルガスはここから逃走したのだろう。暗い穴を覗《のぞ》き込む。

「キード。四課の人員を招集できるか？　ようやく彼らが有効な状況になってきた」

「いま呼んでますけど、バケツくんは再生中かな。暴動の鎮圧を任せてたし……センセイも一緒に行動してるから、かなり無茶させられたんだと思います」

よくあることだ。センセイは他人に厳しすぎる。特にバケツと組んで行動していると、バケツはしばしば挽肉状態で発見されることがあった。さすがのバケツも、その状態から復帰するには若干の猶予《ゆうよ》が必要らしい。

「課長も、駆けつけるまでは時間がかかりそうな感じですね」

「わかった——一課と三課で動ける人員は既知の出口を封鎖しろ！」

アルサリサは素早く指示を飛ばす。敬礼姿勢で待機していた、騎士の一人に尋ねる。

「派出騎士の中で、すでに追跡している者はいるか？」

「正面からの突入を試みたところ、負傷者が発生しました。そのため、派出騎士局の二課が三部隊の迂回接近班を編成。一区画ほど離れた地点から、追跡を開始しています！」

派出騎士二課は、一課よりも専門性がやや高い。迷宮内部で起きた事件の処理を担当しているからだ。彼らは地下迷宮から生還するための能力や、探索能力に長けている。

「それ以上は行くな。被疑者は《偽造聖剣》を持っている。従来の戦闘メソッドが通じない可能性が高い、私が対処する！　行くぞ、キード！」

「はいはい了解です。ほんと、気が進まねえなあ」

「文句があれば逃亡犯に言え」

このようにして、キードは地下迷宮に足を踏み入れることになった。

嫌な予感がしていた——実際、すぐにその予感の答え合わせは済んだ。爆炎と轟音《ごうおん》と衝撃。

地下に降り立って百歩も行かないうちに、その三つがまとめて襲いかかってきたからだ。

ちょうど、最初の十字路を右折しようとしたときだった。

「うおわ」

「クェンジン！　防御！」

キードはその場に伏せ、アルサリサはすぐさま精霊兵装《せいれいへいそう》を起動させた。七本。渦を巻くように放たれた鎖が、熱と衝撃を防ぐ。極めて単純な攻性呪詛《こうせいじゅそ》ボットだ。ただし、威力がやたらと大きい。クェンジンによる鎖が二本、砕かれたほどだ。

キードはクェンジンの鎖が力負けするところを、初めて見たような気がする。ウィルガス・ルボータという鋼核属《ゴーレム》はそれほど強力な魔族だったのか？

（いや。それはない）

キードは心中で否定する。資料を見た限り、ウィルガスはケチなはぐれ魔族の犯罪者にすぎなかった。主な仕事は、死んだ鋼核属《ゴーレム》の部品剝ぎ取りやら、盗品のスクラップ加工。暴力が得意なタイプには思えない。

ただ、唯一気になったのが、大戦時代の履歴だ。どうやら工兵として東部戦線に従軍していたという。東部は人間がほぼ全面的な勝利を収めた戦線で、つまり、相当に過酷な場所から生きて帰ってきたということでもある。

「強力な魔術だな」

アルサリサは壁に背中を張りつけて呟《つぶや》いた。右手側の通路を警戒する。

「ウィルガスに協力者でもいるのか？　ありえない攻撃力だ。クェンジンの鎖が破壊された」

「協力者とかじゃないですね。いまのは精霊兵装です」

鋼核属《ゴーレム》はそうしたものを使用することに頓着しない。大戦の頃から、人間の発明品を積極的に取り入れる形で戦闘に使用してきた。

「俺がこの前、イオフィッテの血華楼《けつかろう》に侵入するときに使ったやつ。あれは『ダンド』っていって、かなり最新の製品なんですが」

「あの明白な違法行為で使用した爆発物か」

「人聞き悪いなあ。あの『ダンド』は携帯性と爆破力のつり合いが取れてて、個人がテロ目的に使用するのにちょうどいい、使い捨ての精霊兵装です」

「お前にもテロに準ずる行為という認識があったのか……」

「茶々《ちゃちゃ》入れないでくださいよ！　いま真面目な場面でしょ！」

「……わかった」

アルサリサは納得いかない、という顔をしたが、結局は黙った。何よりだ。

「とにかく、いま使われたのは『ダンド』より強力な軍用のやつです。建造物の破壊に使うような代物で、たぶん『エイバス』かな。魔力を充塡《じゅうてん》して使う、七・五ローフ熱破砕砲弾。直撃したら全身が吹き飛びますよ。しかもかなり改造して火力増やしてある感じだ」

それにしては威力が大きすぎる気がする。人工精霊の調整によほど長けた技術者なのかもしれない。ウィルガスの危険性を上方修正する必要がありそうだ。

「迂闊《うかつ》には近寄れない。が、放っておくとこの迷宮ごと爆破する……か！」

アルサリサの眼は天井を見た。たしかに。先ほどの爆破の衝撃によって、そこに亀裂《きれつ》が入ったのがわかる。

「キード。なんとかしたい。方法はあるか？」

「じゃ、まずは説得から——やってみます」

キードは右手側の通路を慎重に覗《のぞ》き込む。予想した通り、そこにウィルガスの姿があった。灰色の鋼核属《ゴーレム》。何かで負傷したのか、三本の腕を使って作業に没頭している。装甲にもあちこち負傷が見られた。

（なにやってんだ、あれは。精霊兵装《せいれいへいそう》かよ……！）

どうやら彼は鉄でできた小型の樽のような物体を並べ、魔術を演算しようとしている。

キードはもちろん、その樽型の物体を知っていた。やはり『エイバス』。ウィルガス自身の体から伸びた管のようなものが、『エイバス』の容器である樽型外装に繋《つな》がっていた。どうやら充塡作業中のようだ。止められるだろうか。

「おい！　ウィルガス・ルボータ！　そこまでにしとけ！　完全に包囲されてるから、いまさら暴れても無駄だぞ！」

キードの怒鳴り声に、ウィルガスは反応した。頭部を少しだけ持ち上げる。光学レンズに青い光が灯るのがわかった。気づいたようなので、そのまま呼びかける。

「俺たちを道連れにするつもりか？　そんなつまんねえことはやめろ。克己心ってやつが足りてねえ、何事も生きててこそじゃねえか。不死属《アンデッド》の仲間入りでもしたいのか？　いま大人しく逮捕されるなら、少しは刑期を割引してやるから――」

「うるせえっ！」

ウィルガスの怒号。光学レンズが赤く光り、腕の一本が剣のようなものを掲げる。あれは間違いなく《偽造聖剣》だ。

「俺を舐《な》めるなよ。どいつもこいつも！　人間のくせにおちょくりやがって！」

「ああ？　おちょくりやがって……？　それは、メアラ・テズーチカみたいにか？」

キードの問いかけに、ウィルガスは答えなかった。ただ、全身から稲妻が散る。適当なことを言ってみたが、図星だったようだ。キードにはメアラ・テズーチカが何者なのか、なぜウィルガスとともに闇金を訪れたのかなどわからない。推理もできない。

だが、とにかく人を不愉快にさせる言動をする女であることは確かだ。もし一緒に行動しているとしたら、絶対にウィルガスを苛立《いらだ》たせているだろうと思った。

（当たりだな）

キードはその方向から切りこんでいくことにした。嘘でもなんでもいい。揺さぶる。

「メアラ・テズーチカはこっちで保護した。たいした天才技術者だよ。洗いざらい喋《しゃべ》ってくれたからな。つまんねえことやってくれるじゃねえか、ウィルガス」

「キード、何を――むぐっ」

アルサリサはなぜ嘘をつく、と言いたげな顔で口を開きかける。が、キードは片手で口元を押さえて黙らせた。

「いいか、ウィルガス」

煽る、ことにする。とにかく反応を引き出すことだ。

「お前の犯罪はせいぜいコソ泥みたいなもんだ。《偽造聖剣》の密造は許してやる。だが、誰に唆《そそのか》されてそんなことやったのか教えてもらう」

喋りながら、キードはフロナッジを投げる。緩く、密かに、足元へ転がすように。待機状態、とキードが呼んでいる状態だ。命令なしで放ったフロナッジは、しばらく音声での受付を待ちながらゆっくりと這うように浮遊し、運動を続ける。

暗闇の中だ。動くフロナッジに気づかれないように、声で注意を引き続ける。

「お前の態度次第では、減刑も取引できる。暴れるなよ。俺は拷問《ごうもん》なんてしたく――」

「黙れ」

低く押し殺した声。ウィルガスは樽型の精霊兵装《せいれいへいそう》を手に取っている。『エイバス』。充塡作《じゅうてん》業が終わったらしく、繋《つな》がっていたコードを外し、それを抱えた腕を背中に回した。

そこには、煙突のような突起がある。鋼核属《ゴーレム》の肉体の特徴だ。やつらは自らの体を改造している。あれは砲塔に違いない。

「落ち着け、ウィルガス。待て。そんなもんぶっ放したら、お前だって」

「だからなんだ？　やれねえと思ってるのか？　クソが。みんな俺を馬鹿にしやがって。思い知らせてやる！　克己だ。俺は俺を超える。絶対にこんなところで終わってたまるか！」

ウィルガスの体に火花が散る。電流だ。魔術を演算する準備に入ったと思っていい。

「今日が俺の伝説の最初の一日だ！」

キードは顔をしかめてアルサリサを見た。

「あの、すみません。全身全霊を尽くした説得は失敗しました」

「そんなことだろうと思った！　煽りすぎだ！　次はどうするんだ？」

「砲撃が来るんで、一撃だけ受け止めてください。そしたらなんとかしますんで」

「なんとかって、キード、そんな適当な説明だと凄まじく不安になる！」

「来ます！　アルサリサどの、よろしく！」

ウィルガスの身体《からだ》から稲妻が走り、背中で弾《はじ》けた。砲塔から『エイバス』が打ち出される。まさしくそれは砲撃だった。アルサリサはキードに対して何か罵倒を口にしたようだったが、轟音《ごうおん》のせいで聞こえなかった。

クェンジンの刃が床と壁を擦《こす》る。素早く何度か。それは銀の鎖を生み出し、蜘蛛《くも》の巣のように通路を塞ぐ。砲弾と化した『エイバス』を受け止める。轟音。炎。それは天井にまた盛大な亀裂《きれつ》を生じさせ、周囲を震わせた。

ぎりぎりで受け止めた、ように見えたが、溢《あふ》れた炎までは止められない。

「クェンジン！　切り裂け！」

アルサリサが真一文字に刃を振り下ろす。その使い方は初めて見る。炎と熱を、その刃が切り払った。演算された魔術の構造を損壊しているようでもある。あれは《偽造聖剣》に近い機能かもしれない。

そこまでできれば、キードの目論見《もくろみ》は成功したようなものだ。

「フロナッジ、標的設定。『エイバス』に繋《つな》がるコード」

多少細かい動きをさせるには、そうした適切な指示が必要だった。キードの呟《つぶや》きに応じて、銀色の円盤が跳ね上がった。高速で動き、ウィルガスの全身から伸びて『エイバス』に繋がっていたコードをすべて切断する。

気づいたウィルガスは全身から稲妻を散らせた。

「てめえっ」

「ウィルガスの右足を壊せ」

魔術が演算される前に、フロナッジは瞬《また》くような速度で飛ぶ。鋼核属《ゴーレム》の角は装甲の内側に隠されている場合が多い。それを破壊するよりも、移動のための機能を奪うことを優先した。

まずは右足。バランスを崩したウィルガスに追い打ちをかけるように、もう二つ。

「車輪。車軸」

フロナッジはキードの指示を速やかに達成した。派出騎士を殺した手際から、ウィルガスにそれがあることはわかりきっていた。灰色の巨体が崩れ落ちる。

それにクェンジン。アルサリサが振るった刃から伸びた鎖の一本が、ウィルガスの足のもう一本を捕らえた。

「くそっ」

ウィルガスは悪態をついて、鎖の絡んだ足を切り離す。接合部から火花が散る。それは鋼核属《ゴーレム》ならば簡単なことだ。しかし、もはや移動手段をほとんど失っている。

「てめえら……やっとわかったぞ。いま、完全にわかった……」

唸るウィルガスの光学センサーは、青と赤の交互に光る。なにか異様な輝きだった。

「俺の伝説の邪魔をしてたのは、てめえらなんだな。そうか。道理でなにもかも上手くいかねえわけだ……！　邪神の使いどもめ！」

「ああ？　なにを言ってやがる」

キードは首を傾けた。ウィルガスの言葉は、うわごとのように聞こえた。

「この迷宮を爆破するのがお前の伝説なら、徹底的に邪魔してやるよ」

「やっぱり、そうかよ……！　邪神の使徒！　ぶ、ぶっ殺して……やる……！」

「できるもんならな。アルサリサどの、拘束具を──」

「まだだ。何か、来る！」

アルサリサの警告とともに、ウィルガスの背後で暗闇が蠢《うごめ》いた。巨大な何かが溢《あふ》れ出してきたように見えた。銀色に光る、巨大で硬質な何か。鋼核属《ゴーレム》だろうか、と一瞬だけ思った。

が、それは間違いだった。

「来い」

ウィルガスはひび割れたような声で叫んだ。鋼核属《ゴーレム》に特有の、魔術媒介となる放電が足元を走っている。それはあの巨大な影に対する命令の一種だっただろうか。

「精霊鉄騎《ヴァルキリー》！　あいつらを殺せ！」

きききききききっ。

──という、異様な音が鳴り響いた。無数のガラスの欠片《かけら》を擦り合わせるような、ひどく耳障りな音だった。

銀色に輝く、キードの倍はあるだろう巨体。それは甲殻類──いや。昆虫に似ているかもしれない。脚の代わりに、銀に輝きながら蠢く、多数の触手を持つ昆虫だ。そいつが、軟体動物のように体をくねらせながらウィルガスの背後に出現していた。

（なんだこりゃ）

使い魔。すなわち精霊兵装《せいれいへいそう》の類か。そう思ったが、疑問が湧く。

（いつの間に、ここにいた？）

つい先ほどまで、まるで気づかなかった。こんな巨体がどこに潜んでいたというのか。なんらかの隠蔽の魔術かもしれない。あるいは光学迷彩の一種か。だとしたら、なぜわざわざそれを解除したのか――どちらでもいい。

キードは推理を後回しにした。とにかく対応するために動いた。

「ええと……あいつの武器は触手かな？　がんばってみるんで、援護《えんご》お願いします」

「待て、お前はまたそんな無茶を」

無茶なことをしている、という自覚はなかった。ただ前進した。背後はアルサリサに委ねる形になる。

（俺は魔王になる男だ）

その意志が、キードの足を動かしていた。戻ってきたフロナッジを片手で受け取る。

（この怪物が何者か、推理する前にさっさと動け。背後は仲間に任せる……それができなきゃ魔王じゃねえぞ）

銀の触手が伸びてくる。キードは跳んでかわす。壁が砕ける威力。しなやかで滑らかな見た目と違い、かなり硬いらしい。当たったら骨くらいは確実に折れそうだ。

一本、また一本、すぐに回避しきれなくなる。這うように駆けながら叫ぶ。

「あっ、もう限界！　アルサリサどの！」

「音《ね》をあげるのが速すぎるっ」

不機嫌そうではあったが、アルサリサはクェンジンを振るった。乾いた破裂音。封印保護プロトコルが演算されるのがわかる。じゃっ、と鎖が伸びて、キードに近づく触手を的確に捕らえて拘束する。

そのまま捻《ひね》り上げて引きちぎる。触手は思ったよりも脆《もろ》く、一秒も持たなかった。それともクェンジンの出力が高いのか。何本かの触手が地面に散らばる。

「邪神の使いども！　覚悟しやがれ、俺の聖剣で死ねっ」

ウィルガスが《偽造聖剣》を振り下ろす。それはクェンジンの鎖を一撃で切断した。

ウィルガスは、この怪物を精霊鉄騎《ヴァルキリー》と呼んだだろうか。きききっ、という金属音とともに、いくつかの触手が魔術を演算しようとしている。やはり使い魔か、精霊兵装《せいれいへいそう》の類と見て間違いない。触手の先端に白い光が灯る。

その焦点はキードだろう。だが、どこかぎこちない。

演算されるのは、単純な壊性呪詛パケット——それを見切ると同時に跳んだ。前へ背中を白い光の槍がかすめる。がぁん、という炸裂《さくれつ》音が後方で響いた。なにかの破壊が発生したのだろうが、それを確認する余裕はない。

（それでも避けたぞ、畜生）

演算がぎこちないからどうにかなったようなもので、ぞっとするほど強力な魔術であることは確実だった。この出力が相手では、クェンジンでも防ぎきれるか怪しい。

精霊鉄騎《ヴァルキリー》はさらなる魔術を演算する。すべての触手に白い光が灯る。

（だが——こんなもんは見掛け倒しの、こけおどしだ。ビビるな！）

要するに、当たらなければいい。キードはフロナッジを投擲《とうてき》する。

「フロナッジ！　俺に対する攻撃！」

触手に灯る、白い光が一斉に弾《はじ》けた——だが、それはキードに届くことはない。すでにフロナッジは放たれていたし、それは絶対に標的を外さない。キードを狙った光の槍を、ことごとく迎撃する。

「ざまぁ見ろ。てめえの魔術なんて、ちっとも効か」

言いかけたとき、視界が急激に揺れた。キードにはそれだけがわかった。

「——っぬぇっ」

激痛。壁に叩きつけられた。足元に絡みついた触手のせいだ。触手が絡みつくところまではフロナッジにも『攻撃』として認識されなかったか——まだまだ扱いが未熟だ。

（しかし、これでいい）

アルサリサがいる。こいつを抑えている間、彼女ならやってくれる。解決方法は用意した。

負ける気はまったくしない。

もう一度壁面に叩きつけられ、朦朧《もうろう》とする視界でキードは見た。

「俺は！　伝説に名前を刻む男だ！」

ウィルガスが何かを持ち上げていた。鉄製の小さな樽がいくつか。『エイバス』。すべてまとめて爆発させるつもりか。この至近距離——自分自身も巻き込む形で？　相当な根性だ。小悪党だと思ったが、その評価を撤回したくなってくる。

「よせ、ウィルガス」

と、呟《つぶや》きかけたが、まともな言葉にはできない。今度は天井。ぶつかった衝撃が脳を揺らしただろう。一瞬、意識が途切れかけた。

それでも焦りはない。アルサリサが跳ぶのが見えたからだ。

一瞬だった。アルサリサはクェンジンから伸びた鎖を使い、自らを跳躍《ちょうやく》させていた。伸ばした鎖を縮める。彼女自身が一つの、銀色の砲弾のようになった。

「《偽造聖剣》が相手では、クェンジンの鎖は通じない」

アルサリサの声が遠くに聞こえた気がする。

「よって、これだ。肉弾戦に限る……！」

そして一撃。飛び膝蹴りがウィルガスの頭部を直撃するのが見えた。同時にクェンジンを振るって、ウィルガスの腕を斬り飛ばす。残りの三本、瞬時にすべてだ。キードの目には三条の

銀光が瞬《またた》いただけにしか見えなかった。

抱えていた『エイバス』の樽は、いずれも明後日の方向に跳んでいく、ように見えたがそうではない。

クェンジンの鎖が『エイバス』を捕らえている。

「キード！　この規模は、クェンジンでも完全には抑えられない！」

すでにすべての『エイバス』は起動状態にある。放電の音。膨れ上がる攻性呪詛《こうせいじゅそ》マクロを、キードは見た。『エイバス』を捕らえたクェンジンの封印保護プロトコルが軋《きし》んでいる。

「自分でなんとか衝撃に備えろ！」

めちゃくちゃな指示だ。しかし、やってみせなくては魔王らしくない。

キードは朦朧《もうろう》とする頭でそんなことを思った。思いながら、体を丸める防御姿勢をとった。

戻ってきたフロナッジを視界の端に捕らえ、それを摑む。まだ起動させている。

「アルサリサの足元。急げ」

それだけ命じた。

フロナッジの推進力は、キードの体一つ分を支える程度にはある。かつてクェンジンの鎖と併用し、アルサリサを牽引したことがあるほどだ。致命的な破壊半径から逃れるにはこれしかない。間に合え、と、キードは思った。

しゅぼっ、と、何かが迸《ほとばし》るような音がした。

同時の連鎖起爆。その瞬間のことを、キードはほとんど覚えていない。地下迷宮の暗闇が、まるごと破けて爆《は》ぜたような衝撃だったと思う。足を掴んでいた精霊鉄騎《ヴァルキリー》の触手の感覚が不意に途絶えて、後は高速で飛ぶだけだった。

回転。熱。肩と背中と足に激痛。まぶたの裏の火花。

（ひでえな、こいつは）

子供の頃、勢いよく転んだときのことを思い出す。鼻の奥で焦げ臭いような匂いを感じた。それから振動――振動？　徐々に強くなる振動だ。

つまり、揺すられている。

「……キード。起きろ！」

気がつけば、アルサリサの靴の爪先が目の前にあった。ひどく怒ったような顔。

「無茶なことをしすぎだ。馬鹿なのか？　とんでもない無茶だ……！　私に援護《えんご》をすべて任せて突撃するなど、人の迷惑を考えろ！」

馬鹿なことを言う。キードは強がって笑った。

「泣かないでください。一応、無事、みたいなんで……」

「泣いてない。怒っている。見てわからないのか！」

「そっちだって」

赤錆《あかさび》色のマフラーを巻き直しながら、キードはどうにか首を捻《ひね》る。少し無茶をした甲斐はあった。精霊鉄騎《ヴァルキリー》はすっかり吹き飛んで、銀色の破片になっている。

「鋼核属《ゴーレム》の頭に跳び膝蹴り食らわせるなんて……どうかしてますよ」

「私は特別だ。勇者の娘だ」

「だったら、俺も特別です。俺は魔王の……」

言いながら、キードは立ち上がる。ずっと寝転がっているのは、魔王らしくない。

「魔王の、舎弟だったんで」

後継者、とは言えない。首を押さえて、まだ朦朧《もうろう》とする視線をウィルガスへ向ける。あの男は無事か。体の半分近くは吹き飛んではいるが、原型は留めて横たわっている。

なんらかの結界フィルタで防御したのだろう。さすがに自爆覚悟というわけではなく、ちゃんと最低限は生き残る算段をつけていたようだ。

「ウィルガス！」

キードは無遠慮に近づき、その腰のあたりを蹴とばした。

「起きろアホ。てめえのせいで、散々な目に――うおっ！」

不意に、ウィルガスの体が震えた。痙攣《けいれん》している。明らかな異変を感じさせる震え方だった。ばきばきと全身の関節部分が鳴っている。頭部の光学レンズが明滅し、金属を引き裂くような音とともにのけぞる。

「な」

ウィルガスの全身に電光が走った。

魔術演算だ。キードは警戒してフロナッジを摑んだが、その必要はなかった。演算されたのは防性の結界フィルタだ。自分を包むように展開して、震えながら声を発する。

「な。なん、だよ、こ……このっ……」

「ウィルガス、どうした？　負傷したのか？」

アルサリサが彼を覗《のぞ》き込もうとする。

（なんだ？　この感じ……！）

首筋に寒気。キードはこういうときの嫌な予感を信じることにしていた。アルサリサの肩を摑んで、引きずり倒す。

「おいっ、キード、何を」

「伏せて！　――フロナッジ、鉄片！」

ちかっ、と、ウィルガスの背中のあたりで何かが光った気がする。あるいは魔術か。そして空気の割れる乾いた音。

次の瞬間、ウィルガスの体がはじけ飛んだ。全身の金具が砕けたようだった。飛来する金属片をフロナッジが防いでいる。ただ、いくつかの破片が額をかすめ、二の腕を切り裂いた。

（こんなもん、たいしたことじゃない。ただ――）

呼吸を止めていたキードは、ウィルガスに目を向けた。もはやその体は残骸と呼んだ方がいいだろう。背中側から破裂したように粉々だった。

「呆気ねえな……というか、まずいな」

唯一の被疑者が、死んだ。何をどこまで知っていたのか。それを知る方法は——もはやないと言っていいだろう。不死属《アンデッド》としての蘇生という非常手段もあるが、それはロフノースたちの手を借りなければならない。

そうして蘇ったウィルガスが、ロフノースにとって都合のよい記憶や人格を与えられていない証拠は何もない。他者を不死属《アンデッド》に変化させた感染元、通称『ホスト』にはそれができる。

もちろん、生前の記憶が多くの人々に刻まれているような、特別な死者は魔力が強すぎて滅多に上手くいくものではないらしい。が、ウィルガスの場合は怪しいものだ。

「参ったな。手がかりが消えた。もう逃げられないと踏んでの自爆、ですかね……？」

「違う。音が聞こえただろう」

「音？」

「人工精霊が起動する破裂音だ。というか、いつまで抱えている……離れろ！　これでは子供みたいじゃないかっ」

ネコ科の動物が威嚇《いかく》するように、アルサリサは犬歯を見せてキードを叩いた。かなり痛い。容赦のあまりない打撃は、かなり慣れてきたせいだろうか？

胸に抱えたままだったアルサリサを解放し、ふらつく足で立ち上がる。鼓膜《こまく》の奥が痺れたようになっている。頭を振ると、何かが軋《きし》むような音が響く気がする。

「なんにしても、これで解決ですかね？　被疑者が吹き飛んじまった。派出騎士の連続殺人と《偽造聖剣》の密造で捕まえる予定だったんですけどねえ……こいつの身元を洗えば、何かわかるかな？」

「そんなはずがない」

アルサリサは、銀色の破片を拾い上げていた。精霊鉄騎《ヴァルキリー》とかいう、あの怪物の破片だ。目を細めてそれを凝視《ぎょうし》している。

「ウィルガスの来歴を探っても、おそらくなにも出てくることはない」

「ですよね？　こんな下っ端が、《致命者《ちめいしゃ》》に繋《つな》がるような情報を持ってるわけが」

「そういうことじゃない。こいつは実行犯にすぎないということだ」

「え？」

「最後の爆発は自爆じゃなかった。精霊兵装《せいれいへいそう》によるものだ。背中で何かが光ったし、精霊兵装特有の破裂音も聞こえた」

「まあ、たしかに」

「それに鋼核属《ゴーレム》が自爆を選ぶのはおかしい。不自然すぎる。鋼核属《ゴーレム》は自らの肉体を痛みもなく切り離すことのできる種族だ。爆弾を仕込むのなら角のある中核ではなく、どう考えても四肢に仕込むのが自然だ」

「そうですね……となると、ウィルガスじゃない……誰かが仕掛けた？　それが黒幕ですか」

「そうだ。口封じのためだと考えるのが妥当だ」

口封じ。ウィルガスはほんの小者の、下っ端だったのだろう。《偽造聖剣》の工房を担う鋼核属《ゴーレム》が他にどれほどいたのかわからないが、使い捨ての駒であったのは確実に思えた。

だとすると、その背後には何者かがいるのだろう。

「それに、いいか！　ウィルガスの腕の数は三本だった。数が合わない！」

そういえば——と、キードは頭を振って思い出す。どこかで軋《きし》むような音が頭の内側に響いているようで、どうも集中できない。

（あれはたしか……ウィルガスの写真を、闇金のヘイザンの店で見た）

あのときの写真では、たしかに腕が四本だったはずだ。

「では、ウィルガスは自分の腕をどこかで切り離したのか？　おそらく違うだろう。見ろ……断面は、あきらかに切断されている」

アルサリサは屈《かが》みこみ、いまや四散したウィルガスの残骸を見る。四本あった腕の付け根は、焦げついて破損してはいたが、どうにかその原型をとどめている。たしかに、何かによって切断されたようだ。アルサリサが切り飛ばした分を含めて、すべてだ。

「失った四本目はどこだ？　どこにある？　気になっていたことだ」

アルサリサは腕を組み、目を薄く閉じた。指先で顎《あご》のあたりに触れる。

「どこかにある。どこかの現場にあったはずだ。逃走する過程で落としたにしても、周辺一帯を包囲して捜索していた派出騎士たちに見つけられないはずがない。とすれば、答えは一つ」

目を開くと、アルサリサは唐突に顔を上げた。

「何も終わってない。メアラ・テズーチカが危険だ」

「メアラ？　もしかして、あの変な人が真犯人ってことなんです？　いや、たしかにこうなった以上、事情聴取は必要だとは思いますけど……いまは喋《しゃべ》ってる暇はなさそうですよ」

キードが頭上を仰いだ。先ほどから軋む音がずっと響いていた。それはキードの気のせいではないらしい。天井を、壁を、亀裂《きれつ》が走っていた。拡大し続けるひび割れ。アルサリサもそれに気づいたようだった。顔色が青ざめる。

「まずい」

「ですよね。逃げましょうか」

「待て！　最低限、あれを回収しろ！　被疑者の頭部――う、ひゃあっ！」

アルサリサの珍しい悲鳴。決定的な破壊音が走る。キードは巨大な瓦礫《がれき》が落下してくるのを見た――そうして、崩落は本格的に始まった。

「走れ！」

アルサリサは全力で走り始める。が、明らかに崩落は加速していたし、なにより範囲が広すぎる。キードは違和感を覚えた。

部分的な崩落なら覚悟していた。だが、あまりにも規模が大きすぎる。ウィルガスが炸裂《さくれつ》させたあの『エイバス』だけで、こんな大規模な破壊が発生するものだろうか？　魔王ニルガラの大迷宮が、ここまで派手に壊れるものか？

（崩落の規模がでかすぎる。他の場所でも爆破が起きたのか？　仲間がいた？）

少なくとも、ウィルガスの背後には、彼を口封じした何者かがいる。それを証明する前に、この地下を脱出できるだろうか？　行く手を先回りするように、崩落が広がっている。先行するアルサリサの目の前に瓦礫《がれき》が落下した。

「く」

低く呻《うめ》いて、彼女はクェンジンを振るう。鎖。目の前の瓦礫は吹き飛ばせても、その次と、さらに次は無理だ。

（潰《つぶ》される）

思った瞬間、キードはほとんど意識せずに跳んだ。

先ほど自爆から守ったようにもう一度。アルサリサを引きずり倒そうとして、その首根っこに手をかける。痛みを覚悟する。頭上の破壊音、ひときわ強い振動——そして、唐突にそれは止まった。

「え」

アルサリサは頭上を見上げていた。星空に、覗《のぞ》き込まれている。キードはそんな風に錯覚したが、そんなはずがない。覗き込んでいるのは、巨大な頭だ。見覚えがある。

「《鋼帝《こうてい》》、ミゼ……」

キードはその巨大な頭部の名を呟《つぶや》いた。

僭主七王《せんじゅしちおう》の一柱。鋼核属《ゴーレム》たちの女王。彼女が巨大な鋼の手をかざし、キードとアルサリサを瓦礫の崩落から守っていた。本来の彼女は、このくらい大きいのか。それとも鋼核属《ゴーレム》らしくいくつもの体を保有しているのか。それはキードにはわからない。

さらにいくつか、天井が崩れて瓦礫が落ちてくるが、ミゼの大きな瞳が紫色に光ればそれまでだった。なにをどうやったのか、細い閃光がいくつも走り、瓦礫を微塵《みじん》に切り裂いてしまう。

（マジかよ。信じられねえ出力だな）

ごく単純な攻性呪詛《こうせいじゅそ》プロジェクションだろう。魔力そのものを破壊エネルギーに変換して投射する、魔術としては初歩の初歩だ。普通は、火傷させる程度のことしかできない。《鋼帝》ミゼは、やはり隔絶した力の持ち主であることが知れた。

『間に合ったようですね』

ミゼが無機質に言った。なぜここにいるのか。いや、たしかに彼女の縄張りではあるが――彼女がこの地区のすべてを常に知覚し、把握しているというのは本当かもしれない。イオフィッテとはまた別の方法があるのだろう。

鋼核属《ゴーレム》ならば、自らの目や耳そのものを拡張することができる。だったらもう少し早く手を貸してくれてもいいはずだ、とは言わない。どうせ無意味だからだ。

「――と、いうことは」

アルサリサは呟《つぶや》いた。

「私の推理はどうやら正解のようだな」

『ええ。速やかに安息聖殿《あんそくせいでん》の付近までお送りします。迅速な決着を期待しています』

「難しいかもしれない。ぎりぎりのところだ。向こうにも切り札くらいはあるだろう」

『いいえ。私はあなたを高く評価しています。アルサリサ。処理はお任せしたいと考えていますが、不可能ならば、抗争となるでしょう』

「それは困る。なんとか……我々だけでやってみる。手出し無用で頼みたい」

『失敗した場合は、約束できません。私は私の領域を侵害した者を許容しません。夜明けまでは待ちますが、それまでです。これは、あなたたち人間側からの侵略行為でもあります。あなたたちが責任を取れないとなると、どのような手段であれ解決は私が担当します』

「……わかった。夜明けまで……待ってくれ。それまでに解決する」

アルサリサとミゼには、どうやら相通じるものがあるらしい。この二人の会話はキードにはほとんどわからない。なので、間抜けを承知で聞くしかない。

「あの……そんなに切羽詰まってるんです？　安息聖殿なら大丈夫でしょ。メアラ・テズーチカは重要参考人でしょう？　うちの派出騎士たちも詰めてますし、そう簡単には」

「その派出騎士たちが問題なんだ」

アルサリサはすでに歩き出している。少し駆け足になってもいた。ならば追うしかない。

「一刻も早く彼女の身柄を押さえる必要がある！　それに、メアラ・テズーチカの犯行の裏付けもだ。それに戦力も必要になる。安息聖殿から一般患者の退避をさせなければ！　おのれ、時間がない——いったいどこから手をつける？」

「あの、やっぱりぜんぜん理解できてないんですが」

「おい」

呆れた顔のアルサリサに構わず、先を続ける。

「でも、解決策なら任せてください。そっちは得意分野なんです。順番にいきましょう、まず必要なものはなんです？」

六一　偽造聖剣密造事件　1

ロフノースが支配する《玄永會《オブシダン》》の領域には、『安息聖殿《あんそくせいでん》』と呼ばれる施設がある。

魔王都市でも最大の医療機関であることは間違いない。それはすなわち、世界最高の医療を受けられる場所である、ということを意味する。

建物自体の規模も、常識外れに大きい。外観は神殿に近いが、まるで一つの砦のようになっている。それも当然だ。《冥府《めいふ》の貌《かお》》のロフノースが自らの力を拡大するにおいて、死者の肉体を手にすることと、それを可能な限り補修することは直接的な利益になるからだ。

――そうした事実を、運び込まれたメアラ・テズーチカもよく知っていた。

（とりあえずは、安全か）

なぜこんなことになったのか。考えることはそれだけだ。

この街にやってきてから、もう四年になる。あの頃はまだ良かった。メアラも研究員として魔族と交流し、その技術を吸収できた。人工精霊に関する研究を、思う存分に試みることが可能だった。輝かしい記憶。

いまでは、何もかもが狂ってしまった。

（ニルガラのせいだ）

と、メアラは思う。彼が自らに権力を集約させすぎていたから、こんなことになった。おかげでこの魔王都市は毎日のように騒動が勃発《ぼっぱつ》している。抗争に次ぐ抗争。うんざりしてくる。

いま、こうして窓から街を眺めていてもひどいものだ。

彼方で炎が上がっている。煙が立ち上っているのもわかる。街のあちこちで激しい音が響いている。破壊音。悲鳴、絶叫。それは朝日が昇ってもほとんど途絶えることはない。あまりにも野蛮すぎる。

（最悪）

メアラはこの街が好きになれなかった。窓から目をそらし、天井を見る。個人用の病室だ。せめてこの部屋の静寂を味わおうとする――それもまた、唐突に破られた。

「――ここか？　メアラ・テズーチカ」

ノックもなく、無遠慮に入ってくる男がいる。顔に目立つ傷のある男。おそらく派出騎士なのだろう、襟元に三つの星と獅子の紋章があった。事実、その男は自分の紋章を指差した。

「俺はナフォロ・コヴルニー。見りゃわかるだろうが、派出騎士。一課所属だ」

顔に傷のある男は名乗ったが、メアラはすぐに名前を忘れることにした。覚えていても無意味だからだ。そもそもこの手の人間は嫌いだ。まだ鋼核属《ゴーレム》の合理性の方が理解できる。

「おい、返事くらいしろ。とっくに喋《しゃべ》れるんだろ？　ああ？　重要参考人として、お前には聞くことがある。山ほどな」

高圧的な声と、表情だった。いっそう不愉快に感じる。だから答える。

「あなたにはなにも話さない」

「なんだと？」

「なにも話さない、って言ったの。繰り返させないでくれる？　時間の無駄。話さない理由は無意味だし危険だし、重要なことだから」

派出騎士の男の顔の傷が引きつった。怒りの前兆だ。メアラと会話する人間は、だいたいそうなる。なぜそうなるのかはわからない。

「わかるように言え。無意味かはともかく、危険で重要だから喋《しゃべ》ってもらいてえんだよ」

「あなたに理解できるとは思えないから無意味。あなたが信用できないから危険。世界の命運がかかってるから重要。わかる？　特に二つ目。私は派出騎士を信用してない。どこにあいつらの仲間がいるかわからないから」

「あいつらってのは、《致命者《ちめいしゃ》》どもか？」

顔に傷のある派出騎士は、メアラの寝台の近くまで来て、顔を覗《のぞ》き込んでくる。

「お前が《偽造聖剣》の密造にかかわってたことは、とっくに調べてあるんだよ」

「じゃあ、何も言わない」

なにも教えないこと。それだけが唯一、身を守る方法だ。『やつら』はメアラの頭の中の情報を欲しがっている。それを得るまでは、殺しはしないだろう。

（そう。派出騎士でさえ信用できない）

一人目。最初に助けを求めた派出騎士がそうだった。

あの男は結局、派出騎士に潜り込んでいた《致命者》の手の者で、メアラを捕まえようとしてきた。殴りつけられたので、摑み合いになった——その状況を誤解したウィルガスは、《致命者》の手の者である彼を轢《ひ》き殺した。

結果的に、助けられたことになる。滑稽《こっけい》な誤解だ。ウィルガスのような下っ端には、誰が《致命者》の手の者であるか教えられていないのだろう。ぎりぎりの綱渡りに、幸運が味方した。

「とにかく、ここにスーディ・ウラビスを呼んで」

「舐《な》めるな。俺だってガキの使いじゃねえんだよ」

メアラが言うと、顔に傷のある派出騎士は唸った。

まったくもって、この手の連中と会話するのは時間の無駄としか思えない。顔つきを険しくして凄んでいるようだが、それで自分が情報を明かすと思ったら大間違いだ。

「スーディになら、話せる」

「報告通りのデカい態度だ」

軽い舌打ち。脅しても無駄だと悟ったようだ。遅すぎる。

「スーディ・ウラビスと同じ大学だったんだと？　飛び級で卒業後、一緒に《不滅工房》《ふめつこうぼう》の研究機関に勤めて、二年も経たずに失踪しやがった。そうだな？」

手帳を広げて読み上げられても、メアラは答えない。あまりにも時間の無駄だ。視線も相手に向けることはない。黙っていると、やがてため息が聞こえた。

「わかった。お望み通り、あいつに尋問させてやるよ。スーディ・ウラビス！　さっさと入ってこい、何をグズグズしてんだ！」

顔に傷のある男は背後を振り返る。そこには、メアラが求めていた人物が顔をのぞかせた。気だるそうな白衣の女。

「あー……メアラ？」

目を細め、また見開いて見つめてくる。

「メアラ・テズーチカ？　ほんとに？」

「スーディ！」

メアラは上半身を起こした。何年ぶりになるだろうか——彼女はまるで変わっていないように思える。いかにも不健康そうな顔色まで、記憶のままだった。

「遅すぎ！　私が呼ぶなんて超重大事件なんだから、すぐに来てよ！」

「あんたは、いつも無茶なこと言うね……」

困ったような顔で、喉の奥を鳴らすように笑う。それがスーディ・ウラビスだった。

「仕事が山積みだったんだよ。放り出してくるわけにもいかなくて……ほら、派出騎士の連続殺人の件でさ。メアラ、なにか知ってんの？」

「……うん」

言わなければならない。あの派出騎士たちは、自分のせいで死んだ。

一人目はともかく、二人目と、三人目と四人目には責任がある。自分を追ってきたウィルガスの攻撃の巻き添えにしてしまった。彼らが構えた精霊兵装《せいれいへいそう》は、ウィルガスの使う《偽造聖剣》の敵ではない。旧式ではあるが、その効果は一瞬ならば実際の《聖剣》と変わりがない。

メアラにとっていまでもわからないのは、ただ一つ。

ウィルガスのような三流の小悪党――せいぜい《偽造聖剣》の工房となる程度の器用さだけが取り柄だったあの小者が、なぜ自分を追ってくることができたのか、ということだ。

（納得できない。あんなやつのせいで、被害が拡大した……！）

が、それもすぐにわかるだろう。スーディ・ウラビスと合流できた以上、彼女と知恵を合わせれば、この世に解明できないことはない。

「スーディ。私が《偽造聖剣》を密造してたことは、もう知ってるでしょ？」

「え？　ああ、うん。工廠《こうしょう》を兼ねてた、あのウィルガスって鋼核属《ゴーレム》から逃げてきた……ってことで合ってる？」

スーディはやや間延びしたような、独特のテンポで話す。

「で……たぶん、メアラ。あんたのことだから、命令されて作ってたわけじゃない。自分の意志で密造してた。となると、あのウィルガスよりも上の立場だった……これはあたしの推理だけど、そうだよね？」

「そう！　スーディはやっぱり話が速い！　それでね」

「おい。待て、そこは聞いてねえぞ」

顔に傷のある派出騎士が余計な口を挟んできた。

「あの指名手配犯と組んで密造してたのはともかく、お前の指示で作らせてたのか？　人間が、魔族に指図してたってわけか？　本気かよ？」

「ちょっと黙ってて！　ここからが大事なんだから。話が進まない！」

メアラは派出騎士を黙らせる。そして、隠していたものを眼前に突き出した。短い棒のような器具だ。メアラの前腕ほどの長さもない。剣の『柄』だけを切り取ったような物体にしか見えないだろう。

ただ、それは見る者による。派出騎士は怪訝《けげん》そうな顔をしてみせただけだが、スーディは息を飲むのがわかった。緊張が走る。

「え……ちょっとマジで？　メアラ、それ」

「うん。これを《偽造聖剣》、って呼ぶのはちょっと違うかも」

「成功したの？　本物の《聖剣》……！」

「見て」

メアラはその『柄』を起動した。柄頭《つかがしら》を軽く叩く。それだけで魔力の光が収束し、光の刃を演算する。無差別で強力無比な解呪《かいじゅ》浄化プロトコル。それがこの《聖剣》の刃の正体とでも言うべきものだ。

「刃を展開している間は、あらゆる魔術を無効化して、切断できる。課題は——体力の激しい消耗。でも、破壊力と持続性はほぼ解決した……」

刃を消す。ため息をつくと、急激に全身を倦怠感が襲った。呼吸も荒くなるのを隠せない。うつむいて、少しだけ息を整える。

これがすべてだ。これのせいで派出騎士が何人も殺されて、どれだけ街に被害が出たのかわからない。それでも届けなければいけないと思った。信頼できる誰かに。

「わかるでしょ？　従来の《偽造聖剣》の破壊力は、結局使い手の腕力に依存していた。この光熱の刃が解決策。勇者ヴィンクリフが使ってたものと同じ。大量の魔力消耗の問題もきっと解決できる……そう遠くない未来に」

「うぇー……そりゃヤバいわ。だから、逃げ出してきたわけ？」

スーディの声は露骨に呆れていた。

「そう。せいぜい利用してやったわ」

「危ない橋を渡りすぎ。あんたは昔から……《致命者》《ちめいしゃ》だって、そんなに甘い組織じゃないはずでしょ。特に導師《どうし》クラスの連中は、みんなヤバい切り札を持ってる」

「そんなのたいしたことない。ハドラインが死んで、色々と混乱——待って」

メアラは顔を上げた。

「いま、なんて――」

問い返したメアラの反射神経では、ただ見ていることしかできなかった。何が起きたか正確に把握できたかも怪しい。

顔に傷のある派出騎士が、剣を抜いていた。いつ抜いたかもわからないほど速かった。抜剣術というやつだろう。精霊兵装《せいれいへいそう》、タルバーフ一九型。弾性結界マトリクスを瞬時に演算して、白い火花と乾いた音が散る。

それはまっすぐ背後からスーディを狙っていた。

ただ、彼女が示した動きは、派出騎士よりもずっと速い。

「うん……反応はすごいね。さすが派出騎士一課……」

かすかにうなずいて、左手を動かす。黒い手袋が破けていた。その内側で、何かが銀色に光った。装飾された爪か、と思ったが違う。手首から先だ。それが、鋼になっている。まるで鋼核属《ゴーレム》のようだった。

その手は簡単に派出騎士のタルバーフ一九型を受け止め、そして弾《はじ》いていた。

「この」

派出騎士は何か悪態をついたが、よく聞こえなかった。乾いた激しい音が響いて、その体が吹き飛んだためだ。スーディが何をしたのか、咄嗟《とっさ》にはわからない。その銀の手で軽く押しただけに見えた。

壁に激突して、亀裂《きれつ》が走る。派出騎士は呻《うめ》きながらもがくが、立ち上がることができない。

「やめときな。肋骨、ちゃんと折れてるから……内臓とか傷つけたら大変だよ」

スーディ・ウラビスは忠告のような言葉をかけて、メアラに向き直る。どこか疲れたような目をしていた。

「悪いけど、メアラ。その技術は引き続き《致命者《ちめいしゃ》》として役に立ててもらいたいんだよね。私の直属の導師《どうし》が――『案内人』閣下が、あんたの頭の中を欲しがってる」

「なんで？　いや、違う。『なんで』じゃない」

頭を使わなくてもわかることだ。思考が鈍くなっているのを自覚する。

「スーディ、あんたもそうなの？」

「どうやってその《聖剣》を作ったのか、教えてくれる？　これから、もうちょい静かで落ち着ける場所に運ぶからさ」

「……冗談、とかじゃない。みたいね……」

「まあね。あたしも《致命者》……あんたよりも立場は上だけどね」

スーディはその左手を、メアラの首に触れさせた。

「これであたしたちは、本物の《聖剣》に大きく近づく。メアラ。あんたがいずれ《致命者》を裏切ることなんて知ってたよ……あたしにはわかってた。あんたはそういう人間」

「待って」

「待って？　いやー……もしかしてメアラ。頭悪くなった？　そんなわけないよね。あたしもあんたと同じで、頭の悪いやつとは会話したくないんだよ……本当はね……」

喉に痛み。スーディの手に力がこもっている。なにか、悪い夢を見ているような気がする。言葉も途切れがちになる。そういう風にしか声が出せない。

「いつから？　なんで？　スーディ。なんで、こういう、こと……」

「時期の話をするなら、一年くらい前かな。向こうから接触してきたよ。……理由の話をするなら、あんたが嫌いだから。それこそずっと昔から……」

喉を摑まれたまま、ゆっくりと体が持ち上がる。声が出なかった。

「天才だったよね。メアラ・テズーチカ。昔から……あんたはずっと首席で、あたしはいつも次席。別にそれはいいよ。仕方ない。どうやってもあんたには及ばないんだから……許せないのは、あんたのその態度の方ね……」

スーディの気だるいような話し方。それにしては口数が多い。メアラはそれが、彼女が苛立《いらだ》っているときの癖であることを知っていた。

(誰か)

メアラは病室の入口を見た。ドアは閉じられている。当然だ。スーディが入ってきたとき施錠しただろう。あるいは人工精霊を介して、結界フィルタを付与した可能性もある。

大声も出せないし、誰かが気づいたとしても駆けつけて来ることもできない。

「腹が立つ。好き放題に周りを振り回して……出ていくときは、残される側のことなんて考えたことないでしょ……みんなわかってない。あたしは、あんたのオマケじゃない。天才テズーチカの補佐とか、調整係なんかじゃない」

《不滅工房《ふめつこうぼう》》の研究機関を出奔したのは、正しいことだと信じていた。研究成果が政治の道具にされるような、常に上の意向に従わなければ予算もままならないような、あの場所では世界を救うようなことなどできるはずがないと思った。

勇者タイディウスの《聖剣》を、全人類が使えるような形で作り直す。

魔王都市でならば、それが叶うはずだった。そのときが来たら、《致命者《ちめいしゃ》》なんて最初から利用するだけのつもりだった。新しい時代の《聖剣》を完成させる。人類と魔族の間に均衡を生み出す。根幹の技術さえ確立できれば、あとは自分だけでやれる。

メアラが思い描く夢はそれだけだった。

「いつもいつも……私がどれだけ後始末で苦労したと思ってる？　あんたが《不滅工房》の研究機関を出てったおかげで、こんな有り様」

スーディは自嘲《じちょう》するように笑って、自分の襟元を指差した。白衣に縫いつけられた、三つの星と獅子の紋章。

「あんたの責任取らされて、降格処分だよ。派出騎士……もう研究なんてできない。最低に惨めな気分だった」

思い出すことがある。《不滅工房《ふめつこうぼう》》の研究機関。

研究の成果そのものでは、メアラはいつもスーディより高い評価を得ていた。それにもかかわらず、スーディはいつもチームの長という役職だった。それは彼女が、少なくともメアラよりは人間関係をうまくやれたからだ。

スーディが軋轢《あつれき》を解消し、メアラの行動をフォローしてくれていた。だからメアラは研究に没頭できた。

そのことが、スーディには信じられないほどの負担になっていたということだろう。こんな状況でも、メアラはどこか冷静だった。何もかも他人事のように感じる。よくない傾向だ。

それはこの状況が、自分の制御を完全に離れてしまったように思えるということだ。

「どう思う？　メアラ・テズーチカ。なんとか言いなよ」

声が出ない。喉が締めつけられて呼吸が苦しい。そんなことはスーディにもわかりきっているはずだ。つまりこれは、回答を求めた質問ではない。

拷問《ごうもん》に近い。この行為は、メアラを苦しめるために行われている。

「克己心って大事だよ。鋼核属《ゴーレム》たちが言うような、あれ……自分に打ち克つ。最初は笑っちゃったけどさ。自分を超える……っていうのは。あたしの場合、ずっとあんたの後始末をして回る人生を乗り越えるってことなんだよねえ。要するに」

スーディは笑った。

「あんたのことは、大嫌いだったんだ。いま、あたしはあんたを超える」

彼女の苦笑い以外の笑みを見るのは、いつ以来だろう。

何も思い出せない。混乱している。自分に起きていることがよくわからない。だから、メアラにはかえってよく見えた。スーディの背後。病室のドアが、弾《はじ》け飛ぶ一瞬が。

「ん」

というスーディの反応の方が、思わず体を丸めたメアラよりも少し鈍かった。

「フロナッジ」

低い呟《つぶや》き。銀色の円盤が、高速で飛翔した。銀の光にしか見えなかった。

「スーディ・ウラビスの左手首」

びぎっ、と、異様な破壊音が響いて、不意に呼吸が軽くなった。背中から寝台に倒れ込む。

呆然と立ち尽くすスーディの左手首がおかしな方向に曲がり、軽い火花を散らした。

彼女は憂鬱《ゆううつ》そうにその手首を見つめ、それから次に足元を見る。

「……こいつは、また……」

右足には鎖が巻きついている。その元を視線で追えば、病室の入口に辿り着く。

人影は二つ。銀色の髪をした少女と、ひどく眠そうな男の顔がそこにあった。

「いや。……参った。びっくりしたなあ」

スーディの声はいっそ呑気《のんき》ですらある。とても驚いているようには聞こえない。

「二人とも。なんでまたここに？　しかも、いま、私のことを名指ししたよね……それって
つまり、私が《致命者《ちめいしや》》ってことを知ってる感じ？」
「そうだ」
銀色の髪の少女は、胸を張って少しだけ背伸びをしたようだった。
「お前しかいない。ウィルガス・ルボータの腕が切断されていた。殺害現場での闘争で失った
としか考えられない以上は、誰かが処分、または回収したということだ」
静かな目で、少女はスーディを見ていた。
「ならばそれは現場検証を担当したお前しかいないだろう」
「……まあ、そうだね。綺麗《きれい》にしすぎたよ。後始末ばっかりしてた人生だからなあ」
「まったくその通りだ。時間をかけさせてくれたな」
一歩、少女が踏み出す。
「ウィルガス・ルボータによる、ほとんど通り魔的な犯行。にもかかわらず、彼に繋《つな》がる物証
は上がらなかった。おかげで捜査はここまで混乱した。お前が意図的に証拠を改竄《かいざん》し、報告す
べき内容を隠蔽していたと考えると整合性がとれる」
少女の言葉が積み上げられるほど、スーディは疲れたような顔になっていく。
「何より、お前は捜査方針をコントロールしていた。お前は自分がいかにフォレーク調整官か
ら嫌悪される種類の人間であるか、そのことをよく理解していた。お前が正しい報告をあげる

ほど、彼はそれを疑うことがわかっていたんだろう?」

スーディは何も言わなかった。やめてほしい、とメアラは思った。なぜか、自分が追い詰められているように感じた。

「それに、メアラ・テズーチカのことは調べさせてもらった。こちらには優れた探偵がいる。その過程でお前の名前が挙がってきた……メアラ・テズーチカと共同で、お前はいくつもの研究成果を発表している」

銀髪の少女は、片手に数枚の紙束を握っていた。それを床に放り出す。もう必要ないということだろう。

「だが、あくまでもお前は補佐役だったな——メアラ・テズーチカの出奔後に、お前は単独でいくつかの研究成果を発表したが、目覚ましい功績だったとはいえない。最終的に左遷されたのは、必ずしもメアラ・テズーチカの出奔による連帯責任だけではなかった」

聞きながら、メアラは吐き気に似た感触に襲われた。こんな場所にはいたくない。

「どんな恨みがあっても、私刑《リンチ》は許されない。《不滅工房《ふめつこうぼう》》に対する裏切りも同じく。私から言えることは、それだけだ」

「……やりづらいなあ。手を引いてくれない? あんた、《不滅工房》の正規魔導騎士でしょ。勇者の娘。アルサリサ・タイディウス……あたしたちは何も、人類の不利益になるようなことをするつもりはない」

スーディはむしろ落ち着いていた。動揺の欠片《かけら》もない。さきほど自分を殺そうとしていたとは思えないほど冷静に見えた。あのときの怒りだけが、本物だったのだろうか？

「《聖剣》の大量生産だよ。《不滅工房》では倫理に邪魔されてできないことを……あたしたち《致命者《ちめいしや》》にならできる。目的は同じだと思わない？　人類と魔族の均衡ってさ……」

「そのために法を犯しては意味がない。目的は手段を正当化しない」

そう告げる銀髪の少女の表情が、わずかに険しくなった気がする。

「お前を逮捕しなければならない」

「逮捕なんて……無意味だ。まだわかんないかなあ。あたしがこうして、派出騎士としてやっていられるんだよ」

スーディ・ウラビスは頭を掻きむしる。

「《不滅工房》にも、あたしたちの仲間がいるってこと……それも、上層部に。何回捕まっても結局は……あたしは抜け出すだろうし、それが無理でも、あたしの代わりが出てくる」

「それこそ、無意味なことだ」

断ち切るような言葉。アルサリサ、と呼ばれただろうか。彼女の目に揺らぎはない。

「不正な手段で何百回と抜け出してみるがいい。何百回と私が捕まえてみせる。お前たちがうんざりして、疲れ果てるまで繰り返す。私がたとえどこかで失敗しても――」

アルサリサの視線が、一瞬だけ背後を見ただろうか。眠そうな目つきの男。

「誰かがそれを補い、あるいは役目を継ぐ。諦めろ。必ず正義は証明される」

「本当、やりづらいね……」

スーディは壊れた左手をぎこちなく動かす。火花を散らしながら修復していく。自己復元の錬金錬成《れんきんれんせい》ジェネレータ。その義手自体が精霊兵装《せいれいへいそう》なのだろう。

「面倒くさいなあ。戦いたくないいんだけど」

「だったら、無駄な抵抗はよせ」

銀髪の少女は鋭く告げた。

「スーディ・ウラビス。派出騎士の連続殺人事件の首謀者、ならびに《偽造聖剣》密造の重要参考人として、お前の身柄を拘束する」

六 偽造聖剣密造事件　2

「私を逮捕？」

スーディは首を傾《かし》げた。

「どうやって？」

自信のあるやつの態度だ、とキードは思う。この手の犯罪者は、いつもなんらかの切り札を持っている。魔王都市では、特にそうだ。

「大人しく拘束されるつもりはなさそうだな」

アルサリサは静かに言った。クェンジンの鎖は、スーディの右足に巻きついている。

「ならば、手荒な手段をとる用意がある」

「うん……」

スーディが動いた。その右手が、メアラ・テズーチカから何かを奪い取るのがわかった。剣の柄だけ、のような器具を摑む。その手に、白い光が閃いた。輝く刃が生じる。キードの背筋が粟立つような、強力な魔術だった。

「手荒な手段か……。それは、あたしの台詞《せりふ》になるね」

「キード、止めろ！」

言われるまでもない。すでにフロナッジを投擲《とうてき》している——だが、無理だ。指から離す前にそう思った。体が宙に浮くのがわかった。

「アズリーン！　出番だよ」

スーディがその名を呼んだ瞬間、大きな振動が部屋を揺らした。窓ガラスどころか、壁さえ砕いて、何か巨大な影が蠢《うごめ》いた。

きききき、と、なにかの金属片がさざめくような音。銀色の影。

（こいつ）

見覚えがある。ウィルガスの奥の手だ。あの男は精霊鉄騎《ヴァルキリー》と呼んだか。

しかし、これはあのとき見たものとは比べ物にならないほど大きい。蟹、あるいは昆虫のような胴体から足の代わりに鋼のような八本の触手が生えているのは一緒だ。ただし、体軀《たいく》はこの安息聖殿《あんそくせいでん》の半分ほどにも達しているだろうか。

あまりにも大きすぎる。

（こんなやつをどこに隠してやがったんだ）

光学迷彩の一種かとも思ったが、たとえ透明にしたとしても、この巨体を隠しておけるとは思えない。キードが知らない、なんらかの新しい魔術か。あるいはハドラインでさえ到達できなかった、空間を超越する瞬間移動で呼び出したのか。

――そんな疑問を、吟味している時間はなかった。

「本当は、こいつはさ……もう少し後に出す予定だったんだ。対僭主七王《せんじゅしちおう》の精霊鉄騎《ヴァルキリー》。それもできれば《鋼帝《こうてい》》ミゼ用の……」

　スーディは右腕でメアラを抱えていた。砕けた壁から伸びてくる銀色の触手に寄りかかる。触手が緩やかな動きでスーディに巻きつくと、メアラは何かを叫び、もがいたようだったが、意味はない。

　アルサリサは躊躇《ちゆうちょ》なく飛び出した。クェンジンを振るう。

「捕らえろ！」

　スーディを逃がすまいと、輝く鎖が銀色の触手に絡みつく。キードも角を同調させた。魔力演算の強大化。鎖が何倍にも太くなり、触手と伍するほどに強化される。

　拮抗《きつこう》──しかし、それもほんのわずかな間だけでしかない。

「あ」

「う、うんっ？」

　キードは我ながら間抜けと思えるような声をあげた。アルサリサも似たようなものだっただろう。後で本人に聞いても、絶対に認めないだろうが──とにかくアルサリサの体が浮いた。銀色の触手に絡んだ鎖ごと、破壊された壁の外へ持って行かれる。

　忘れていた。アルサリサは常人をはるかに超える身体能力を持っているかもしれない。それでも巨大な怪獣と綱引きができるほどではない。

「キード！」

アルサリサは宙を飛びながら叫んだ。

「方法を考えろ、メアラを救出する！　スーディ・ウラビスは無傷で取り押さえ、それに病院への被害を——」

はるか頭上へ跳ね上がっていくせいで、後半の方はほとんど聞き取れなかった。キードは巨大な精霊鉄騎《ヴァルキリー》を眼前に見据える。銀色の触手が蠢《うごめ》き、滑らかに蠢いて、安息聖殿《あんそくせいでん》の壁を砕く。

あの精霊鉄騎《ヴァルキリー》は、この建物を敵として認識しているかもしれない。

「……なんとかしろったって」

注文が多すぎて呆れてしまう。頭を掻きむしる。

「人遣いが荒いな。でも、まあ」

やることは一つだ。振り返る。すでに到着は知っていた。ポケットの内側で、通信用のカードが赤く光っていた。

「センセイ、バケツくん、お願いできますか？」

「何をだ」

「ええ……？　いま、着いたばっかりなんですけど……？」

肩に隻眼《せきがん》のハムスターを乗せた、赤毛の男がいた。またひどく走り回ったらしく、バケツは息を切らしている。呼吸が荒い。それに制服もまたぼろぼろだ。

「オレ、今日一日で走りすぎじゃないですか？　っていうか到着するなり仕事押しつけられてる気がするんですけど。あちこちで騒動に巻き込まれるし！　センセイが主な原因で！」

「ふむ。あの巨大な鋼の怪物……」

センセイは砕けた壁の外を眺め、バケツの発言をまるで聞いていないようだった。

「多少は面白そうな相手ではないか。《鋼帝《こうてい》》ミゼと体格は伍《ご》する。あれに比べれば玩具のようなものだが……よい運動になるかもしれん。少し遊んでやってもいいが——キード、お前がやるか？」

「……そうですね」

キードはうなずくしかない。センセイに任せた場合、ろくでもないことになる。具体的には摑まっているメアラやスーディ、アルサリサのことなど考えずに全力を振るうだろう。そうなったとき、何が起きるかキードは知っていた。

（それに、たぶんセンセイの場合、間違いなく遊ぶ）

どちらが容易かという問題だ。センセイがあの精霊鉄騎《ヴァルキリー》を倒すまで病院を守る。とてもできることではない。

「俺とバケツくんがやります。センセイはこの病院を守っといてもらえます？」

自分が失敗しても、最悪、センセイがいる。そう考えれば気が楽だ。

「寝てる人がいっぱいいるんで。ニルガラの親父だったら、放っておかない」

「え！　オレもっ？」

「いい心がけだ。あれを倒せれば一人前に大きく近づく」

センセイは片目を細めた。そして、不意に跳ぶ。

「こちらは、引き受けてやろう」

壁の外から、銀色の触手の一本が伸びてきた。それで十分と思ったのか、それとも目障りな蟲《むし》を潰《つぶ》す感覚でいたのか。それはわからないが、しかし、精霊鉄騎《ヴァルキリー》の鋼の触手はキードたちまで届くことはない。

ぱん、と、いっそ軽い音が響く。精霊鉄騎《ヴァルキリー》の触手は、あまりにも呆気なく破壊された。しかも粉々だった——ガラスのような輝く欠片《かけら》となって虚空に散る。

センセイがどんな一撃を加えたのかまではわからない。ただ、精霊鉄騎《ヴァルキリー》は叫び声のような音を響かせていた。金属片がさざめくような音。今度は別の触手がいくつか、そろって安息聖殿《あんそくせいでん》に向けられる。その先端に光が灯る。

(ウィルガスのところで見といてよかった。魔術だ。撃ってくる)

ただ、その威力はあの小型の精霊鉄騎《ヴァルキリー》とは比べ物にならないだろう。

「では、後で会おう」

センセイは床で足の屈伸をしていた。短い手足を存分に伸ばしてほぐす。

「心配するな。お前たちがあれに殺されたら、仇ぐらいは取ってやろう」

なんの気休めにもならないことを言い捨て、センセイは軽く飛び、壁の外に体を躍らせた。

　それとほぼ同時に、精霊鉄騎《ヴァルキリー》は魔術を演算している。乾いた放電の音が大気を震わせると、六度か、七度。轟音《ごうおん》が轟《とどろ》き、触手から放たれる稲妻が安息聖殿に降り注ぐ。

　が、そのいずれもが切断されるように途絶えた。センセイが何かをやったのだろう。

　キードが知る限り、あの《さまよえる》クルルヴォが主力とする魔術は二つ。獣牙属《ワーウルフ》が得意とする装甲結界《そうこうけっかい》マトリクスと、超加速を可能とする仮想霊薬《かそうれいやく》プロトコル。通常の運用想定をはるかに超えた強度を持つその二つの魔術があれば、何条もの稲妻を素手ですべて迎撃することもできる。実際、その様子を目の当たりにすると黙るしかない。

「マジか……センセイ、半端じゃねえっすね」

　バケツも口を半開きにしていた。しかし精霊鉄騎《ヴァルキリー》の攻撃は終わっていない。無数の触手が光を放ち、今度は稲妻ではなく、別の魔術を演算した。

　高速の攻性呪詛《こうせいじゅそ》ボット。自立型。即席の使い魔演算。

（使い魔を演算する使い魔？　そんなことができるのか……！）

　キードにとっても驚愕するべきことだった。軍用の兵器でも聞いたことがない。

　虚空から生み出されるのは、牙の生えそろった魚だった。しかも鋼でできている。それらが空を泳ぎ、安息聖殿に殺到してくる。他の触手から放たれる稲妻も止まっていない。

　しかし、すべて無駄だ。センセイの小さな影が壁面を走り、大気を引き裂くような高速で、片っ端からそれを迎撃していく。

「あの。オレら……あんな怪獣に近づいて、ブチ倒さなきゃならないんです？」

「そうだね。ヤバいよね。だから、バケツくん」

キードはバケツの腕を摑んだ。逃がさないように。

「分担しよう。希望だけ聞いとく。防御と攻撃、どっちがいい？」

「……選択権、あるんです？」

「実はないんだ」

「ですよね！　ってか、どうやって近づくんです？」

安息聖殿《あんそくせいでん》の建物への攻撃は無駄だと知ったのか。あるいは、そもそも戦う気がなかったのか。精霊鉄騎《ヴァルキリー》はその巨体を蠢《うごめ》かせて、ゆっくりと後退していく。

「先輩！　逃げるつもりじゃないですか、あれ！」

そうかもしれない。目的は達した。だが、どこへ？

あの《致命者《ちめいしや》》には本拠地がどこかあるのか——そもそも唐突に姿を現したように見えたが、いったいどこからだろうか。いきなり姿を現したように見える、巨大な怪物。その謎を解くことが、あの精霊鉄騎《ヴァルキリー》とやらの攻略に繫《つな》がるかもしれない。

となると、やはりアルサリサが必要だった。

「どうすりゃいいんですか、殴れる距離まで近づけます？」

「うん」

キードはコートの内側から、通信用のカードを摘《つま》みだす。再び赤く明滅していた。

「色々と、連絡する先が多かったんだけど——準備完了だ。あのデカいのをやっつけようか。怪獣狩りだ」

「だから、どうやって？」

「俺たちは空を飛ぶ」

「えっ」

「ルジャル弁当の特急便。さすが、速いな」

キードは砕けた壁に歩みを進め、空を見上げる。そこを旋回する、いくつかの鋼核属《ゴーレム》の影があった。彼らは空飛ぶ魚を駆除しながら、急速度で降下してくる。

『お待たせしました。……ってところか？　キード・マーロゥ。大将？』

少しだけ小柄な、赤銅色の鋼核属《ゴーレム》。彼の名をルジャルゼドといった。移動店舗販売の元締めの一機である。

『借りを返しにきた。ルジャルの特急便が必要なら、喜んで』

「助かる。あの怪物の頭上で落としてくれればいい」

『そっから先は、あんた次第だ。あんなバケモノと戦うのはごめんだからな。ただ、あんたがもしも勝てたら、あいつの——ガフレップのやつの言うことを少しは信じてもいい。キード・マーロゥは本当に大物だってね』

「いいよ。それじゃ、信じてもらおう」

気安く請け負って、キードはバケツの肩を叩いた。

「行こうか。ルジャル弁当、バケツくんも好きだろ？」

そういう問題じゃない、とバケツの顔が言っていた。泣きそうだった。

「……それとすみませんけど、課長。頼みごとが一つ」

『はい。わかっていますよ』

「うおわっ」

部屋の隅におぼろげに浮かぶ影に、キードは気づいている。バケツは予想外だったようで、ひどく驚愕してのけぞった。

「避難誘導お願いできますか？　たぶんあのデカい怪物に、課長の魔術は効き目悪いでしょ」

『と、いうか、効かないと思いますね……』

四課の課長は、いかにも申し訳なさそうに頭を下げた。

『始末をお願いできますか、キードくん』

「やります。ちなみに、ロフノースはどうなんです？　動きませんかね？」

『約束したのは静観です。たしかに、一応ここは彼の縄張りですが……彼がもっとも欲しがっているものが何か、わかりますよね？』

わかりきっている。死体だ。それが量産できるというのなら、喜んで見守るだろう。あの怪獣が、ロフノースの部下に手を出さない限りは。安息聖殿《あんそくせいでん》でさえ、『医療事故や意図した殺害ではなく、外部からの攻撃』という言い訳が成り立つ限り安全ではない。

どいつもこいつも、魔王都市の責任者たちはろくでもない。ロフノースはその筆頭のようなものだった。

「行こう。あの怪物を止めて、メアラ・テズーチカを救出する。スーディ・ウラビスにも落とし前をつけさせないとな。あいつが何を考えてようが許さない。それができなきゃ――」

魔王とはいえない、と、口に出しかけてやめた。もっとふさわしい言葉がある。

「仁義が通らない」

◆

飛び出した空で、アルサリサは考える。推理する。

(この怪物。精霊鉄騎《ヴァルキリー》といったな)

ウィルガスが使役したものとは違う。その大きさも桁外れで、演算する魔術の威力もおそろしく高い。まともに受けることはできない。

他の触手の動きを見逃さず、その予兆を捉える。五感を鋭く尖らせる。

精霊鉄騎《ヴァルキリー》が起こす地響き、唸りをあげる風、金属片が擦《こす》れる音に、乾いた放電音。

(来る!)

アルサリサはその予兆を見て取った。アルサリサが捉えている銀色の触手全体に、火花が散るのが見えた。

次の瞬間、触手が炎を纏《まと》った。それはクェンジンの鎖を這い上り、アルサリサを焼こうとしていた。アルサリサは即座に鎖を解除する。魔術演算の中断。

「クェンジン!」

また、別の触手へ。鎖を放ち、絡みつかせる。飛び移る。目指す場所がある。鋼の触手が生えているその根元。胴体だ。

スーディ・ウラビスがそこにいる。

この距離でもはっきりわかるほど気だるげな顔でこちらを見上げ、傍らにはメアラ・テズーチカ。ぐったりと動かない女を抱えているのがわかる。

(距離がある。掻《か》い潜《くぐ》るべき触手の数は——合計で八本。いま病院に伸びたものが破壊されたから、残りは七本か。蜘蛛《くも》の足と同じだな)

事実、それを足のように使って巨体を移動させている。鋼でできているようだが、その動きは非常に滑らかだ。

どこに向かうつもりだろうか。西へ——《冥府《めいふ》の貌《かお》》のロフノースの領域を抜けて、街の外を目指しているようにも見える。ただし、ここで注意すべきは、こんな巨体がどこに潜んでいたかということだ。

（迷彩でこんな巨体は隠せない。……可能性は一つだ。弱点もそこにある）

アルサリサはその弱点をすでに看破していた。手がかりは得ている。今回は幸運だったと言ってもいい。

（倒せる。この怪物の正体は、もうわかった）

それほどたいしたものではない。見た目が大掛かりなだけだ。やれる。

問題は、それを実行するための方法。

「クェンジン！」

次の触手が、うねりながら迫る。今度は最初から炎に包まれていた。おそらくは感染呪詛ボット。触れた魔術や物体に感染し、発火させる性質のものだ。

「解除——捕らえろ！」

クェンジンの鎖を引っかけ、炎が這い上ってくる前に解除する。そしてまた別の触手を絡めとる。空を飛ぶような曲芸で、また近づいた。

次へ。さらに次へ。攻撃を凌《しの》ぐのは難しくはない。触手の動きは素早いが、攻撃の照準は大《おお》雑把《ざっぱ》だ。アルサリサなら回避できる。

魔術が演算されて、炎の嵐が渦を巻く。鎖を放って別の触手に跳び渡る。鋼の槍が無数に生成される——剣で払いのけ、あるいは蹴とばして捌《さば》く。

（やはり推測通り。こいつはあまり複雑な魔術は演算できない。力押しが基本だ）

おそらくは使い手が制御可能な範囲に留めるためだろう。仮に複雑な判断能力を持たせるとすると、今度は使い手を巻き込むような魔術を演算しかねない。だから攻め手が単純で、把握しやすい攻撃に限られることになる。

ただしそれでも、防戦を続ければ限界はやってくる。敵の手数が多すぎた。

「アズリーン……五番目の足に、敵がくっついてるよ」

スーディの声がかすかに聞こえる。

「面倒だ。自分の足ごと撃っちゃって！」

アズリーン、という名前なのか。精霊鉄騎《ヴァルキリー》の触手が振り上げられ、魔術を演算する。ごく単純な攻性呪詛《こうせいじゅそ》バッチ。触手の一本が青白く輝いた。激しい熱と光が満ちる。魔族の軍用魔術を越える出力。まともに受けるのは愚かだろう。

熱線。それが、一直線に放たれてくる。

（しかし、狙いは甘い……！）

そこに希望を見出し、アルサリサは回避を試みようとした。が、触手は大きく蠢《うごめ》いて、その光を刃のように薙《な》ぎ払う動きを見せた。

まさしく自分の足ごと、切除しようとしたようなものだ。

（まずい）

アルサリサは鎖の実体化を解除する。最大速度で、次だ。次の鎖を。演算する――前に、その連中が飛んできた。

「よしきた！　完璧なタイミング！　アルサリサちゃん、助けに――うぉっ、おあ、おあああああっ！　えっ？　マジっ？」

まずは赤い髪の若い男だ。上空からおそるべき高速で落下してきて、アズリーンの攻性呪詛バッチによる熱線の直撃を受けた。じゅうっ、という音は気のせいだったかもしれない。

「あー……すごい熱そう」

もう一つ、頭上から風を切る音と、間延びした声が落ちてくる。

「でも、ありがとうバケツくん。これなら防げる」

赤い髪の若者――つまりバケツを焼いた光は、威力を減少しながらもアルサリサへ向かう。その残余は輝く盾が防いだ。キードだ。

「あっつ。脆《もろ》くなってんな。コヴルニーのやつ、使い方が荒すぎ……」

少しだけ顔をしかめる。その手にある精霊兵装《せいれいへいそう》の盾は、そう珍しいものではない。派出騎士の標準装備だ。ザウラン礼七式。ただ、それをキード・マーロゥが使うとき、角の同調によって通常をはるかに超える性能を発揮することをアルサリサは知っていた。

このとき、威力を減じていたとはいえ、あの高威力の熱線さえ防いでみせた。

「遅い」

ぼやいて、アルサリサは片手で彼を受け止めた。彼女にならできる。

「だいぶ待ったぞ」

自分でも思いもよらない冗談が出てきた。キードが吹き出すのが分かった。

「余裕ありますねえ」

「危険なときほどふざけて緊張を解く。戦いのコツだ」

「さすが。すげえ学習能力」

キードは声をあげて笑い、もはや大きな亀裂《きれつ》の入った盾を放り捨て、アルサリサの肩と鎖にしがみついてくる。こうして触れてみると、意外なほど筋量があるのがわかった。

「キード。速攻の必要がある。スーディのいる胴体まで辿り着きたい。方法はあるか？」

「もちろん。だいぶ忙しいし、危険ですけど」

「……なら問題ないな。いつも通りということだ、任せる」

「任されました。じゃあ、バケツくん！　聞こえる？」

キードが怒鳴った。ほとんど消し炭のようになりながら、バケツは別の触手にしがみついていた。肉片になってへばりついている、というべきかもしれない。

それでも彼は肉体を治療しつつあり、びくびくと痙攣《けいれん》しながら片手をあげた。返事はないが聞こえている。キードはそう信じることにしたようだ。さらに大声を張り上げる。

「もう一回だけ防いでくれる？　俺とアルサリサどのがなんとかするから！」

バケツの焦げた腕がゆっくりと振られる。それは『無理』と言っているようにアルサリサは思えたが、キードは意に介していない。

「三つ数えます。総攻撃が始まるんで」

コートの内側。キードは赤く明滅する小さなカードを覗《のぞ》き込んでいた。総攻撃。アルサリサはその言葉に不吉な感触を覚えた。

「待て、総攻撃?」

「そうです。覚悟決めてください。一つ、二つ──、あっ。やばい、もう?」

精霊鉄騎《ヴァルキリー》──アズリーンの足元で、何かが弾《はじ》けた。炎か。闇夜の中で、赤くまぶしく燃え上がるのが見えた。アズリーンの巨体が大きく揺れて、体勢を崩す。移動速度が落ちる。

鋼の触手が一本、粉々に砕けて吹き飛んでいた。銀色の欠片《かけら》が散る。

「ちょっと速いって。喧嘩《けんか》っ早いんだよな、あの連中」

『大きなお世話です』

落ち着いた、聞き覚えのある抑揚。肩のあたりだ。血液で作ったコウモリのような生き物が飛んでいた。浄血属《ヴァンパイア》が演算する使い魔の一種だ。探知呪詛トラッカー。

とすれば、これはラズィカだ。イオフィッテの會《かい》の序列四位。彼女の仕業《しわざ》だとすれば納得できる。浄血属《ヴァンパイア》は血液を魔術の媒介とする性質上、罠を作り出す能力に長けている。声や電流といった媒介とは違い、血液はその場所に残存するものだ。強力な魔術を演算し、罠のようにして設置することができる。

『支援しました。早く本体をどうにかしてください。本来なら盟約の規定外ですが、姫様のお言葉を伝えます。いいですか。《これは貸し》、ですからね』

「十分だ。これなら、あっちも」

がくん、と、アズリーンの巨体が揺れた。今度は完全に停止する。前足の役目を持つさらに二本の触手が、地面に沈み込んでいた。黒い影が広がっているのがわかる。それが沼のようになって前足を捕らえている。

(こっちは幻影属《デーモン》か?)

アルサリサも知っている。影を媒介にする魔族。人類領域ではまず見かけることはないが、その種族の魔術だろう。

『――まったく、コキ使いやがって。こいつは俺たちの大損だな』

キードの影から、誰かが喋《しゃべ》る声がする。どうやら男のようだ。アルサリサは知らない。

『いいか、こいつは貸しだからな。お人好しな俺の特別サービスだ。わかるな?』

「よく言うぜ、ザルフゴール」

キードは鼻で笑った。ザルフゴール。それはたしか、新たな《白星會《アルブム》》の支配者の名ではなかっただろうか。

「人の影に魔術を仕込みやがって。あの夜からか?」

『へへ！　攻撃の意図はなかった。だろ？　あんたの《王冠》がおっかなくてよ……下手な仕掛けは打てなかった。助けてやったんだから感謝しなよ、これが慈愛さ』

「大嘘をつくんじゃねえ。あの怪物の正体と、《致命者《ちめいしゃ》》の情報が優先なんだろ」

『俺ァ実は勉強家でね。個人的にも色々と調べてる。《致命者》ってのは面倒だから、この機会に少しでも――おっと。そろそろ限界だ』

　アズリーンの声に雑音が混じった。稲妻が迸《ほとばし》り、足元の影に突き刺さる。こうなると、幻影属《デーモン》の魔術は脆《もろ》い。光によって威力を大きく減じる。前足の二本が沼から抜けだす。

　しかし、そのうちの一本の足は半ばから引きちぎれていた。

　これで触手は残り四本。かなり削ったことになる。自分の体を支える分を除けば、攻撃や防御に回せるのは残り一、二本といったところだろう。

『後はおたくらでどうにかしな。あれを逃がすなよ……キード・マーロゥ』

「わかってる。アルサリサどの！」

「行く。少し耐えろ、キード」

　アルサリサはクェンジンを振るった。

　実体化した鎖の解除と、再演算。それを立て続けに、連続して行う。すでにそれを実行する魔術は組み上げてある。あとは魔力。魔術を演算してそれを消費することは、叫び声をあげ続けることに似ている。

これだけの連続演算はアルサリサにとっても大きな負荷だった。それでも、いける。アルサリサはそれができるように己を鍛え上げてきた。

「クェンジン!」

鎖はアルサリサとキードを巻き取って、空中を跳ねるように、アズリーンの胴体へ迫った。迎撃のために触手が蠢《うごめ》く。物理的に阻むつもりだ。魔術が演算され、表面が赤熱して超高温となる——が、それも途中で切断された。砕けた触手は銀色の欠片《かけら》となって飛び散る。瞬《また》くような光が、虚空を走るのが見えた。

「大将!　やりましたっ」

ひび割れたような声。キードの知り合いだろうか。翼を展開した鋼核属《ゴーレム》が何機か、空をかすめるのが見えた。ガフレップ、だっただろうか。それ以外にもキードには鋼核属《ゴーレム》の知り合いがいるらしい。彼らが同調させた攻性呪詛《こうせいじゅそ》バッチが、触手の一本を両断していた。

(まったく)

このキード・マーロゥという男は、とんでもないことをしてくれる。

たしかにこれでスーディ・ウラビスの下へ辿り着けはするだろう。だが《冥府《めいふ》の貌《かお》》のロフノースの縄張りで、ここまで公然と他の會《かい》の魔族が暴れていいものだろうか。それに『貸し』と言っていた。

絶対に、後で面倒なことになる。そのツケを支払う必要が出てくるだろう。

（とはいえ、それは私も同じことだ）

ツケを支払うなら、自分もだ。それでも後悔はない。スーディ・ウラビスに、メアラ・テズーチカ。どちらも逮捕しなければならない相手だ。

それができなくては、正義が証明できない。アルサリサは鎖を放ち、スーディ・ウラビスを睨《にら》んだ。

「ち……」

と、彼女は舌打ちをしたと思う。

「無駄なんだけどね……。止めて、アズリーン！」

アズリーンの金切り声が響き、銀色の触手の一本が蠢いた。放電。乾いた音。強力な魔術がいくつも演算されている。攻性呪詛ボット。錬金錬成《れんきんれんせい》ジェネレータ。占術探知トラッカー。

アルサリサはそのすべてを、瞬時に判別した。

（どれも厄介だな）

攻性呪詛ボットは光の熱線を生み、錬金錬成ジェネレータは触手の表面に棘《とげ》を生じさせる。占術探知トラッカーは無数の小さな影を生んだ。魚か。空中を泳ぐ、牙の生えた魚。一度にこれを演算されたら、個人では凌《しの》ぎきれない――通常ならば。

だが、ここには対応できる者がいた。バケツだ。

「ご、ぐぅぐぐぐうっ」

それは雄叫びだったのかもしれない。喉が破壊されたままなのに、異様な声をあげて跳んでくる。治りかけの中途半端な姿で、両手を広げて触手を受け止めた。狙いがわかっているのだから、阻止するのも容易《たやす》かったかもしれない。

光の熱線と、鋼の棘《とげ》の触手。それに無数の魚も、大半が彼に食いついた。

「ぜんヴぁっ、ばっヴぁおっ、ぼべっ」

「大丈夫。任せときなって」

何を言っているかまるでわからないが、キードに何か懇願したようだ。当のキードは適当に手を振り返して──その動作が、フロナッジの投擲《とうてき》になっている。

「飛ぶ魚。ぜんぶ壊せ」

高速の機動。それは残りの魚の使い魔を撃ち落とし、最後の跳躍《ちようやく》を行う隙《すき》を作る。アルサリサもまた、クェンジンで牙のある魚を打ち払う。鎖を放って跳ぶ。転がるように胴体への着地を果たす。キードもうまく受け身をとれたと信じることにする。

「スーディ・ウラビス！」

演算された鎖が、蛇のように走る。狙いはスーディ。その身を拘束すれば、すべての片がつくはずだ。ただ、届くことはない。

「無駄だって……」

スーディは右手を振った。

メアラから奪った《偽造聖剣》がある。これまでのものよりさらに高性能な偽造品。それは飛来した鎖を簡単に切断し、さらにもう一手。彼女は少し自慢げに微笑む。

「アズリーンはね……この程度で負けるようには、作ってない。導師《どうし》の叡智《えいち》が私の技術を完成させてくれた。ただの偽造屋のメアラよりも、いまは私の方が大きなものを作れる」

三本。触手が伸びてきた。ラズィカと、ザルフゴールが破壊したはずの触手だ。それが完全に再生しつつある。きききききっ。と、金属質な音が響く。

「だからさ……何度やっても無駄。諦めなよ」

スーディは銀色の左手を開く。指を鳴らす。

「ここからなら、さすがに防ぎきれないでしょ……捕まえた」

再生を果たした触手が三本。すべて同時に、アルサリサを狙っている。三本の触手の先端にはすでに光が灯っており、魔術の演算が完了していることを示していた。

ぱきっ、と硬質な音が響いた瞬間、アルサリサの足元から赤黒い縄が生えた。

回避する余地もない。その縄に絡みつかれて、アルサリサは自分の体が急激に重たくなるのを感じた。封印汚染プロトコル。気づけば膝をついていた。動けない。

だが、もう終わった。

「キード！」

残った力をかき集めて、声を絞り出す。

「この怪物は、あれと同じだ。研究室で見ただろう！」

アルサリサは精霊鉄騎《ヴァルキリー》というこの怪物の正体を、もう推測できていた。スーディの研究室で見た、針金細工の蜘蛛《くも》に似た使い魔。捜査現場では指先ほどに小型の個体も見かけている。

この巨体は、それが寄り集まって構成されている。だから破壊されてもすぐに復元できる。解体して街中に散らばることで、その身を潜めることも可能だろう。

針金細工のような使い魔同士を組み合わせて、一つの個体として動かす——およそ信じがたい魔術だ。個々の使い魔の動きの複雑性もさることながら、統合された個体として動作させるには、莫大な魔力が必要になる。

そんなことを実現しているからには、少なくともただの精霊兵装《せいれいへいそう》ではない。現行の魔術工学の域を超えている。

だが、制御の手段はすでに理解していた。全力で叫ぶ。

「スーディの左手だ……壊せ、キード！」

「フロナッジ。スーディ・ウラビスの左手を」

低い声。銀色の円盤が空を走った。

「破壊しろ！」

「無駄……防いで、アズリーン」

スーディの声には、まだ余裕があった。

銀色の触手の一本が、アズリーンを守るように蠢《うごめ》いた。その表面を防性結界フィルタが覆っている。強力な魔術演算だった。そもそもフロナッジは威力に長けた精霊兵装ではなく、あくまでも『探査』が第一義だ。強力な結界魔術を突破できるものではない。

そのはずだったが、このときは違った。

アルサリサは知っている。キード・マーロゥは魔族とのハーフだ。その力は魔術の演算を強化する。彼がフロナッジに対してそれを使ったところを見たことがない。

つまり、隠している。それはキードにとって本物の切り札のはずだ。

「い」

キードが頭を掻きむしる。小さな角が、火花とともに輝いた。

「け！」

フロナッジが空中で痙攣《けいれん》するような動きを示した。眩く輝き、破壊音にも似た破裂音を響かせる。その輪郭が一瞬、輝いて膨張するのが見えた。

黄金色に輝く光の輪だ。アルサリサには、そんな風に見えた。

闇に焼けつくような、金の軌跡を残す光輪の飛翔。それが触手に触れた途端、表面を覆う結界フィルタごと、粉々に粉砕していた。あまりにも簡単に、爆《は》ぜるように千切《ちぎ》れて吹き飛ぶ。

魔力の衝突が渦巻くような風を生む。

アルサリサは顔を覆い、風の向こうに目を凝らす。

（もしかしたら、これが——本来の形なのか？）

一説によれば、魔王ニルガラの母は、頭上に浮かぶ光の輪を有する希少な魔族の出自であったという。名前すら失われた、太古の魔族の末裔《まつえい》。

（フロナッジか。魔王ニルガラの、王冠……！）

あとは、フロナッジの飛翔を邪魔するものはない。義手であったスーディの左手を、フロナッジが破砕する。それがアズリーンを制御するための兵装であることは確実だった。

途端に、アズリーンが力を失う。すべての触手が崩れ落ちる。アルサリサを縛っていた赤黒い縄も消えている。

「ま。ま、まだ……！」

スーディは左手を修復しようとした。錬金錬成《れんきんれんせい》ジェネレータ。だが、アルサリサが自由になった以上はもう遅い。

じゃっ。と、輝く鎖が伸びて、その魔術の演算をクェンジンの鎖が防いでいる。

「修復はさせない。終わりだ、スーディ・ウラビス」

「手間をかけさせやがって、まったく……」

キードはふらつくような軌道で戻ってきたフロナッジを摑んだ。

「これをやると、しばらく使えなくなるんです。修理が必要……正真正銘、最後の手段ってわけで、滅多にやることじゃないんだぜ」

キードの言葉を証明するように、フロナッジから煙が上がっているのがわかる。よほど負荷をかけたのか。熱を持っているようで、キードの指先も焦げていた。

「スーディ。お前、整理と分析は得意だけど、こういうモノづくりは得意じゃないだろ。攻撃方法は力押しで、小さい標的に対する照準はお粗末だ。戦闘判断だって使い手に依存してる」

「……なにが言いたいわけ?」

「適材適所。お前にはお前の役目があったんじゃないか? メアラ・テズーチカとは違う……勇者には勇者の役目があるし、魔王には魔王の役目があるくらいだからな」

「ああ、そう。マジでくだらないこと言うね……なにもわかってない……」

スーディは吐き捨てるように言った。

「それでも私は、メアラ・テズーチカのようになりたかった。後始末係では終わりたくなかったんだよ。たとえ身の丈に合わない望みだろうが、なりたいものになろうとした……」

アルサリサは、その物言いが痛烈な皮肉を含む気がした。身の丈に合わない望み。それは、アルサリサに対しての皮肉だろうか。あるいはキードに対するものか。

「だから……的外れな説教をしないでよ、キード・マーロゥ。私はどんな手段でも使うつもりだった。自分の限界はわかってる。それ以上のなにかになるには、それしかなかった」

「そいつはお前が的外れだ、スーディ・ウラビス」

キードは笑った。その顔はどこか冷たく、嘲笑に似ていた。

「仁義に外れたことをやるべきじゃなかったし、正義を敵に回すべきじゃなかった。お前はなりふり構わない手口が一番の近道だと思ったんだろうが、そいつは一番危険な道だった」

「……仁義って、なにさ。偉そうに。キード。あんたの正体を、あたしは知ってる」

スーディは疲れきった目でキードを睨《にら》んだ。

「あんたごときが、魔王の後継者を自称するつもり?」

アルサリサは何も口を挟まなかった。それが正しいと思った。

「……謙虚さは誇るものじゃない。他人に向けられない誠実さはただの自分勝手で、一方的な慈愛は嫌がらせ……はは。馬鹿みたいじゃない? 魔王ニルガラの主張は所詮《しょせん》、否定形でしか語れない。所詮それだけの、陳腐な説教……あんたはその受け売りでしょ?」

「否定形か。俺はそれでいい。……そうじゃなきゃダメなんだと思う」

キードはまた冷たく笑って、スーディの腕を掴んだ。

「俺は嫌だね。たかが言葉で語り切れちまうもののために、命をかけられるのか? 生きる理由を説明しつくして、その後は何が残る? いまはっきりわかった」

そうして彼は断言する。

「魔族を動かすなら理屈じゃない。俺は、俺の行動で、あいつらが憧れる仁義を作り直す」

もうスーディは何も言わない。ただ、キードとアルサリサを睨んでいた。

(言葉では、説明したくないものか)

キード・マーロゥは、己の行動原理をそうやって割り切っているのかもしれない。しかし、自分にとってはまた別だ。言葉でしっかりと説明できなければ、いったいどうやって法の正義を証明できるだろう?

「アルサリサどの。例のやつ、お願いします」

「ああ。……午前十時十六分。スーディ・ウラビス」

これから何が起こるか、わかっている。正義を貫こうとしたツケをとらねばならない。

それでもアルサリサは、背を伸ばしてスーディの手首にクェンジンの刃を触れさせた。鎖が展開され、彼女を拘束する。

「《聖剣》偽造の容疑でお前を逮捕する」

七 報告書　聖剣の偽造と《致命者》について

取調室に現れた男は、キード・マーロゥと名乗った。

派出騎士であるという。所属している四課というのは聞いたことがないが、よほど特殊な仕事をしていると見えた。この自分を——メアラ・テズーチカを尋問するというのだから。

「スーディは？」

対面に座ったキードが何かを質問する前に、メアラは尋ねた。

「どうなったの？　ひどいこと、してない？」

口にしながら、滑稽《こっけい》だと思った。『ひどいこと』をしたのは自分の方だというのに。

「いきなりそれか。質問する側が逆だろ」

キードは苦笑いをして、分厚く見える紙の束を机に放り投げた。それを見ながら会話するつもりはない、という宣言のようだった。そのまま椅子にもたれかかる。

「だけど、安心しな。スーディ・ウラビスは《圧縮封炉》だ。誰も出られないし、誰も侵入できない。ま、安全な場所だってことだ」

「……そう。ひどいことをしないで。これ以上……」

メアラにはそれ以上、言えることがなかった。その資格もない、と感じる。キードの言うことが本当かどうか、確かめる方法さえない。

「ひどいことをしないためには、情報が必要だ。あの女。あんたの友達、喋《しゃべ》る気がないみたいでね。《不滅工房《ふめつこうぼう》》からの審問官が到着する前に、価値のある情報が必要だ。やつらの取り調べはかなりきつい」

キードは淡々と語る。見え透いた手だ。脅迫されている。しかし、メアラはそれが半分以上は事実であることも知っている。《不滅工房》の審問官はたしかに甘くはない。

それにメアラには、『彼ら』への忠誠心も義理もない。知っていることは喋る。それで少しでもスーディへの尋問が緩むなら。気づかないうちにうつむいていたらしい。顔を上げ、正面からキード・マーロゥを睨《にら》む。

「何が聞きたいの？」

「《致命者《ちめいしゃ》》についてだ。こっちも少しは調べてるんだけどさ」

調べている。メアラは鼻で笑ってしまいそうになった。人間の、しかも派出騎士がなにを調べられるというのだろう。どうせなにもわかっていないに違いなかった。

「あんたと、スーディ・ウラビス。それに……あんたが最初に接触した派出騎士。一人目の被害者、アレクス・モラードって男。あいつも《致命者》の回し者だったんだな……そこで気になって身柄を深く調べたんだが」

キードは横目で分厚い資料の山を一瞥《いちべつ》する。

「戸籍が消えてる。ある時期から《不滅工房》の大書庫にも経歴が一切記録されていない――

あんたら、死んだことになってるんだ。人類の社会にとってはね」

「そっちの方が、都合がいいから。その都度、身分を捏造《ねつぞう》して仕事をするの」

メアラも《致命者》となるときに、死んだことになっている。命を失った者。《致命者》という組織の名はそれを意味している。

「もうわかったでしょ。《不滅工房》にも《致命者》は入り込んでる」

「そうみたいだな。不死属《アンデッド》よりも性質が悪い亡霊だ」

少しだけ、キードは身を乗り出した。

「やつらは何者だ？　何が目的で、《聖剣》の偽造なんてやってるんだ。魔族と人間の混合組織なのは間違いない」

ウィルガス・ルボータと自分が組んでいたのを知っていれば、当然の結論だろう。魔族と人間が組んで、《聖剣》の偽造を試みていた。

「スーディのやつは、人類と魔族の均衡のためとか言ってたな。けど、絶対にそれだけじゃねえだろ。何を考えてる？　なんで《聖剣》の偽造なんて進めたんだ？　しかも、あんたらの技術は《不滅工房》を大きく上回ってる」

「それは、私がいたからね」

「だろうな。あんたは天才だ。研究結果を見てビビったよ」

これもまた、見え透いた賞賛だ。当然のことだからあえて反応はしない。

「でも物資は？　どうやって用意したんだ。ウィルガス・ルボータなんかには無理だろ。あいつはただの工房だった」

「《致命者《ちめいしゃ》》を支援している存在は、とても大きいの。その目的と同じくらいね」

「その存在ってのは？」

「神様」

ぽかん、と口を開けるキードに対して、メアラは不毛な優越感を覚えた。

「誤解しないで。そう呼ぶしかない存在ってこと」

「神様か。俺が知る限り、そいつは――」

「魔族が生物として台頭する前に存在した、『信仰』っていう仕組みの対象ね。教会なんかはその名残。千年も前に廃《すた》れたけど」

「そうか」

キードは呻《うめ》いた。

「始原精霊《しげんせいれい》」

この男も知っているのか。意外な気がした。

始原精霊――そう呼ばれている存在は、かつて実在したと考えられている。自然の具現化。災害であり、恩恵であり、祝福でもあり呪詛でもあった。魔術とは彼らのものであったとも伝えられている。だから、信仰の対象にもなった。『神』という古い概念そのものだ。

「魔族は始原精霊から魔力と、そして演算する角を与えられた……って」

メアラはキードの反応を見つめながら、言葉を続ける。

「古い歴史書には、そう書かれてる。でも、それは嘘」

「もう十分だ。実際のところは違うんだろ」

どこか投げやりに言って、キードは薄く目を閉じた。

「……当ててやる。本当は、魔族が始原精霊から、なんらかの方法で魔術の力を奪い取った。そうだろ？」

「なんだ。知ってたの？」

「いいや。魔族がそんな殊勝な連中じゃないと思っただけだ。推理だよ、俺の」

「じゃ、《致命者》がどういう集団かもわかる？」

「始原精霊を崇《あが》める、イカれた連中の集まりだ。違うか？」

「残念」

メアラは鼻で笑った。しばしば人を苛立《いらだ》たせると注意された笑い方だ。キードもさぞかし不愉快になっただろう、と思う。

「始原精霊を崇めてるんじゃない。仕えてるの」

「何が違う？」

「始原精霊の意志を実現するために、方法を用意する。そういう組織」

「ご神託ってやつか？　始原精霊《しげんせいれい》と会話できるような言い方だな」

「始原精霊は実在してる――その意志が、組織を動かしてる。《聖剣》の偽造もその一環ね。魔族と人間の争いを加速させるために、さらなる力を手に入れてばら撒《ま》く。あいつらは世界を取り戻そうとしている」

メアラは復讐のつもりで、キードにすべてを告げることにした。

「誰かがなんとかしなくちゃいけない。世界はもう崩れる寸前。魔族も人類も愚かで傲慢《ごうまん》で、そして自分自身を滅ぼすことのできる力を手にしている。正しい支配者が玉座《ぎよくざ》につかなければならない……それが《致命者《ちめいしや》》の教義」

「《致命者》どもは」

キードは慎重に言葉を選んでいるようだった。壁にかかった時計を見る。時間は限られているのかもしれない。その中で、少しでも意味のある情報を得ようとしている。

「《致命者》どもは、その始原精霊が支配してるのか。今回の騒動の糸を引いて、スーディ・ウラビスを操ってたのもそいつだって言いたいのか？」

いい聞き方だ、とメアラは思う。自分の敵意を煽りつつ、最大の脅威を知ろうとしている。思ったよりも頭は悪くないのかもしれない。

「君臨しているのは、始原精霊かもしれない。でも支配しているのは別。導師《どうし》たち」

「導師？　胡散臭《うさんくさ》いな。どんなやつらだ？」

「彼らは、始原精霊と交信することができる」

《致命者》という組織の中でも、それができる者は限られている。メアラが直接知っているのも一人だけだ。本当にその託宣を受けることができるのか。そこまではメアラも知らない。

ただ、現在の人類や魔族では理解不能な力を持っていることはたしかだ。スーディ・ウラビスが精霊鉄騎《ヴァルキリー》を実現させたのも導師の手助けによるものだろう。『自分たちは、始原精霊から投射される奇跡の一部を分け与えられている』――そんな風に表現していた。

「私が知ってる導師は、一人だけ。それも、あの男は……人間ね。魔族じゃない」

「名前を言えるか？」

「『案内人』のマトニークと名乗ってたわ。気味の悪い笑い方をする、白髪の男」

「……待て。なんだ？　マトニーク？　そいつは――」

顔が歪む。キードが何か言いかけたときだった。ぎし、と、金属の軋《きし》む音がした。入口のドアが不意に開いている。

「キード・マーロウ」

数人の男たちが、足音も荒く踏み込んできた。あっという間にキードを囲む。派出騎士とは制服と、携行している精霊兵装《せいれいへいそう》が少し違う。従騎士か。

「取り調べは中断だ。フォレーク調整官から命令が下された。収監する」

「あ、いや、ちょっと！」

キードは慌てて立ち上がる。

「待ってくださいよ。もう少しだけ！　まだ早いはずです。せめてあと五分！　この子は俺がいま話を聞いてるんで、収監まで時間をくれませんかね？」

「勘違いするな。収監するのは、お前だ」

「え」

強引に、キードの襟首を掴んだ者がいる。腕を捻《ひね》り上げた者も、その手首に鉄の枷《かせ》を嵌《は》めた者もいた。すべてが終わるまで、五秒とかかっていない。

「背任の疑いでお前を拘束し、《圧縮封炉》へと送る。抵抗は無駄だ。お前にはいくつもの容疑がかけられている。僭主七王《せんじゆしちおう》との内通、暴力行為、はぐれ魔族への利益供与——他にも数えきれないぐらいのな」

「おい……おい、冗談じゃねえぞ」

キード・マーロゥは、頬を机に押し付けられながら唸った。

「マジかよ」

◆

アルサリサ・タイディウスは激高していた。

「なぜですか?」

ジリカ・ロッカーラのデスクを叩く。一課の主任課長である彼女は、特別に個室をあてがわれている。それでもデスクを叩いた音は部屋の外に漏れて、いくらかの注意を引いたようだ。しかし、気にしている場合ではない。

「なぜ、キード・マーロゥが拘束される必要があるんですか!」

「報復、だろうな。嫌がらせも兼ねている」

アルサリサの問いに、ジリカは短く応じた。どこか冷たい視線は、アルサリサではなくどこか別の場所を見つめているようでもある。

「フォレーク調整官の命令だ。お前の補佐役であるキード・マーロゥを捕らえることは、まずはお前を動揺させるためだ。だから、そう感情的になるべきではない。落ち着け」

「落ち着いています」

「そうは見えないな」

「……落ち着いています」

そうだ——アルサリサはデスクを叩いた手をゆっくりと引っ込める。大きく、深い呼吸を一度だけ行う。冷静にならなくては。

「今回の件で報復を受けるべきは、私ではないのですか。あのとき……フォレーク調整官の提言に対して異議を申し立て、捜査権を奪ったときに覚悟していました」

「では、その覚悟が甘かったな。いや、フォレーク・イズニェルの悪意と、その発露の方法を誤解していたというべきか」

ジリカの表情は微動だにしない。いつも通りだ。

しかしそれでも、アルサリサは彼女の表情にある微妙な揺らぎを感じ取った。ことさらゆっくりと瞬きをしている。その瞼《まぶた》が震えている気がする。だとすればこれは、彼女も怒っているのだろうか。

「次にフォレーク調整官が打ってくる手も予想がつく。キード・マーロゥからなんらかの罪状を引き出すことで、アルサリサ・タイディウスの責任問題に持ち込むつもりだろう」

「キードが、なんの罪を」

言いかけて、無意味だと思う。キード・マーロゥは違法捜査を常習的に行っていた。叩けばいくらでも埃は出るだろう。

「……あの男は、まあ、たしかに罪を犯してはいます。しかし、報復するというのなら私自身に対してすべきでしょう！　それにキード・マーロゥが捕まったということは——この街の勢力に大きな影響を及ぼすはずです」

「そう思うか？」

ジリカの視線が、アルサリサに焦点を合わせた。空気が張り詰めた気がする。

「なぜ、そう思う？」

「それは、キード・マーロゥが――」

言うべきか、一瞬だけ迷う。しかし、もう隠す意味はない。

「いずれ魔王になる。少なくとも、本人はそう考えている男だからです」

「さすがに、それは知っているのだな」

「はい」

魔王ニルガラの王冠を継いだ、魔族とのハーフ。はぐれ魔族たちとの繋《つな》がり。そこまで推理の材料が揃っていれば、結論に辿り着くのは簡単だった。

キード・マーロゥこそがはぐれ魔族たちの顔役だ。彼らを統率し、動かしてきた。隠然たる独立勢力。彼の目指すところを考えたとき、それは一つしかないだろう。魔王ニルガラの跡目を継ぐこと。

キードは僭主七王《せんじゅしちおう》とは別の手段で、魔族を束ね、支配しようとしている。もはやそれは疑いようもない。

「ならば、きみからすれば、彼が投獄されているいまの状況は望むところではないのか？」

「いいえ。以前に申し上げたように――私は、《不滅工房《ふめつこうぼう》》を掌握したい。あの男が魔王の跡目を継ぐのなら――」

はっきりと、言葉にしようと思った。アルサリサは拳を固めている自分に気づく。

「私は勇者の跡目を継ぐ」

強く断言する。ジリカは笑うこともなく、アルサリサを見据えていた。

「勇者を継ぐ者が、魔王を継ぐ者を従えようというのか?」

「そのくらいでないと、勇者の跡目は務まらないでしょう。キード・マーロゥ。あの男は使えます。いずれ、この魔王都市を動かす男になってもらいたい。フォレークごときに足を引っ張られている場合じゃない……!」

「そうだな。いいだろう」

ジリカは軽くうなずいて、立ち上がった。

「協力体制を結ぶべきだと考える。アルサリサ・タイディウス」

「……協力?」

違和感のある言葉だ。ジリカ・ロッカーラは、一課の主任課長ではないか。派出騎士としては奇妙な言い回しだった。

「キード・マーロゥは、私の王だ。いずれ魔王になってもらわなければ困る」

アルサリサは黙っていた。状況を整理する必要があった。『私の王』と呼んだ。それはつまりこのジリカ・ロッカーラがキードの勢力に属することを意味している。

「きみの言った通りだ。フォレークごときを相手にしている暇はない。我が王には一刻も早く出獄してもらいたい。目障りな《致命者《ちめいしや》》どもを、我々の街から叩き出すためにな」

喋《しゃべ》りながら、ジリカは口角を吊り上げていく。どこか獰猛《どうもう》な笑みだった。

そのときようやく確信できた。ジリカもまた、激しく怒っている。アルサリサに落ち着くよう促したのは、自分に対しても言い聞かせていたのだろう。

「キードを牢から出す。それについては、私も同意します。しかし、どうやって？」

「我が王は解決方法を用意する能力において天才的だ。緊急時の手はすでに打っている。とある魔族と行動を共にしてもらいたい。キード・マーロゥを出獄させるためだ」

「それは――」

「そう。ぼくだよ」

天井のあたりで、何かが羽ばたくような音がした。見上げる。赤いコウモリが、そこにいた。

咄嗟《とっさ》にクェンジンの柄に手を添えたアルサリサを、少しからかうような声音でささやく。

「アルサリサ。久しぶりだね。もう一度、きみとじっくり話がしたいと思っていたんだ」

「イオフィッテ……なのか」

《夜の君》イオフィッテ。血液でできたそのコウモリは、彼女の使い魔であるようだ。さすがに少し驚かされる。

「なぜお前が？」

「ずいぶん刺々しいね。悲しいよ。この前は協力して戦った仲だろう？」

スーディ・ウラビスを逮捕する際の騒動のことを言っているのだろう。それにしても馴れ馴れしすぎる。アルサリサはすでに嫌気が差してきた。

「キード・マーロゥを牢から出すためなら、喜んで手を貸すよ。一緒にこの難局を解決しようじゃないか。街の危機だからね」

「難局？　何が起きているというんだ？」

「《冥府の貌《めいふのかお》》のロフノースと戦争になりそうなんだ」

ろくでもないことを聞いている気がする。何もかもが混沌《こんとん》としていく。

「お互い、利用できることはあると思う。それに、キード・マーロゥはいまのところ、僕の大事な花婿《はなむこ》候補でね。なんとしても救い出してあげたいんだ」

「なに？」

アルサリサは呆気にとられた。想像してもいなかった台詞《せりふ》を聞いた気がする。目を瞬いた彼女に、赤いコウモリは首を傾《かし》げてみせた。

「力を合わせて頑張ろうじゃないか。僕らは仲間だ」

不可解な提案を押しつけられつつも、選択権などないことだけはよくわかっていた。

◆

かつての《白星會《アルブム》》の若頭《わかがしら》、《壊叫《かいきょう》》タリドゥがそこに足を踏み入れたとき、すでに準備は整っているようだった。

暗くて広い霊廟《れいびょう》を、いくつもの蠟燭《ろうそく》の火が照らしている。タリドゥがこの場所に立ち入るのは初めてのことだ。《冥府の貌》のロフノースの居城。テド・イブル霊廟と人は呼ぶ。その大広間には神秘的、というよりは、どこかうら寂しいような静けさがあった。

いかにも不死属《アンデッド》の王にふさわしい。そういう演出なのだろう。ハドラインとは正反対だ。

「……遅かったな。《壊叫》タリドゥ」

暗闇の奥から、しわがれた声がした。ぼんやりとした影が見える。怪物じみて巨大な影だ。目を凝らしても、どうにも姿を捉えきれないのは、この広間の暗さのせいだけではない。そういう魔術で自らを覆っているようだ。一種の結界フィルタだろう。

これが《冥府の貌》のロフノースか。その顔を見た者はほとんどいないという。僭主七王《せんじゅしちおう》の中では《さまよえる》クルルヴォと並んで謎の多い魔族だった。

「約束の時間に……ぎりぎりだな。決断に、時間がかかったのか？」

「いいや」

尋ねられ、タリドゥは否定する。ハドラインの復讐を果たせるなら――そのために命を賭した戦争ができるなら、彼自身は迷うことはなかった。遅れた理由は別にある。

「人をまとめるのに時間がかかったんだよ」

「ああ……なるほど。《白星會》《アルフム》は、新しい若造に従うやつも多いようだな」

「そうじゃない。僕が連絡をとっていたのは、《常磐會》《ヴェール》の残党だ。ソロモンの娘を旗頭《はたがしら》にして結集しようとしている。あの連中も、こちらの計画に乗るそうだ」

「ふ」

と、ロフノースは少し笑った。巨体をわずかに揺らがせて、傍らを振り返る。

「聞いたか？　ここまで、あんたの予想通りかい？『案内人』さんよ」

「――いえ。予想は苦手なので。我ながら、こんなにうまくいって驚いているところです」

誰かが答えた。こちらもはっきりと顔は見えない。ただ、白髪の男のようだ。人間か魔族かはわからない。

「事態の展開の速さも予想以上です。困ったな。これではもっと働かなきゃいけません。今日は徹夜かな？　今週のアロミス・ラジオ、また聴き逃すことになりそうですよ……」

その物言いに、タリドゥは不安を覚えた。口を挟む。

「間の抜けた台詞《せりふ》だ。『案内人』だっけ？　ロフノース、彼の計画に乗って大丈夫かい？」

「その点については御心配なく」

ロフノースが答える前に、白髪の男が恭《うやうや》しく頭を下げた。

「こういう間抜けさも、私の長所の一つなんですよ。愛嬌《あいきょう》です。愛嬌こそが人物像を見通しにくくして、計画の露見《ろけん》を困難にします。意外に効果的ですよ」

「そういうことだ。心配するな、タリドゥ。そいつの腕と頭は当てになる」

ロフノースは心の底から楽しそうだった。

「さあ、戦争だ。楽しいねえ。このところご無沙汰だったからよ」

笑っている。かたかたと骨の鳴るような音がする。その意見には、タリドゥも同感だった。

この先に死に場所がある。今度は逃さない。

「当然、あんたにも働いてもらうぜ。そういう約束だ。なあ、イルガム」

その問いかけに、返事はない。まだ、もう一つ。人の形をした影があることを、タリドゥは気づいた。ひどくおぼろげな、ぼんやりとした影が佇んでいる。

「返事くらいしろよ。いま、あんたは俺のしもべだ――頼りにしてるぜ、英雄」

「……はい」

イルガム、と呼ばれた男は短く応じた。ようやくはっきりとその影が見えてくる。眼鏡《めがね》をかけた、頼りなげな男だ。

「約束は果たします。必ず」

「いいだろう。始めるか」

ロフノースは満足げにうなずいた。

「戦争だ。この街のやつらをみんな死体にしてやろうぜ」

【あとがき】

お世話になっております。ロケット商会です。

此度は「魔王都市」の2巻にご関心を抱いていただき、大変ありがたく思います。

魔王都市は治安がものすごく悪い都市ですが、今日は私が理想とする都市の治安維持計画についてプレゼンさせていただきます。もしも私が絶対的な権限を持ち、あらゆる法律を無視できる究極市長であったなら、どのように街の治安を維持・管理するかという話です。


都市の治安を維持する要の一つは、警察機構にあるでしょう。

私が編成する特別警察は三本の柱から成ります。

まずは、マザーコンピューターによって統率されたメカ警察。人間が存在しないゆえに腐敗も存在しません。徹頭徹尾、私の入力した秩序維持プログラムによって、常に正しい判断を下すことができると考えられます。非常に優秀なメカ警察の皆さんは、一定金額以上の賄賂を渡さなければ犯罪者を見逃すことは決してないでしょう。

第二に、私が魔界から召喚する魔神ピエロ警察です。魔界から召喚されたために、人間基準の不正を見逃さず、常に冷静な判断を下せることでしょう。彼らは常にジャグリングしながら罪を犯した者――あるいは罪を犯しそうな者を探し出し、己の良心と攻撃衝動に従って、極めて迅速な正義の裁きを執行することができると思われます。

第三は私自身です。肉体をサイバネティクス置換し、デスゲーム会場の治安維持、および暗黒コロシアムカジノの防衛に尽力することをお約束します！

以上のように、私が絶大な権力を握った暁《あかつき》には、右記のような決して腐敗しない治安維持機構をお約束します。彼らならば、私を裏切ることも絶対にありえないでしょう。

目を見ればわかります。メカ警察の澄んだサイバーゴーグルには『裏切らない』『絶対服従』『愚かな人間にも優しい我々』などの文字が常に点滅していますし、魔神ピエロ警察の皆さんはもっと安全・安心です。この前、魔神ピエロ警察の主任に『お前、裏切らないだろうな？』と質問してみたところ、『はい……裏切りませんよ……決してねェ……』と言って快活に笑ってくれました。安全は約束されています。彼らによって市民の治安を守り、私の君臨する絶対市長の座は安泰と言えるでしょう。

以上を持ちまして、私の治安維持機構設立プレゼン兼あとがきとさせていただきます。

魔王都市という世界観を魅力的に描き出してくださったＲｙｏｔａ《リョータ》－Ｈ《エイチ》様、企画立案から全面的にご支援いただいた担当編集様、およびこの本を手に取っていただいた皆様に感謝の言葉を捧げます。